AF349313

La cuesta de los Saponari

NEFELIBATA

Otros libros de la autora
en Duomo ediciones:

Arena negra
La lógica de la luz

Cristina Cassar Scalia

La cuesta de los Saponari

Traducción de Montse Triviño

Duomo ediciones

Barcelona, 2024

Título original: *La Salita dei Saponari*

© 2019, Giulio Einaudi editore s.p.a., Turín
    Publicado con el acuerdo con Grandi & Associati.
© de la traducción, 2024 de Montserrat Triviño González
© de esta edición, 2024, por Antonio Vallardi Editore S.u.r.l., Milán

Todos los derechos reservados

Primera edición: junio de 2024

Duomo ediciones es un sello de Antonio Vallardi Editore S.u.r.l.
Pl. Urquinaona, 11 3.º 1.ª izq. Barcelona, 08010 (España)
www.duomoediciones.com

Gruppo Editoriale Mauri Spagnol S.p.A.
www.maurispagnol.it

ISBN: 978-84-19834-06-5
Código IBIC: FA
DL B B 2603-2024

Diseño de interiores:
Agustí Estruga

Composición:
Grafime

Impresión:
Grafica Veneta S.p.A. di Trebaseleghe (PD)
Impreso en Italia

Queda rigurosamente prohibida, sin la autorización por escrito de los titulares del copyright, la reproducción total o parcial de esta obra por cualquier medio o procedimiento mecánico, telemático o electrónico —incluyendo las fotocopias y la difusión a través de internet— y la distribución de ejemplares de este libro mediante alquiler o préstamos públicos.

*A mi padre,
el mejor que podría haber deseado*

Yo, como había prometido, he llevado la corona de flores y de vez en cuando me acerco por allí, a verme muerto y enterrado. Algún curioso me sigue de lejos; luego, en el camino de vuelta, se une a mí, sonríe y —reflexionando sobre mi naturaleza y condición— me pregunta:

—Pero, en definitiva, ¿usted quién es, si puede saberse?

Me encojo de hombros, entorno los ojos y le contesto:

—Ay, amigo... Yo soy el difunto Matías Pascal.

LUIGI PIRANDELLO*

* Pirandello, L., *El difunto Matías Pascal*, Barcelona, Cátedra, 1998. (Edición y traducción de Miquel Edo).

1.

Lella Canton despegó la nariz de la ventanilla y echó un vistazo a las fotos que había hecho con el teléfono. Un par de ellas, sin duda, despertarían en Instagram la envidia de todas sus compañeras. Cielo despejado, ni una sola nube, horizonte perfecto... En los últimos diez minutos, ante sus ojos habían desfilado primero las islas Eolias y luego el estrecho de Mesina: el paisaje, en fin, más maravilloso que había visto jamás. La montaña majestuosa, la roca negra salpicada de nieve y el penacho de humo en la cima. Casi intimidaba.

El avión había despegado a las seis y media del aeropuerto de Malpensa, en Milán, y en ese momento, sacudido por las ráfagas de viento que estaban retrasando el descenso hacia el aeropuerto de Fontanarossa, en Catania, trazaba círculos en torno al volcán. Con cada giro cambiaban las vistas: mar, montaña, de nuevo mar, montaña otra vez.

El piloto anunció que aterrizarían al cabo de pocos minutos, que el tiempo era sereno y la temperatura de seis grados.

Lella sopesó la chaqueta ligera que se había traído como única prenda de abrigo para aquel primer viaje de trabajo —tras descartar sin miramientos todas las alternativas más gruesas porque, total, ¡en Sicilia siempre es primavera!— y se dio cuenta de lo ingenua que había sido.

Esperó a que el avión tocara tierra y luego se apresuró a

abrir la aplicación del tiempo con la esperanza de encontrar noticias más alentadoras. Estaba convencida de que la temperatura subiría durante el día, pero no: mínima cuatro grados, máxima nueve. Y, por si eso fuera poco, nubes a la vista y posibilidad de chubascos.

La empresa farmacéutica para la que trabajaba desde hacía diez años como visitadora médica en su región, o sea, Véneto, acababa de ascenderla a directora de zona y le había asignado la única región disponible: el sur y las islas. Un cambio bastante radical que Lella había aceptado de mala gana, pero sin dudarlo. En épocas de vacas flacas, le parecía casi inmoral rechazar un ascenso —acompañado de un considerable aumento de sueldo— solo porque implicaba un cambio de zona.

Antonino Falsaperla, el visitador médico siciliano con el que había viajado, se despertó al notar la sacudida del avión al aterrizar y se desabrochó al instante el cinturón de seguridad.

—¡Ya estamos! Voy a coger las maletas —dijo, al tiempo que se levantaba de un salto para adelantarse a los demás viajeros y ser el primero en abrir el compartimento del equipaje de mano.

Lella echó un vistazo al exterior. Estaban parados junto a otro avión y ya había una lanzadera esperando. No entendía a qué venían tantas prisas.

—Supongo que tendremos que esperar. No creo que ese autobús sea solo para nosotros.

—Al menos seremos los primeros en subir. —Antonino consultó el reloj con expresión contrariada. Llevaban media hora de retraso respecto a la agenda del día—. Si se *arrecucian* a abrir las puertas, a lo mejor hasta nos da tiempo de desayunar.

Lella meditó sobre el término *arrecuciarse* y dedujo que más o menos debía de significar «darse prisa».

Antonino bajó las dos maletas de mano y se puso la chaqueta, una parka superacolchada con capucha ribeteada en piel, la misma con la que se había enfrentado durante tres días al gélido norte de Italia. Le cedió el paso hacia la salida.

El viento era tan fuerte que sacudía la escalera bajo sus pies, y tan frío y húmedo que a Lella le bastó dar unos cuantos pasos para notar pinchazos en la cabeza. Buscó inútilmente en el bolso el gorro de lana que solía llevar para cualquier eventualidad, con la esperanza de no haberlo eliminado al reorganizar el equipaje para viajar al sur. Por desgracia, había hecho un trabajo muy riguroso.

Por otro lado, la única versión que Lella Canton conocía de Sicilia era la veraniega. Siete días en la playa en la región de Trapani, con la inevitable excursión a las islas Egadas. Treinta y cinco grados día tras día y un sol capaz de derretir las piedras. El tiempo en noviembre, por lógica, debía de ser suave.

—La verdad es que este frío no es muy normal —se disculpó Antonino, casi consternado.

Pues vaya suerte, ¿no? Llegaba la nueva jefa y ¿cómo la recibía la ciudad? Con un frío que ni en enero. Peor que en Brianza.

La lanzadera, llena hasta lo inverosímil, arrancó bruscamente y en cuestión de minutos descargó a la mitad de los pasajeros de aquel vuelo ante la terminal de llegadas nacionales.

Lella apretó el paso y siguió a Antonino, que zigzagueaba por el pasillo. En las paredes se alternaban ampliaciones fotográficas de monumentos barrocos, imágenes de espléndidas bahías y anuncios publicitarios. Al fondo, un panel con fotos de Pirandello y las inevitables citas.

Fuera de la zona de embarque, y pese a que solo eran las ocho de la mañana, el caos era considerable. A la derecha, bajo la escalera mecánica que llevaba a la terminal de salidas, decenas de turoperadores y chóferes provistos de carteles; y delante de las puertas acristaladas, un gran despliegue de parientes que esperaban ansiosos: familias enteras, niños, ancianos... Una sensación de calor humano que, muy a su pesar, ni siquiera la reservada Lella Canton pudo pasar por alto.

Falsaperla engulló dos cruasanes y dos cafés en cinco minutos, el tiempo que su directora de zona tardó en beberse un zumo de naranja. Luego se dirigió a la salida y, de ahí, al aparcamiento en el que había dejado el coche tres días antes.

Una ráfaga de viento helado azotó a Lella, que se arropó como pudo con la única bufanda que llevaba.

—¿Está muy lejos? —preguntó, mientras correteaban por una acera flanqueada por fotografías que, comparadas con las de la terminal, parecían pósteres. Ragusa, Noto, Taormina...

—No, casi hemos llegado —respondió Antonino, al tiempo que señalaba un aparcamiento de dos plantas.

Pagó y precedió a la directora hacia una entrada con barrera. Se paró y echó un vistazo a su alrededor.

—A ver si me acuerdo de dónde lo dejé... Joder, es que últimamente vengo al aeropuerto día sí y día también y me lío a la hora de encontrar el coche. Pero me parece que era por aquí.

Lella lo fulminó con la mirada. Ella castañeteando de frío y el otro perdiendo el tiempo. Pero claro, él iba tan abrigado que habría podido pasearse tranquilamente por el Polo Norte. Menos mal que estaban a cubierto. Llegaron a un pasillo y lo recorrieron hasta encontrar el Renault Scenic gris al final.

Mientras Antonino se felicitaba por haber encontrado el coche a la primera y metía el equipaje en el maletero, Lella se fijó en una enorme berlina oscura, con las luces encendidas, que estaba en diagonal delante de ellos.

—¿Será posible cómo aparca la gente? —farfulló, mientras pensaba que esas cosas solo pasaban en el sur.

Movida por la curiosidad, se acercó al lado del pasajero, deslumbrada por los faros, y echó un vistazo al interior.

Pegó un grito que se oyó hasta en la cumbre del Etna.

2.

Salvatore Fratta, más conocido como Bazzuca, había salido por piernas. Cuando la unidad de los Catturandi —los «cazadores» de mafiosos— de la Policía Judicial de Palermo había irrumpido en la madriguera en la que el prófugo de la justicia se había estado ocultando en los últimos tiempos, ya no había ni rastro de él.

En circunstancias normales, la subcomisaria adjunta Giovanna Garrasi, más conocida como Vanina, no habría participado en aquella operación. Por decisión propia, Palermo ya no era su jurisdicción desde hacía ya casi cuatro años. Como tampoco lo era, y también por decisión propia, la SCO, la Sección del Crimen Organizado.

Vanina dirigía la unidad de Delitos contra la Persona, lo que en otros tiempos se llamaba «Homicidios», en la Policía Judicial de Catania. Advertida con tiempo por su exbrazo derecho Angelo Manzo, el día de la operación para detener a Bazzuca se había presentado en su antiguo despacho y había solicitado participar, lo que había provocado las iras de media jefatura palermitana. Al final, sin embargo, se había salido con la suya.

Y allí estaba en ese momento, destinada desde hacía dos semanas a la unidad Catturandi de la Policía Judicial de Palermo, a petición oficial del director de la Policía y con un motivo más que legítimo: el de haber dedicado seis años de su vida a la busca y captura de Salvatore Fratta, alias Bazzuca, y toda su banda. Hasta que la muerte fingida de este último, que ella era la única que —pese a todas las pruebas— se había empeñado siempre en no creer, había puesto fin a aquella investigación. Los últimos acontecimientos, sin embargo, le habían dado la razón. El caudal de información que Vanina Garrasi conservaba grabado a fuego en la mente era tan vasto que la subcomisaria se había convertido en alguien indispensable para sus colegas, los cuales se habían visto obligados a atar cabos otra vez y poner en marcha una nueva caza del prófugo.

Ese día, precisamente, tocaban a su fin las dos semanas. Al jefe de la Policía de Palermo —que sabía, y mucho, de prófugos— no le habría importado en absoluto alargar el traslado de Garrasi, lo que apoyaba también el comisario Corrado Ortès.

Pero Vanina, al parecer, no tenía intenciones de quedarse.

La reunión había empezado en el despacho de Ortès, una sala con vistas a la plaza de la Victoria y al vecino parque de Villa Bonanno, cuyas paredes estaban decoradas con reliquias pertenecientes a los prófugos capturados a lo largo de los años. Una vitrina contenía un bastón, otra una camiseta y otra un fusil. En lo alto de una librería había un casco de moto. Objetos de los cuales estaban más que orgullosos quienes habían participado en aquellas operaciones. Poco después, el grupo se había trasladado a la planta baja, donde se hallaba el despacho del jefe de la Judicial.

La unidad encargada de descubrir el paradero de Bazzuca estaba formado por cinco elementos, más el director. Entre ellos, además de dos agentes de policía, un inspector y una inspectora, estaba Angelo Manzo —un excolaborador de Vanina con el que la subcomisaria seguía manteniendo lazos de amistad—, recién ascendido a subinspector.

Vanina asistía a la reunión sabiendo que, para ella, probablemente era la última allí. A lo largo de las dos semanas anteriores habían pasado por sus manos expedientes que nunca jamás creyó que volvería a leer. Seis años de investigación y numerosos arrestos, tres de los cuales habían representado para ella una enorme venganza personal, aunque se habría dejado cortar un brazo antes que admitirlo.

—Entonces —recapituló el jefe de la Judicial— se confirma que Fratta estaba en aquella casa.

—Sí, jefe. Lo más gordo lo habían limpiado y no hemos encontrado objetos personales, pero nuestro colega de la Científica ha conseguido extraer ADN de una galleta salada que se había quedado entre los cojines de un sillón. Se corresponde con el de Fratta, que se archivó durante la investigación previa a su presunta muerte. Y eso demuestra que Bazzuca estuvo allí. En el colchón se encontró un pelo largo. También extrajeron una muestra de ADN y pertenece a una mujer.

—Cuya identidad no conocemos, claro.

—Por desgracia, no.

—Pero en la casa vivía alguien hasta poco antes de nuestra irrupción —concluyó el jefe.

Ortès asintió.

La casa que un colaborador de la justicia había señalado como la madriguera en la que se ocultaba Bazzuca formaba parte de una especie de residencia de verano al parecer deshabitada. El piso en el que teóricamente había vivido el prófugo de la justicia parecía en orden. Pese a que la corriente estaba desconectada, el calentador de agua aún estaba tibio. Y, en general, la casa no estaba tan fría y húmeda como sería de esperar en esa época del año. Vanina fue la primera en fijarse en la solitaria bolsa de basura que ocupaba el único contenedor cercano. En su interior, habían encontrado restos de pollo al horno que aún no se habían descompuesto, hojas de lechuga todavía fresca y un corazón de manzana que parecía muy reciente, así como una pastilla medio escondida entre los restos de comida: tras analizarla, la Científica concluyó que se trataba de un fármaco hipoglucemiante. Tal vez los demás no hubieran tenido tiempo de descubrirlo, pero Vanina recordaba perfectamente que Salvatore Fratta era diabético.

—Corrado, sabes lo que eso significa, ¿verdad? —dijo el director.

Ortès asintió.

Todos sabían lo que significaba. Y a nadie le gustaba.

El teléfono de Vanina empezó a vibrar y mostró en primer plano a un resuelto inspector Carmelo Spanò. El mejor brazo derecho que pudiera desear la Judicial etnea.

—Spanò —respondió en voz baja, al tiempo que salía de la habitación.

—Buenos días, subcomisaria. ¿Aún está en Palermo?

—Sí, ¿por qué?

—Nos acaba de caer encima un marrón importante.

Vanina ajustó la puerta y se alejó un poco.

—¿Qué ha pasado?

—Esta mañana temprano han encontrado un cadáver en uno de los aparcamientos del aeropuerto. Los de Vigilancia Aduanera nos han llamado hace un momento, porque parece que tenemos que ocuparnos nosotros.

—¿Cómo ha muerto?

—Arma de fuego. Estaba dentro de su coche. De momento no sabemos más.

—¿Y qué dice Macchia?

Durante el periodo en el cual Vanina se había ausentado, el comisario principal, Tito Macchia, había confiado formalmente la unidad de Delitos contra la Persona al director de la Sección del Crimen Organizado, pero en la práctica se ocupaba él mismo.

—Ha dicho que vayamos, que él nos alcanza más tarde. Tenga en cuenta que a la velocidad que conduce Bonazzoli, nosotros estaremos allí dentro de cinco minutos. Siempre que sobrevivamos, que a Fragapane lo veo un poquitín nervioso.

Vanina sonrió. Veía al suboficial Fragapane justo como si lo tuviera delante y se lo imaginaba a merced de Marta Bonazzoli y su conducción desenvuelta, por así llamarla: sentado en el centro del asiento posterior, con los brazos abiertos como si fuera Cristo en la cruz y las manos aferradas a los asideros de las puertas para soportar lo mejor posible los bandazos del coche de servicio por una carretera que más bien parecía un camino de cabras.

—Llamadme en cuanto lleguéis. Yo vuelvo esta tarde a Catania.

En el coche se oyó una ovación, seguida de aplausos.

—Disculpe, jefa, estamos con el manos libres —aclaró Spanò.

—No me diga. Por casualidad no estará también Lo Faro por ahí, ¿verdad?

—Sí, jef... subcomisaria —se corrigió el agente, que ansiaba desde hacía un año el privilegio de llamarla «jefa» pero que, por un motivo u otro, nunca conseguía ganárselo.

Vanina sacudió la cabeza. El que es tonto...

—Lo Faro, tú eres masoquista, ¿no?

—Pero ¿por qué? ¿Qué he hecho?

—Retrocede diez casillas.

Por el silencio, comprendió que la broma era tan sibilina que había dejado fuera de juego a la única neurona de Lo Faro.

—Déjate ya de gilipolleces y da gracias de que no esté ahí, porque a estas alturas ya estarías fuera del coche. ¿Dónde te crees que vas, a una excursión del cole? Se ha producido un homicidio y tus caritativos compañeros te han dado la oportunidad de participar en la investigación. Así que ojo con cagarla.

—Sí, subcomisaria, disculpe.

—¿Spanò?

—¿Sí, jefa?

—¿Habéis avisado ya al fiscal?

—Hola, Vanina. Lo he llamado yo. Es Terrasini —intervino Marta.

Por lo menos, aquel caso empezaba con buen pie. Terrasini era un hombre con el que se podía trabajar en buena sintonía, algo que no siempre ocurría.

—A la Científica la he llamado yo. Pappalardo va hacia allí —informó Fragapane.

Y esa también era una buena noticia. El oficial Pappalardo valía diez veces más que su superior.

—Mantenedme informada —pidió Vanina antes de colgar.

Unos pocos minutos de conversación con Spanò y ya había vuelto a su vida real.

La decisión de volver a Catania no había sido nunca negociable, pero aquella llamada solo había precipitado aún más las cosas.

Echó un vistazo a su alrededor y contempló todos los rostros que colgaban de las paredes de la antesala. Rostros que habían pasado a la historia tras haber perdido la vida en el cumplimiento del deber. Los mismos cuyos nombres estaban grabados en una lápida conmemorativa junto a la entrada de la Judicial. Dejándose llevar por el instinto, Vanina se acercó a la foto que por lo general evitaba mirar. Su padre, el inspector Giovanni Garrasi, parecía observarla atentamente.

Había llegado la hora de levantar el campamento.

El inspector jefe Carmelo Spanò no conseguía culpar al agente Lo Faro. Pese a un fervor que estaba completamente fuera de lugar y a su incorregible naturaleza de lameculos, el muchacho había demostrado una devoción que, en realidad, compartían todos. Las dos semanas sin Garrasi habían sido duras, sobre todo para Carmelo. El comisario que hacía las veces de Vanina recurría a él absolutamente para todo, y lo mismo hacía el Gran Jefe.

No había sido fácil, y menos en un periodo como aquel, en el que Spanò no conseguía hallar la paz.

La entrada al aparcamiento, que constaba de varias plantas, ya estaba bloqueada. El coche de servicio a bordo del cual viajaba media unidad de Delitos contra la Persona de la Policía Judicial etnea cruzó la barrera de la planta cero y se dirigió a la pequeña multitud que se había formado al fondo del primer pasillo.

El fiscal Terrasini ya había llegado. Con las manos en los bolsillos y el cuello del abrigo levantado, intentaba protegerse del molesto viento que parecía colarse entre las columnas del aparcamiento para estrellarse directamente contra su nariz. Que, dicho sea de paso, era lo más grande de su cara. Junto a él estaba el director de Vigilancia Aduanera, que mientras tanto había procedido a acordonar la zona y trataba de calmar los ánimos de los usuarios que justo en aquel momento estaban en el aparcamiento y exigían saber qué había ocurrido y por qué motivo se les retenía allí.

El fiscal sacó una mano del bolsillo y se apresuró a tendérsela a Marta. Luego se volvió hacia Spanò, que intentaba reprimir un amago de sonrisa: hasta Terrasini, la viva imagen de la discreción y la seriedad, se quedaba embobado ante la atractiva agente de Brescia.

—Ya he avisado al forense, llegará enseguida —informó.

—¿Quién es? —quiso saber Spanò.

—El doctor Calí.

Garrasi se iba a alegrar, pues Adriano Calí era uno de sus amigos más queridos.

Spanò y Marta pasaron bajo la cinta que acordonaba la zona y se acercaron al Mercedes negro. El inspector introdujo la cabeza en el vehículo por el lado del pasajero y se apoyó en la puerta para no tocar el asiento. Se encontró cara a cara con el muerto. Estaba en el asiento del conductor, ligeramente vuelto hacia él, con los ojos muy abiertos. Bajo la americana azul se veía un rastro de sangre que manchaba la camisa blanca a la altura del corazón. Corbata de color burdeos a juego con el pañuelo que asomaba del bolsillo, ambas cosas inmaculadas. Pulsera de oro en la muñeca derecha. Reloj, también de oro, en la izquierda. Tenía los hombros echados hacia atrás, el izquierdo apoyado en la ventanilla y el derecho a medio camino entre el borde del asiento de piel y la puerta.

—Parece asustado —constató el inspector, al tiempo que se apartaba para que Bonazzoli también pudiese echar un vistazo al interior del vehículo.

—Tal vez lo estaba —dijo Marta.

Spanò se puso los guantes y abrió la portezuela trasera. En el asiento, medio tapada bajo un impermeable de color beis, había una maleta de cabina con la cremallera abierta hasta la mitad.

Mientras acercaba una mano para cogerla, le empezó a sonar el teléfono en el bolsillo. Era Garrasi.

—Jefa.

—Y bien, Spanò, ¿qué me cuenta?

—Hombre, unos setenta años. A simple vista, un disparo en el corazón.

—¿Quién lo ha encontrado?

—Por lo que me ha dicho el colega de Vigilancia Aduanera, lo han encontrado un hombre y una mujer que acababan de aterrizar y se disponían a recoger el coche en el aparcamiento —dijo, al tiempo que echaba un vistazo a su alrededor—, pero aún no he hablado con ellos.

—¿Qué dice el forense?

—Está de camino. Es su amigo, el doctor Calí.

—Bien. Parece que esta vez contamos con un buen equipo.

Marta le dio unos golpecitos a Spanò en la espalda y le señaló con la mirada un grupito de recién llegados.

—Ha hablado usted muy rápido, subcomisaria —se lamentó Spanò.

—¿Por qué? —preguntó ella, alarmada.

El inspector se limitó a adelantar la mano en la que tenía el teléfono y lo inclinó de modo que el micrófono quedara bien expuesto.

A la cabeza de un pequeño ejército de agentes vestidos con mono blanco se hallaba el subdirector de la Policía Científica, Cesare Manenti, que avanzó cacareando con su voz aguda hasta detenerse, con actitud deferente, ante el fiscal Terrasini.

—¿Lo oye? —preguntó Spanò, acercándose de nuevo el teléfono a la oreja.

El resoplido de Garrasi le llegó alto y claro. Inequívoco.

—¡Joder, qué coñazo!

Pues sí, lo había oído. Y teniendo en cuenta la poquísima simpatía que se profesaban Garrasi y el colega de la Científica, lo más probable era que la subcomisaria estuviera maldiciendo como un carretero. Carmelo ya se lo imaginaba.

Se apresuró a terminar de abrir la maleta antes de tener que dejarla en manos del fotógrafo forense que ya se acercaba al trote. Marta se ocupó de interceptar al agente mientras Spanò inspeccionaba rápidamente el contenido.

La subcomisaria Garrasi seguía al otro lado de la línea.

—¿Spanò? ¿Dónde está?

—Aquí, subcomisaria. Perdone un momento, es que le estoy echando un vistazo a la maleta del muerto antes de que me la quiten.

—¿Qué hay dentro?

—Ropa. Apelotonada, como si alguien hubiera vaciado la maleta en el asiento y luego la hubiera vuelto a llenar de cualquier manera. Una camisa, un par de calzoncillos de algodón, un neceser transparente con cremas y una cuchilla de afeitar... Una corbata y, lógicamente, el pañuelo a juego. Sí, parece que era un tipo muy presumido.

—¿No hay bolsillos laterales?

—Están abiertos y vacíos.

—¿Documentos? ¿Móviles?

—De momento no los hemos encontrado. Tendremos que esperar a la inspección de la Científica.

—Qué remedio. ¿Pappalardo está ahí, por lo menos? —quiso saber Garrasi.

Spanò se volvió a echar un vistazo.

—Yo no lo veo.

La subcomisaria maldijo entre dientes.

—¡Será cabrón el tío! —estalló—. La rabia que le debe de dar tener en su unidad a alguien mejor que él.

Era la misma historia de siempre: cuanto más apreciaba ella la labor de aquel buen tío que era Pappalardo, más lo excluía Manenti a propósito. Y con más motivo ahora que no tardaría en llegar un nuevo director para birlarle el codiciado puesto de jefe de la Policía Científica. Si los rumores se confirmaban, se trataba además de un tipo que los tenía bien puestos. Y, por si eso fuera poco, encima era muy amigo de Garrasi. Peor no le podrían haber salido las cosas al inútil de Cesare Manenti.

En eso estaba pensando Vanina cuando colgó la llamada a Spanò y subió al coche. Ya se había despedido de los colegas palermitanos, que ni se habían molestado en intentar retenerla allí, como ya había sucedido en otras ocasiones. Perseguir a los prófugos de la justicia ya no le interesaba, como tampoco le interesaba quedarse en Palermo, ni siquiera de manera temporal. Las operaciones de aquel tipo podían alargarse de manera indefinida. Hasta hacía apenas unos años, se habría lanzado de cabeza a un caso así, pero ahora ya no le apetecía. Sabía muy bien que situarse en primera línea, por mucho que aún le quedaran las fuerzas necesarias para ello, no era una buena idea. Como tampoco lo era encontrarse cara a cara con el último superviviente del comando que, veinticinco años atrás, había asesinado a su padre, el inspector Giovanni Garrasi, ante la mirada horrorizada de su hija. Pese a tener solo catorce años en aquel momento, Vanina había jurado que ninguno de ellos saldría impune.

Si cuando había arrestado a los otros tres, nada más alcanzar un cargo policial que se lo permitiera, había tenido que luchar consigo misma para no cargárselos antes de esposarlos, no quería ni imaginarse hasta qué punto se le habría subido la sangre a la cabeza si se hubiera encontrado cara a cara con aquel cabecilla de cara rajada cuya muerte, años atrás, no se había tragado. Solo ella, la única voz discordante, estaba convencida de que a una escoria como aquella no podían haberla eliminado sin un motivo concreto y, sobre todo, sin desencadenar reacciones en el seno de las «familias». Ahora sabía que su voz no había caído en el olvido y que alguien —tal vez más de una persona— no había dejado nunca de verificar si sus sospechas eran fundadas. Y con ellos estaba en deuda: Angelo Manzo, el más fiable entre sus hombres palermitanos, el único que nunca se había resignado, y Corrado Ortès, el comisario que durante los últimos cuatro años había dirigido la unidad Catturandi.

Y, en último término, él. Siempre él. El fiscal Paolo Malfitano. El juez más amenazado y odiado por los delincuentes de Sicilia, y no solo de Sicilia. El único hombre con el que había mantenido una relación seria y del cual había huido, convencida de que alejarse de él —y de Palermo y de Antimafia— la ayudaría a llevar una vida más tranquila. Pero no había sido exactamente así o, por lo menos, no del todo. Especialmente, en los últimos tiempos: el equilibrio alcanzado durante esos cuatro años de alejamiento parecía haberse invertido y el pasado volvía a hacer acto de presencia en su vida.

Tenía que decirle a Paolo que estaba a punto de volver a Catania, pero no quería hacerlo por teléfono. Consultó el reloj: seguro que a aquellas horas estaba en el despacho.

Se encendió un Gauloises y arrancó el motor. Salió del patio de la jefatura y entró en plaza de la Victoria. Tomó la calle Vittorio Emanuele y luego giró. Dejó la catedral a la derecha y bordeó el barrio —o, mejor dicho, «distrito»— Monte di Pietà. Estaba rodeando la plaza para entrar en el aparcamiento subterráneo de los tribunales cuando le sonó el teléfono y en la pantalla apareció aquel número que ya se sabía de memoria, pero que se empeñaba en no querer guardar en los contactos. Como si eso fuera a garantizar la transitoriedad.

Respondió a través del *bluetooth* del coche.

—Hola, Paolo.

—No pensarías marcharte sin despedirte, ¿verdad?

Le hubiera gustado saber quién era el espía que le comunicaba en tiempo real todos sus movimientos. Alguna que otra sospecha tenía.

—¿Qué le has prometido a Manzo? Porque apenas le digo una cosa, le falta tiempo para contártela —soltó. Y acertó.

Paolo se echó a reír.

—Bueno, no te cabrees. Es un aliado. Y sabes que Angelo te adora.

Lo sabía. Y también sabía que el subinspector habría hecho cualquier cosa por verla de nuevo en la Judicial de Palermo. Echarle un cable a Paolo debía de haberle parecido una buena estrategia.

—Pero bueno, no, aún no me he ido. Y justo ahora iba a la fiscalía a despedirme de ti.

—Genial. Una despedida rápida, en mi despacho, puede que con un *carabiniere* delante —dijo, en un tono sarcástico que destilaba amargura.

—Mejor un poli. Por *campanilismo*, ya me entiendes.

Se produjo un silencio.

—Vale, sí, tienes razón, vamos a desdramatizar. Total, en el fondo no ha cambiado nada.

Vanina dejó pasar la provocación.

—Enseguida estoy ahí, el tiempo de aparcar.

—No estoy en el despacho, estoy en casa.

—¿Cómo que en casa? —se alarmó Vanina.

Paolo soltó una risita.

—Joder, subcomisaria, ¡qué paciencia! Te da un miedo terrible que alguien pueda hacerme daño y luego eres tú la primera en hacérmelo.

Vanina encajó el golpe.

—¿Me vas a decir qué ha pasado?

—Nada, Vani, ¿qué quieres que haya pasado? Me duele la garganta, tengo un poco de fiebre y en la calle hace un frío de narices. Ni que estuviéramos en enero. He preferido quedarme en casa y trabajar desde aquí. Tengo una puñetera montaña de papeleo.

Estaba enfadado, eso ya se lo imaginaba Vanina. Aquel periodo bajo el mismo cielo no había sido bueno para ninguno de los dos. Para ella, porque la frecuencia con que se había visto a sí misma pasando horas —y noches— con él solo había servido para confirmarle que debía alejarse cuanto antes de Palermo. Y para él, porque aquel breve acercamiento había sido como echar gasolina al fuego y avivar sus esperanzas de reconquistarla.

Un fuego que ahora, de repente, se estaba reduciendo a una pila de rescoldos. Encendidos, eso sí, pero rescoldos al fin y al cabo.

—Paso un momento a verte —dijo Vanina.

Marta Bonazzoli había sido prácticamente monopolizada por Lella Canton, que nada más escuchar el acento de Brescia de la agente se había aferrado a ella como un náufrago a un escollo. La pobre mujer, apenas recuperada tras el desmayo que había sufrido al ver el cadáver, estaba ahora sentada en uno de los despachos de la policía aeroportuaria, junto a su colega Falsaperla. Este último no hacía más que consultar el reloj, preocupadísimo por el retraso acumulado en la agenda del día.

Spanò se sentó frente a ellos y le formuló unas cuantas preguntas a Canton.

—¡Casi me da algo, inspector! Encontrarse delante un hombre con un disparo en el pecho... es una experiencia que no le deseo a nadie —dijo la mujer, al tiempo que buscaba con la mirada el apoyo de Marta, que asintió.

—Me lo imagino, señora, me lo imagino —la reconfortó Spanò—. ¿Podría contarme lo que ha visto de la forma más detallada posible?

—Bueno, había un coche parado, con las luces encendidas, que ocupaba parte del carril. Mientras Antonino guardaba las maletas, me he acercado al conductor para pedirle que apartara el coche, porque no podíamos salir del aparcamiento. Estaba de espaldas a la ventanilla y como al parecer no me veía, he dado la vuelta al coche y me he asomado por el lado del pasajero. A partir de ese momento, tengo recuerdos muy confusos, inspector, pero le aseguro que jamás se me olvidará ese agujero en el pecho.

—Dice que las luces estaban encendidas...

—Sí, sí. Estoy segurísima. —Se inclinó hacia el escritorio y bajó el tono—. ¿Puedo hacerle una pregunta, inspector? ¿Cree que se trata de un crimen... de la mafia? —La mujer palideció solo de pronunciar aquella palabra.

—¡Qué obsesión, Lella! ¿Por qué tiene que ser un crimen de la mafia? —intervino Falsaperla.

Canton lo miró sin decir nada, pero su expresión dejaba muy claro lo que pensaba: estamos en Sicilia. Y en Sicilia hay mafia.

—Es un poco pronto para las hipótesis, señora —respondió Spanò.

—Perdone, ¿eh? Pero es que no quiero verme implicada en ningún asunto peligroso.

—¿Qué quiere usted decir, señora?

—Ya me entiende: si ellos creen que has visto demasiado, ¡te metes en un buen lío!

Falsaperla la miró como si fuera extraterrestre.

—No creo que deba usted preocuparse, señora, de verdad —la tranquilizó Marta.

Spanò asintió, más serio de lo habitual para disimular la risa que se le escapaba. ¡Lástima que Garrasi se lo estuviera perdiendo!

—¿Recuerda otros detalles? —preguntó Bonazzoli.

Canton negó con la cabeza.

Spanò se volvió entonces hacia Falsaperla.

—¿Por casualidad recuerda usted si mientras iban a pie hacia el coche ha visto a alguien? Tal vez alguien que estaba huyendo...

—Qué quiere que le diga, inspector, a estas horas entra y sale mucha gente del aparcamiento. Sinceramente, no me he fijado. Pero habrá cámaras de vigilancia, ¿no?

Otro fan de *CSI*.

—Lo estamos verificando —se limitó a decir Spanò.

Había enviado a Lo Faro a ocuparse de esa cuestión, mientras Fragapane vigilaba la escena del crimen y aguantaba a Manenti hasta que llegara el forense. Que seguramente ya debía de estar por allí.

—Muy bien. Pues creo que ya se pueden marchar. Por favor, dejen sus datos de contacto a la inspectora Bonazzoli. Supongo que la subcomisaria Garrasi querrá hablar con ustedes en los próximos días —dijo, mientras se ponía en pie.

—¡Ah, o sea que es ella quien se ocupa del caso! —exclamó Falsaperla, que parecía contento.

Los dos policías lo observaron con perplejidad.

—Sí, es ella la que está al mando —le explicó Spanò en un tono más propio de un profesor de primaria.

—Claro, claro, ya lo sé. —Se frotó las manos—. ¡Quién me iba a decir a mí que la conocería en persona!

Marta empezaba a perder la paciencia. Primero aquella mujer que parecía el prototipo de la italiana del norte estilo *Novecento*; y ahora aquel tipo que al principio se mostraba indiferente y que, de golpe, se emocionaba ante la idea de que haber encontrado el cadáver de un hombre asesinado le permitiera conocer a Vanina. Ni que fuera una estrella del *rock* y quisiera pedirle un autógrafo.

Tal vez fuera mejor poner las cosas en su sitio.

—Señor Falsaperla, ¿quiere un consejo? —le preguntó.

—Usted dirá.

—Más le vale que la subcomisaria Garrasi no quiera verlo —dijo, marcándose un farol.

No le hizo falta añadir nada más.

El rostro petrificado del hombre lo decía todo.

Vanina se había fumado dos cigarrillos mientras daba tres vueltas a la manzana, tratando de esquivar la zona de tráfico limitado. Peinó las calles vecinas en busca de un hueco en el que aparcar el Mini. Al final, desesperada, se rindió y cogió la calle Cavour para dirigirse al garaje situado bajo el bloque de su madre.

Aparcó en la plaza de Federico, el marido, que a aquellas horas sin duda estaría operando a alguien. Y en el caso de que volviera...

Mientras recorría a pie los escasos seiscientos metros que la separaban de la casa de Paolo, Vanina imaginó la expresión feliz que habría aparecido en el rostro del doctor Calderaro si hubiera encontrado el Mini blanco de Vanina plácidamente aparcado en la plaza de su Jaguar. Se lo habría tomado como una victoria. Una pequeña satisfacción en el maremágnum de desilusiones que su queridísima hijastra le causaba desde hacía veintitrés años. Un paso adelante en sus intentos por conseguir que aceptara que todo lo que él tenía le pertenecía a ella tanto como a Costanza, la hija que habían tenido él y la madre de Vanina.

Vanina no lo habría admitido jamás, pero las ansias por ver a Paolo la estaban devorando. Por otro lado, siempre era así. Días enteros dedicados a restablecer la distancia necesaria entre ellos y luego, de golpe, ¡zas! Una llamada, cuatro palabras y el mecanismo infernal volvía a ponerse en marcha.

Tras separarse de su mujer, después de apenas dos años de matrimonio y una hija en común, Paolo se había instalado de nuevo en el antiguo piso de la calle Mariano Stabile. El mismo que él y Vanina habían compartido durante tanto tiempo y que ella, más tarde, había abandonado para huir sin dar la más mínima explicación. Decidida a alejarse de él, había terminado en Milán. Dos años absurdos, que había vivido al margen de la realidad. Y, luego, en Catania.

Ahora que habían iniciado un acercamiento, era lógico pensar que Vanina se alegraba de encontrarlo en aquella casa.

Y, sin embargo, la angustiaba.

Cada vez que Vanina recorría aquellos pocos metros de acera, notaba una especie de peso en el pecho que le impedía respirar. Cada vez que posaba la mirada en el pasaje de enfrente, le parecía revivir de nuevo la escena, segundo a segundo. Los dos cabrones que aparecían por sorpresa, el primero de ellos que disparaba, unos de los hombres de la escolta que caía fulminado al suelo, mientras los demás intentaban proteger a Paolo, la bala que lo alcanzaba y le atravesaba la pierna... Había sido solo un segundo: el lugar justo en el momento justo. Casi sin darse cuenta, se había encontrado con la pistola reglamentaria en la mano y había disparado. Había seguido disparando hasta estar segura de que los atacantes estaban neutralizados y de que no había otros en las inmediaciones. Habría sido suficiente con un minuto más: el tiempo de pararse a comprobar el buzón, de encender un cigarrillo, de atarse los cordones de un zapato... Si ella no hubiera estado allí, si no hubiera abierto el portón en aquel instante, de Paolo y de su escolta solo habría quedado una lápida. Como tantas otras repartidas por todo Palermo.

La segunda de su vida.

Y ella no habría podido soportarlo. Así era y así sería siempre. No servía de nada engañarse.

<h1 style="text-align:center">3.</h1>

Desde el momento en que había salido de casa de Paolo, no había hecho nada más que correr. Correr para volver a casa y hacer rápidamente las maletas pese a la molesta presencia de su madre y de su hermana, que se agitaban sin motivo y pretendían que comiera con ellas. La señora Marianna no se resignaba a que ninguno de sus esfuerzos, ni siquiera la estrategia de invitar a Paolo Malfitano a la fiesta de Federico, hubiera servido para conseguir que su hija mayor se acercara de nuevo a Palermo. Apenas se había acostumbrado a ver a su hija por allí —tampoco es que necesitara mucho tiempo para eso— y Vanina ya se estaba marchando igual de rápido que se había presentado allí un par de semanas antes, más aguerrida que nunca.

Adriano Calí la llamó cuando ya estaba a medio camino, en la autopista Palermo-Catania.

—¿Dónde andas, Garrasi? —le preguntó el forense.

—A punto de parar en el área de servicio que está cerca de Enna.

—¡Siempre te pillo en el mismo sitio!

Vanina se echó a reír.

—Cierto. Cada vez que me paro ahí, me llamas. Lo haces para que me siente mal el café, ¿verdad?

La última vez había sido un par de meses antes, cuando había tenido que ir a Palermo para interrogar a un colaborador de la justicia en la cárcel de Ucciardone. Había sido entonces cuando se había encontrado a Paolo por casualidad, después de años de cuarentena.

—¿Qué café? Te conozco bien, no te conformas con menos de un capuchino, un *muffin* de Nutella y un cigarrillo. Y no te subes al coche sin antes haberte hecho con reservas de chocolate para toda la semana —le soltó con una carcajada.

—Sabes adónde tienes que irte, ¿verdad, Calí?

—*Ñi ñi ñi.* ¡Qué susceptible, hija!

—¿Me vas a decir para qué me has llamado o no?

—Tienes razón. Te he llamado para ponerte al día sobre el cadáver del aeropuerto. Ya se lo he adelantado todo a Spanò, pero prefiero contarte personalmente mis primeras impresiones.

—Te escucho.

—Ha muerto hacia las siete de esta mañana. De un disparo de arma de fuego en el corazón, probablemente desde la derecha.

—¿Y eso qué significa?

—Que el asesino, casi con toda seguridad, estaba en el asiento del pasajero.

—¿Cómo lo sabes?

—Es obvio que antes de la autopsia no puedo asegurar nada, pero, basándome en la posición del cadáver y en un primer examen de la herida, parece que el proyectil ha seguido una trayectoria oblicua y se ha disparado desde su derecha.

—¿Cuándo te pondrás con él?

—Esta misma tarde.

—¡Qué suerte la mía!

—Ya sabes que tus cadáveres vienen con recomendación. Para ellos nunca habrá lista de espera en mi clínica.

—Gracias, querido.

—Y, además, cuanto antes me ponga, antes me lo quito de encima. Porque ya sabes, mi querida Vaninuzza, que tus cadáveres siempre son un...

—Un marrón, sí, ya lo sé —se le adelantó Vanina—. Mejor que no añadas nada más, no te conviene. Ya casi me habías convencido de que me estabas haciendo un favor. Si seguimos así, al final no vas a querer trabajar para mí.

—¡Eso no es verdad! Pero tienes que admitir que últimamente me has enviado pacientes que ni en cincuenta años de carrera podría haber visto. Primero el cadáver que llevaba medio siglo momificado y luego... En fin, tampoco es que sea culpa tuya. Es que cuando uno es capaz de resolver casos gordos, siempre le llegan casos gordos. A los médicos nos pasa igual.

—Sí, pero a los médicos, aparte de a los médicos como tú, claro, los escogen los pacientes. A las subcomisarias, en cambio, los casos nos llegan por casualidad.

—¿Estás segura de eso? —le preguntó Adriano, no muy convencido.

Vanina meditó un momento la cuestión. Le vino a la mente el caso de una chica que había desaparecido en el mar. ¿No sería que le había llegado solo porque alguien la había buscado y se había empeñado en que fuera ella quien se ocupara de la investigación?

—No, no estoy segura. Pero para este caso sí vale.

—Yo no diría eso.

—¿Por qué?

—Porque estás volviendo a propósito de Palermo para asumir la titularidad.

—Adriano, eres un tocapelotas.

Mientras hablaba con el médico, y casi sin darse cuenta, se había llenado las manos de productos con el suficiente azúcar como para conjurar cualquier posible pérdida de peso: galletas, gofres, hojaldres... Y chocolate, de todas las formas posibles y con todos los porcentajes de cacao existentes. Hizo una criba entre lo que quería de verdad y lo que debía de haber cogido por distracción. Se quedó solo con el chocolate y un paquete de palitos de galleta recubiertos de chocolate (de no haber sido así, ni se le habría pasado por la cabeza comprarlos).

Fue a la caja y pagó. Añadió un capuchino y un *muffin* de Nutella, a la salud de Adriano y de su ironía. Total, no había testigos.

Disfrutó de aquella merienda sustanciosa y luego, reconfortada, siguió el viaje.

Una hora más tarde estaba en Catania.

Encontró aparcamiento en la plaza Pietro Lupo, justo enfrente del portón verde cerrado sobre el cual se leía, en azul: «Jefatura de Catania – Unidad de la Policía Judicial».

Casi se emocionó un poquito, porque en realidad lo había echado de menos. Para una palermitana era casi un sacrilegio admitirlo, pero el aire de Catania le subía más el ánimo que un antidepresivo. Dos días más en Palermo y habría tenido que tomarse uno de verdad.

En la sala que los dos veteranos, Spanò y Fragapane, habían bautizado como «de los críos», se había reunido toda la unidad de Delitos contra la Persona, a la espera de que llegara la jefa. Los cuatro que acababan de llegar del aeropuerto estaban comunicando al oficial Nunnari, el único que había permanecido en el despacho, los detalles que habían podido averiguar sobre el reciente homicidio.

Vanina entró en el pasillo justo cuando el comisario principal, Tito Macchia, salía de su despacho.

—Spanò, ¿cuándo llega Garrasi? —preguntó, con voz estentórea, antes de reparar en su presencia.

—Hola, jefe —dijo Vanina.

El hombre la recibió con una sonrisa. Llevaba la barba oscura más arreglada que de costumbre y de sus labios colgaba el inevitable puro apagado. Era tan corpulento que destacaba como Gulliver entre los liliputienses.

—Bienvenida.

—Gracias.

Vanina entró en su despacho y de inmediato abrió las contraventanas. Macchia la siguió.

—Lamento que no se haya podido atrapar al prófugo de la justicia. Sé lo importante que era para ti, me imagino que más que para algunos de tus colegas palermitanos.

Vanina alzó ambas manos para interrumpirlo mientras volvía a tomar posesión de su sillón, tras el escritorio.

—Gracias, Tito. Yo también lo lamento, pero prefiero no hablar del tema. Ahora solo quiero volver a la vida real.

Macchia asintió.

—¿Te has enterado de lo del cadáver del aeropuerto? —dijo el Gran Jefe, cambiando de tema.

—Sí, llevo toda la mañana en contacto con Spanò.

—Mi instinto me dice que no va a ser un caso fácil.

—¿Se sabe quién es? O, mejor dicho, ¿quién era?

—Lo han averiguado a partir de la documentación del coche en el que ha aparecido el cadáver. Es extranjero, tiene un nombre español que ahora mismo no recuerdo. Marta me lo ha contado por teléfono mientras yo estaba en una reunión con los chicos de Crimen Organizado. Aún no he tenido tiempo de informarme bien.

En apenas medio minuto, salió una procesión de la sala de los críos.

Spanò y Marta fueron los primeros en presentarse ante Garrasi, seguidos de Nunnari y, por último, de Fragapane, a quien Lo Faro pisaba los talones. Marta abrazó a Vanina y le dio un beso.

—Bueno, mis queridos niños, ¿qué me contáis? —dijo Vanina, mientras se apoyaba en el respaldo del sillón y sacaba un cigarrillo.

Macchia, que se había acomodado en una silla delante de ella, arqueó una ceja.

—Tito, ¿por qué no te enciendes el puro? —le propuso.

El comisario se resignó y encendió el puro, pero le pidió a Lo Faro que abriera las puertas del balcón.

—No sé si has notado que fuera hace un frío que pela —comentó Vanina.

—No me pidas tanto, Garrasi.

Cuando Macchia hablaba en ese tono, significaba que la discusión había terminado.

Spanò pasó a relatar el caso de aquella mañana.

—Veamos, subcomisaria: el muerto se llamaba Esteban Torres, nacido en La Habana el 3 de febrero de 1942.

Le pasó el teléfono con las fotos que había hecho. Vanina amplió la imagen para ver mejor la cara del cadáver: parecía Anthony Quinn en el papel de Tiburón Méndez en *Revenge* (*Venganza*). Quién sabe si él también había tenido una mujer infiel a la que desfigurar y llevar a la muerte.

—Continúe, Spanò.

—Doble nacionalidad, estadounidense e italiana, pero residente en Suiza. En Ascona, para ser más exactos. Casado con una italiana, sin hijos. El Mercedes en el que lo han asesinado era suyo. Se hospedó durante algunos días en el Hotel Palace y después dejó la habitación. A partir de ese momento, se le pierde la pista. Hasta esta mañana, cuando debía embarcar en el vuelo de las ocho y media al aeropuerto de Malpensa. Tenía billete de vuelta para un vuelo de pasado mañana, de Malpensa a Catania. Eso es todo lo que hemos podido averiguar hasta el momento.

—Cuba, Estados Unidos, Suiza... Te lo he dicho, Vani, este homicidio no va a ser un caso sencillo —comentó el Gran Jefe, envuelto en la nube de humo que expulsaba su puro toscano.

—¿Se ha encontrado su móvil?

—Por desgracia, no —respondió Spanò—, ni el móvil ni la documentación. Ni el ordenador portátil, que seguramente estaba en uno de los bolsillos laterales de la maleta. Los de la Científica han dicho que se ve claramente la marca que ha dejado.

—Según el doctor Calí, la muerte se habría producido hacia las siete de esta mañana —dijo la subcomisaria—. ¿Tenemos algún testigo que estuviera en el aparcamiento a esa hora?

—Unos cuantos. Si es que podemos llamarlos testigos, teniendo en cuenta que la mayoría de ellos iban con prisas y no se han fijado en quién andaba por allí y quién no.

—Pero tenemos un disparo. A menos que se haya utilizado un silenciador, alguien tiene que haberlo oído. ¿Cámaras de vigilancia?

Lo Faro dio un paso al frente, cohibido como no le ocurría con nadie más, ni siquiera con el Gran Jefe.

—He requisado todas las imágenes de las cámaras, subcomisaria.

—¿Y las has revisado?

—Todavía no...

Vanina se volvió hacia Nunnari, que era quien más entendía de imágenes y grabaciones.

—Nunnari, échale una mano. Cuatro ojos ven más que dos.

Lo Faro se ofendió y la subcomisaria se dio cuenta.

—No es falta de confianza, Lo Faro, créeme. Es que es mejor que esa tarea la hagáis entre los dos.

En realidad, sí que era falta de confianza.

La presencia de Macchia impidió a Nunnari llevarse dos dedos a la frente haciendo gala de lo que Vanina había bautizado como «síndrome del marine», resultado de una pasión desbocada por todas aquellas películas cuyo protagonista fuera un soldado, un guardiamarina o similar. Últimamente, incluso le había dado por imitarlos y vestirse con camisetas de camuflaje. Que, todo sea dicho, no le sentaban especialmente bien.

—¡Sí, señora! —se le escapó.

—¿Cómo que «Sí, señora»? —Se echó a reír Macchia.

Vanina los interrumpió:

—¿Y qué me decís de la pareja que ha encontrado el cadáver?

Spanò desvió la mirada hacia Bonazzoli, que a aquellas alturas ya conocía hasta los detalles más íntimos de Lella Canton.

Marta le resumió lo que les había contado la mujer, desmayo incluido.

—O sea, que a las ocho los faros del coche eran tan potentes que deslumbraron a la señora, y eso avala la hipótesis de la hora de la muerte que indica Calí —concluyó Vanina.

El Gran Jefe se puso en pie.

—Bueno, mantenedme informado —dijo, antes de regresar a su despacho.

Vanina se fijó en la expresión de Marta, aunque solo fuera para adivinar si durante su ausencia había cambiado algo. La indiferencia forzada de la inspectora Bonazzoli excluía la posibilidad de que la relación entre ella y Tito hubiese emprendido el camino hacia la oficialidad, como a la subcomisaria le hubiese gustado.

Apoyó los codos en el escritorio y arrastró el sillón hacia delante.

—Bueno, niños: intentemos averiguar algo más sobre Torres. A qué se dedicaba, propiedades, contactos personales... Si tenía un número de teléfono italiano, analicemos los últimos movimientos. Tenemos que descubrir qué hacía ese tipo en Catania.

—¿Contacto con el consulado de Estados Unidos, subcomisaria? —preguntó Spanò.

El muerto también tenía nacionalidad estadounidense, por lo que había que comunicar el homicidio al consulado.

—No. De eso se encarga Fragapane. Usted venga conmigo al Palace, a ver si averiguamos algo. —Se puso en pie y cogió la chaqueta. Metió en el bolsillo el iPhone y los cigarrillos, y se ajustó la funda de la pistola, que se había aflojado un poco—. Marta, tú localiza a la mujer de Torres. Dado que es italiana, no deberías tener problemas.

Se dirigió al pasillo y Spanò la siguió.

Acababa de llegar y ya estaba en marcha. Justo como a ella le gustaba. Adriano tenía razón: para que se entusiasmara de verdad, para hacerlo suyo, el caso debía ser un marrón más que considerable, de manera que le ocupara la mente durante días hasta que pudiera resolverlo.

Y así, a simple vista, el caso de Esteban Torres parecía prometedor.

Baldassarre Culicchia, el director del hotel, los había acompañado a una salita un poco apartada y había pedido que les llevaran agua. Más para él que para ofrecérsela a ellos, en realidad.

Cuando, tras el segundo intento de resistencia amparándose en la defensa de la privacidad de sus clientes, la subcomisaria Garrasi le había comunicado sin rodeos que Esteban Torres había sido asesinado, Culicchia casi se había desmayado de la impresión. Pero ¿cómo? ¿Por qué?

—El señor Torres era uno de nuestros mejores clientes. Y, según los camareros, también muy generoso.

—¿Venía a menudo? —preguntó Vanina.

—Tres o cuatro veces al año. Se quedaba unos días y luego se marchaba. Creo que tenía negocios en Catania.

—¿Y esta vez?

—Esta vez hizo lo mismo de siempre. Llegó, se quedó tres días y luego se marchó. Pero, ahora que lo pienso, me pareció un poco distinto...

—¿Por?

—Se registró de noche, así que no lo vi. Al día siguiente por la mañana nos cruzamos y casi ni me saludó. Parecía distraído —dijo. Reflexionó un momento y luego negó con la cabeza—. No, distraído no es la palabra correcta: parecía preocupado.

—Y durante los días siguientes, ¿vio usted algo extraño?

—No, creo que no. Como de costumbre, pidió una plaza en nuestro aparcamiento. ¡Llevaba un cochazo negro y hacían falta por lo menos diez maniobras cada vez para meterlo en el garaje! Un Mercedes, era.

—¿Estaba solo?

Culicchia no lo pilló.

—¿Quién?

—Torres. ¿Estaba siempre solo o venía con alguien de vez en cuando? Su mujer, quizá.

—No, nunca he visto a su mujer. Sé que vive en Suiza porque el señor Torres me contó que ella se encargaba de la granja de caballos que tenían.

—Y cuando estaba aquí..., ¿recibía alguna visita femenina?

—Bueno, no sabría decir... Ay, señor, sí que alguna vez lo vi acompañado, pero nunca se quedaba nadie en su habitación, si es eso lo que me pregunta.

En ese momento llegó una joven vestida con uniforme de recepcionista. Bajita, regordeta, pelo oscuro, piel muy blanca, gafas grandes apoyadas en la nariz.

El director pareció aliviado.

—Ah, aquí está Samantha, seguro que de ese asunto ella sabe mucho más que yo, que solo tengo conocimiento de los registros oficiales. Ella, en cambio, está al tanto de lo que ocurre todos los días en la recepción.

La chica ocupó el asiento que Vanina le había indicado.

—¿Vio usted al señor Torres durante los tres días que estuvo aquí? —le preguntó la subcomisaria.

—Sí, claro. Yo estaba en recepción con mi colega cuando se registró. Y luego, cuando se marchó, le preparé la cuenta.

—¿Notó algún movimiento extraño en torno al señor Torres? ¿Caras nuevas, gente rara?

—No, subcomisaria, nada. Ni siquiera su amiga vino a verlo.

Culicchia palideció. Samantha se interrumpió de golpe.

—¿Y quién es esa amiga?

La chica titubeó.

—No lo sé. Una mujer que venía a verlo siempre cuando estaba aquí. Pero se quedaban en el *hall*, ¿eh? Tomando algo, o comiendo.

—¿Y no sabe cómo se llama esa mujer?

La chica se encogió de hombros, como si quisiera dar a entender que no podía ayudarla. Vanina y Spanò se volvieron hacia Culicchia, que negaba enérgicamente con la cabeza.

—¿Y cómo quiere que lo sepamos? —se excusó—. Si la señora en cuestión no se alojaba en el hotel, tampoco se registraba.

Spanò le dedicó una media sonrisa cargada de sarcasmo y Vanina entendió el mensaje subliminal: como si no registrarse no fuera una práctica habitual entre parejas de amantes para evitar ser descubiertos. Un tema, además, especialmente delicado para el inspector.

Garrasi se puso en pie. De momento, no tenía más preguntas.

Antes de irse, sin embargo, sí que planteó una última cuestión:

—Ah, se me olvidaba: después de que el señor Torres dejara el hotel, ¿vino alguien preguntando por él?

Samantha negó decididamente con la cabeza. Culicchia también, pero esta vez tanto Vanina como Spanò tuvieron la clara sensación de que se estaba marcando un farol. Les aseguró que preguntaría también a las otras dos personas que trabajaban en recepción, que en aquellos momentos no estaban en el hotel.

Había oscurecido. El coche de servicio estaba aparcado delante del hotel.

—¿Ha visto, subcomisaria? —dijo Spanò, al tiempo que señalaba un punto bajo los soportales.

Un montón de mantas mugrientas, puestas de lado, daban una idea muy precisa de la clase de clientes que debían de ocupar aquel rincón de los soportales.

—¿Sabe cuántos hay que se meten ahí por las noches en busca de un techo? —comentó el inspector, mientras arrancaba.

—Me lo imagino.

Cuando se ponía a reflexionar sobre las vidas que se desarrollaban al margen de la sociedad, siempre se sentía incómoda. Quizá porque en una ocasión había leído un libro que narraba la historia de un hombre que, traicionado por todo y por todos, decidía desaparecer para siempre de la sociedad y terminaba viviendo bajo un puente. Le había dejado una sensación tan amarga que, finalmente, hasta lo había eliminado de la estantería.

Vanina encendió un cigarrillo y bajó la ventanilla. Se subió la cremallera del abrigo y se colocó bien la bufanda. Aquella noche, cuando volviera a casa, seguro que haría un frío polar. En Santo Stefano siempre tenían por lo menos dos grados menos que en la ciudad.

—¿Qué le han parecido esos dos? —preguntó Spanò.

—Bueno, me han parecido bastante más preocupados ante la idea de que se nos ocurriera investigar por qué no se registraban las acompañantes ocasionales de sus clientes. Los pocos detalles que podían facilitarnos nos los han facilitado. Solo nos falta el nombre de la mujer que visitaba a Torres, pero la próxima vez encontraremos la manera de que nos lo digan. Siempre que no lo descubramos nosotros antes, claro.

En realidad, Vanina había disparado solo las preguntas que se le habían ocurrido en ese momento, sin un plan concreto. Improvisando. O, mejor dicho, guiándose por su instinto, que era lo normal en aquella fase de la investigación, cuando había cien mil caminos distintos por recorrer y no había recibido aún ninguna señal que pudiera dirigirla hacia uno u otro. La fase en que las indicaciones justas había que buscarlas con el olfato, como un perro de caza, con la esperanza de no cometer errores garrafales que hicieran perder mucho tiempo. Doce horas, decía siempre el primer comisario con el que había trabajado. Lo que se consigue averiguar en ese periodo de tiempo vale su peso en oro. Los indicios que no se recogían enseguida podían desaparecer para siempre. En doce horas, un criminal puede borrar su propio rastro, puede abandonar el país, puede construirse una coartada.

En la mente de Vanina, el asesino de Esteban Torres aún estaba envuelto en un humo negrísimo. El mismo que un par de horas antes, durante el último tramo de la autopista, Vanina había visto en torno a la cima de la *muntagna*.

—El Etna no tendrá intenciones de entrar en erupción otra vez, ¿verdad? —le preguntó a Spanò.

—No que yo sepa.

La subcomisaria se terminó el cigarrillo en silencio y luego cogió el teléfono. Como siempre, tres o cuatro notificaciones de WhatsApp tapaban medio salvapantallas: una foto del mar en Addaura, hecha durante un verano tan lejano que ya apenas lo recordaba. Seis, siete años atrás. Con Paolo.

Vanina ignoró los mensajes y llamó a Bonazzoli.

—Marta, ¿has localizado a la mujer de Torres?

—Sí, se llama Luisa Visconti. Llegará mañana en el primer avión. Y ya que hablaba con ella, le he pedido todos los números de teléfono de su marido, por si acaso tenía también alguno suizo.

—¿Y lo tenía?

—Sí, pero dejó la tarjeta en casa cuando se marchó a Italia.

—¿Al menos tenemos un número de teléfono italiano?

—Sí.

—Pues habrá que rastrear todas las llamadas.

—Vale. ¿Llamo a Terrasini para pedirle la orden?

Vanina consultó el reloj. Eran las cinco y media de la tarde.

—No, no te preocupes, ya lo llamo yo. Y así de paso lo saludo.

Colgó y marcó el número del fiscal. Con un jefe así, aquella investigación avanzaría sin tropiezos. Es más, con un buen respaldo desde las altas esferas.

—¡*Do* se imagina lo mucho que lo lamento, subcomisaria Garrasi! —susurró, casi afónico y con voz nasal, el fiscal Terrasini, manifestando así su malestar por haber tenido que abandonar una investigación antes incluso de empezarla—. ¡El frío de esta *bañana* en el aparcamiento me ha *batado*!

Treinta y ocho de fiebre y los síntomas de una gripe en toda regla. Tosió y soltó un suspiro que, pese a ser bastante largo, no se acercaba ni por casualidad al poderoso resoplido que se le escapó a Garrasi cuando el fiscal le comunicó el nombre de su sustituto.

—Usted sí que no se imagina lo mucho que lo lamento yo, fiscal.

Era un eufemismo. Solo de oír mencionar el nombre de Franco Vassalli le entraba urticaria. Cuanto más detestaba trabajar con él, con su lentitud y esa cautela que dejaría en evidencia hasta al más asustadizo de los conejos, más le tocaba soportarlo.

—*Pod* desgracia son *codas* que pasan. La otra vez fue al *devés*, ¿se *acuedda*? Él se *pudo enfedmo* y lo sustituí yo.

Claro que se acordaba. Una enfermedad providencial, que había llegado justo a tiempo de ahorrarle a Vassalli la investigación más peliaguda que había pasado jamás por sus manos, pues en ella habían aparecido nombres tan conocidos de peces gordos que el pobre hombre se había echado a temblar. Nombres destacados sobre los cuales ella, la subcomisaria adjunta Giovanna Garrasi, se había lanzado sin miramientos. Y con toda la razón. Era bastante obvio que la intolerancia era, en realidad, recíproca.

Pero esas eran las normas de la fiscalía. El responsable de la investigación sobre el homicidio de Esteban Torres tenía que ser Vassalli y Vassalli sería.

Vanina se despidió de Terrasini, colgó y se resignó a llamar a Vassalli.

Curiosamente, el fiscal no opuso la más mínima resistencia y autorizó al momento, sin poner pegas, la petición de Vanina para analizar los registros telefónicos de Esteban Torres.

Por otro lado, era de esperar. Al fiscal Vassalli aquel italoamericano de origen cubano debía de parecerle tan alejado de esa Catania a la cual ansiaba permanecer estrechamente ligado que, sin duda, esta vez hasta le convenía darle un empujoncito a Garrasi en su carrera imparable hacia la resolución del caso.

Nunnari y Lo Faro habían analizado una y otra vez las grabaciones de las cámaras de seguridad, pero no habían encontrado nada útil. La primera cámara enfocaba hacia la derecha de la zona en la que se habían producido los hechos, y la segunda mucho más a la izquierda. En cuanto a las de la entrada y la salida, aparecía demasiada gente.

—¿Puedo decirle lo que pienso, subcomisaria? —se aventuró Nunnari, apoyado en la pared que estaba junto al escritorio de Garrasi. En el despacho de la jefa se estaba celebrando la última reunión del día y en ella participaba toda la unidad, incluido Lo Faro, que no terminaba de creerse que lo hubieran admitido.

—Dime.

—En mi opinión, si antes no tenemos una idea de a quién debemos buscar, es inútil que analicemos esas imágenes.

Y tenía razón.

Fragapane ya había comunicado al consulado de Estados Unidos la muerte de Esteban Torres. La respuesta que había obtenido era que sería conveniente que interviniera la policía estadounidense.

—Disculpe usted, subcomisaria, pero ¿Torres no es ciudadano italiano?

—Para mí está clarísimo.

—Entonces, ¿por qué leches tiene que intervenir el *sheriff*?

Vanina sonrió. La idea que Salvatore Fragapane tenía de la policía estadounidense no iba más allá de la estrellita de latón prendida en el chaleco de John Wayne. La Interpol y el Servicio para la Cooperación Internacional eran conceptos abstractos a los que nunca había tenido que enfrentarse.

—Exacto, mientras la investigación no nos lleve al otro lado del océano, no es necesario que intervenga nadie más —lo tranquilizó.

—Como me sobraba un poco de tiempo, he buscado toda la información posible sobre Esteban Torres —intervino Marta, que llevaba dos documentos impresos en la mano—. No he entendido muy bien a qué se dedicaba. Importación-exportación, sin precisar más. A juzgar solo por los bienes inmuebles que tiene en su haber, dinero no le faltaba. Un piso en Milán, en el *corso* Magenta. Una casa en Inverigo, a su nombre y el de su mujer, otra casa en Capri...

—Joder —se le escapó a Fragapane.

Bonazzoli levantó la vista del documento que estaba leyendo y luego añadió:

—Y una casa en Trecastagni.

Vanina se irguió en el sillón y lo mismo hizo Spanò en la silla de madera que había ocupado.

—¿Trecastagni? —repitió.

Marta asintió.

—¿En el Etna? —concretó Vanina.

—Exacto.

—¿Y tenemos la dirección?

La inspectora echó otro vistazo a los documentos.

—Cuesta de los Saponari, 183.

4.

Carmelo Spanò se arrebujó en su abrigo y encendió un cigarrillo. «Ya verás, de tanto estar con Garrasi al final me voy a enganchar otra vez al tabaco», se repetía últimamente con bastante frecuencia. Fumaba al menos una vez al día, cuando la jefa le ofrecía uno de sus Gauloises y él lo aceptaba. No era su marca preferida y la verdad es que no le gustaba nada el sabor, pero un cigarrillo era un cigarrillo. Y él, un exfumador bastante indeciso. Lo aceptaba con la idea de dar una calada y ya, pero terminaba fumándoselo entero. Hasta el filtro.

Aquella noche, en cambio, era distinta.

Aquella noche llevaba en el bolsillo un paquete de Marlboro —su tabaco de siempre— más por necesidad que por placer. Una válvula de escape para resistir mejor la velada infernal que él mismo se había condenado a pasar encerrado en su coche: con los faros apagados, muerto de frío y sin poder encender la calefacción.

Lo que estaba haciendo no le gustaba nada, pero no podía evitarlo.

Llevaba meses estudiando la mejor posición para no ser descubierto. Una vez por azar, otra por curiosidad, hasta el día en que había sido consciente de que sus paseos solitarios por aquella urbanización con vistas a la Riviera dei Ciclopi no eran precisamente casuales. Terminaba allí todas las noches, como si fuera una cita secreta que no se atrevía a confesar ni ante sí mismo. Un todoterreno negro se acercó a la verja automática, que enseguida se abrió. Escondido entre la vegetación, Carmelo veía el camino de entrada y la puerta de la casa. El hombre bajó del coche. Abrigo azul, maletín de cuero en una mano, teléfono entre el hombro y la oreja. Se detuvo en mitad del jardín, colgó apresuradamente y se guardó el teléfono, antes de que ella apareciese en el umbral y se echara en sus brazos con el ímpetu de una adolescente enamorada por primera vez.

Si aquello no era masoquismo...

Cuando Vanina llegó al antiguo hospital Garibaldi, Adriano Calí aún estaba en la sala de autopsias, en compañía de un técnico, como siempre, y de una estudiante de Medicina Forense que su exprofesor le había endilgado y que lo estaba atormentando con sus interminables preguntas.

—¡Vanina! —casi gritó el médico al verla llegar.

La subcomisaria captó de inmediato la petición de ayuda.

—¡Menos mal que tenías que llamarme en cuanto terminaras! —se lamentó, molesta.

—Iba a llamarte, pero luego me he despistado respondiendo a las preguntas de Miriam. Es estudiante.

La chica se presentó al momento:

—Miriam Torrisi.

Alta, escultural, expresión simpática.

Vanina le estrechó la mano. La tenía helada.

—Calí, esta chica está tan fría como la cámara mortuoria —comentó.

Miriam sonrió.

—Subcomisaria, me parece que no lo pilla usted. Estamos en una sala de autopsias —replicó Adriano.

—A juzgar por este olor inmundo, no creo que podamos estar en otro sitio. La única alternativa sería un vertedero, pero no veo porquería por aquí, así que...

Adriano se puso su abrigo entallado de color cámel y se enrolló en torno al cuello una bufanda azul y beis.

—Los cadáveres tienen que estar en un lugar frío. Lección número uno, Miriam.

La chica se había envuelto en pieles hasta el cuello, lo cual le daba un aire aún más divino. Vanina se acercó a la camilla.

—¿Es Torres? —preguntó.

—Sí.

—¿Puedo verlo?

Adriano le hizo un gesto al técnico, que apartó la sábana azul y descubrió la mitad del cadáver. Vanina se fijó en que tenía el cuello bronceado, con la típica marca en V de la camisa abierta, y atravesado por una fina línea blanca.

—Llevaba una cadena de oro al cuello —se le adelantó el forense— y un anillo en el meñique. Los tiene la Científica. ¿Ves el orificio del proyectil? —le indicó después—. No es circular, lo que significa que le dispararon de lado. El surco que ves indica de dónde venía la bala, es decir, de la derecha. Como ya te adelanté, le dispararon desde el asiento del pasajero. El hecho de que el hombre estuviera vuelto hacia su asesino indica, presumiblemente, que estaba hablando con él, o con ella.

—Y no esperaba que le dispararan.

—Eso ya lo decidirás tú, pero a juzgar por la posición del cadáver y la herida, yo diría que no.

—¿El proyectil?

—Ya lo he enviado a la Científica. Pero el casquillo estaba en el coche, así que supongo que ya tendrán una idea del tipo de arma utilizada.

«Lástima que el inútil de Manenti haya decidido no informarme», pensó Vanina.

—¿Otros detalles que deba saber?

—Poca cosa. Confirmo que la muerte se produjo alrededor de las siete de la mañana. Ah, tenía una equimosis en la cara, compatible con un puñetazo.

—¿Había mantenido relaciones sexuales?

—No de forma reciente.

Vanina se apartó y el técnico volvió a cubrir el cuerpo de Torres.

—Ah, no sé si tendrá alguna importancia —la llamó Adriano, al tiempo que levantaba una punta de la sábana para mostrar el brazo derecho del cadáver—, pero en el deltoides tenía un tatuaje. Una estrella.

La subcomisaria le echó un vistazo rápido.

—Bueno, ¿ya podemos salir de aquí? —preguntó el forense.

Media hora más tarde —el tiempo de tomarse un *spritz* y charlar de cosas que nada tenían que ver con el trabajo— Vanina dejó a Adriano delante de la puerta de su casa, donde Luca Zammataro, su compañero desde hacía más de diez años, lo esperaba.

—Subcomisaria, ¡estábamos preocupados! Pero ¿dónde se había *arremboscado* usted todos estos días?

Sebastiano le estrechó la mano desde detrás del mostrador de la charcutería, mientras con la otra le ofrecía un trozo «calentito, calentito» de *cucciddatu* de San Giovanni, relleno de salchichón de cerdo negro de los Nebrodi.

Nada, un «tentempié» para matar el gusanillo.

—Sebi, ¡con tus tentempiés ceno más que de sobra! —bromeó Vanina.

En la tienda de Sebastiano, a la que él seguía refiriéndose como *putìa*, era posible encontrar carne, pan, toda clase de vinos y todos los productos con DOP existentes en Sicilia, por no decir en toda Italia. De la vieja *putìa*, sin embargo, solo se conservaba el local. Antiguo y seguramente jamás reformado (o solo lo imprescindible), pero precisamente por eso le gustaba tanto a Garrasi, que paraba a comprar prácticamente todas las tardes. La *putìa* de Sebastiano se encontraba en Viagrande, a menos de cinco minutos de Santo Stefano y del apartamento con vistas al Etna en el que Vanina residía, desde hacía un año, en la paz más absoluta.

Stella, la hermana de Sebi, acababa de traer de la cocina una olla enorme rebosante de salsa. El aroma que desprendía, capaz de resucitar a los muertos, había impregnado toda la estancia.

Vanina se llevó una tarrina de salsa y un paquete de los *busiate* de Trapani, elaborados con harina de Tumminia, que ya había probado en una ocasión. Seguro que estarían deliciosos con aquella salsa. Por otro lado, hervir la pasta, colarla y añadirle una salsa ya preparada era lo máximo que sabía hacer la subcomisaria en la cocina.

Le pidió consejo a Sebi y este le añadió una *fascedda* de *ricotta* de Ragusa, que se diferenciaba de todos los otros quesos *ricotta* que se producían en la isla porque se elaboraba con leche de vaca. Y ya que estaba, compró otra *fascedda* para llevarle a Bettina, su vecina y propietaria del apartamento, que era de Ragusa y sentía una gran devoción por las tradiciones culinarias de su tierra.

Antes de irse, compró leche fresca y tres clases distintas de galletas. Se lo pagó todo a la señora Santa, que manejaba la caja, y subió al coche para dirigirse a Santo Stefano.

El pueblo se encontraba medio desierto, a excepción de la plazoleta que estaba delante de su casa, ocupada por coches que parecían salidos de una de las muchas comedias de época que tanto abundaban en su colección de películas. En primera fila, el Fiat 500 de Bettina, detrás un A112, al lado un Fiat 126 y por último, para colmo de males, nada menos que un Bianchina. Tenía matrícula de Palermo, lo que significaba que era de Luisa, una de las tres amigas íntimas de su vecina. Todas pasaban de los setenta, pero hacían gala de una energía que ya querrían las adolescentes. Vanina las había bautizado como «las viudas».

Abrió la verja de hierro y subió los pocos escalones que llevaban al jardín con la maleta en una mano y la bolsa de la *putia* en la otra. La puerta de cristal de la vecina estaba cerrada, pero la luz del comedor estaba encendida y se oían voces en el interior. Consideró la posibilidad de llamar, interrumpiendo la inevitable partida de buraco, para entregarle a Bettina la *ricotta* que le había comprado.

Uno de los dos gatitos callejeros que su vecina había adoptado unos meses atrás, tan rollizo que parecía un buda, se había tumbado a dormir sobre el felpudo, delante de su puerta. Vanina intentó apartarlo, pero el muy vago no se movió, así que pasó por encima y entró en casa.

El frío gélido que la invadió nada más cruzar el umbral auguraba malas noticias sobre los radiadores. Dejó la maleta y la bolsa en la puerta y fue a echar un vistazo al termostato de la calefacción, en cuya pantalla aparecía un mensaje incomprensible de error. Se le escaparon, una detrás de otra, las imprecaciones más obscenas que conocía.

Sin quitarse la chaqueta ni la bufanda, se apresuró a poner en marcha la bomba de calor de la habitación y ajustó la temperatura a treinta grados.

Aún con la chaqueta puesta, sacó lo que había comprado en la tienda de Sebastiano y lo dejó todo sobre la encimera de la cocina. Llenó una olla de agua y la puso al fuego.

Dio una vuelta por las habitaciones y se detuvo en el comedor. Los pósteres que colgaban de las paredes le recordaron el DVD que Federico Calderaro le había regalado un par de noches atrás, para que lo añadiera a su colección cada vez más numerosa de películas rodadas en Sicilia.

Vanina sacó el disco de la maleta y lo colocó en uno de los estantes que formaban su filmoteca. Quien lo hubiera digitalizado había hecho un buen trabajo: incluso había pegado, en la funda y en la superficie del DVD, una reproducción del cartel original de la película. *Mejor viuda que...*, una comedia de 1968 prácticamente imposible de encontrar. Seguro que no era un peliculón, pero Vanina estaba convencida de que a Adriano Calí le encantaría verlo con ella, en una de sus exclusivas sesiones de cinefórum para dos, a base de pelis antiguas y comida hipercalórica. Además, casi toda la película se había rodado en Noto, la ciudad en la que Adriano y Luca habían instalado su pequeño retiro espiritual.

Colocó bien unos cuantos DVD que se habían movido y levantó la vista hacia la única foto enmarcada que poseía. Los ojos risueños de su padre le devolvieron la mirada bajo la gorra del uniforme.

Mientras esperaba que el agua empezara a hervir, sacó el teléfono del bolso y revisó los mensajes que había recibido.

Primero le respondió a su madre, que llevaba toda la tarde intentando descubrir en vano si había llegado sana y salva a Catania.

La remitente con más amplia representación era, sin duda, Giuli. La retahíla de mensajes y audios de WhatsApp que le aparecían en la pantalla bajo el nombre de Maria Giulia De Rosa era tan larga que exigía una respuesta inmediata. Y como responder a Giuli tal vez implicara quedarse atrapada en una conversación epistolar infinita, Vanina decidió agarrar al toro por los cuernos y la llamó. Se puso cómoda en el sofá y encendió un cigarrillo.

—¡Ha vuelto la hija pródiga! ¡Por fin!

La ruidosa música que se oía de fondo indicaba que la abogada estaba en una fiesta, una más de las muchas a las que la invitaban durante prácticamente los trescientos sesenta y cinco días del año.

—He vuelto, sí. Pero a ver, que yo me entere, ¿tú cómo lo sabes?

—Ah, hola, Giuli, guapa, ¿cómo estás? ¡Perdona si hace quince días que no te llamo! —la provocó De Rosa—. Menuda amiga estás hecha, ¿no? Me he tenido que enterar que estabas volviendo de Palermo por tu inspector, ¿cómo se llama? El de los bigotes.

—¿Spanò?

—Sí, ese. Lo he visto esta mañana delante de la Judicial y me ha dicho que seguramente volvías hoy. Luego me he enterado de que han encontrado a un hombre asesinado en el aeropuerto y he sumado dos y dos.

Vanina dedujo que Giuli se había alejado de la fiesta, porque ya no se oía tanto ruido.

—Tienes razón, hace dos semanas que no doy señales de vida, pero tampoco puede decirse que haya estado de vacaciones —se justificó.

—Lo sé. Cada vez que te vas a Palermo, terminas desapareciendo. ¿O es Malfitano quien te absorbe por completo? —insinuó Giuli.

—Era un viaje de trabajo.

—¿Cómo que de trabajo? ¿Y en qué has trabajado?

—No te lo puedo decir.

Giuli guardó silencio durante un segundo.

—Oye, no estarás pensando en jugármela y volverte a trabajar a Palermo, ¿verdad? ¿Te han ascendido a directora de algún departamento importante? ¿O es por Malfitano?

—Tranquilízate, no tengo la menor intención de volver a Palermo. Es más, te voy a decir una cosa: no volvería ni aunque me ofreciesen de verdad dirigir un departamento importante. Y ya te puedes ir quitando de la cabeza esas ideas románticas sobre Paolo y yo.

—Menos mal. Lo siento por Malfitano, al que abandonas una y otra vez, pero yo te necesito aquí.

Vanina se echó a reír. Giuli era la persona más interesada que conocía, pero al menos con ella era sincera.

—A ver, cuéntame, ¿para qué me necesitas?

—¡Para que me escuches! Hace semanas que te persigo. Primero la historia esa de la chica desaparecida y luego el lío con el médico...

—Pero ¿qué dices? ¿Qué lío?

—Atrévete a decirme que no tienes nada con el pediatra ese, Manfredi no sé qué, y te cuelgo ahora mismo.

—Monterreale se apellida. Y solo somos amigos.

—Ya, ya, lo que tú digas. Pero bueno, si quiero verte no es para hablar de tus líos. ¿Crees que mañana podrás dedicarme media horita o te parece mucho pedir?

—Vale, te prometo que haré todo lo que esté en mi mano.

Giuli pareció satisfecha con la respuesta.

—Me voy, que la cumpleañera está a punto de apagar las velas. Te llamo mañana.

Vanina se levantó del sofá gris en el que se había sentado. Todavía embutida en su chaqueta azul, fue a comprobar si el agua hervía. No solo hervía, sino que se había consumido en parte y se había puesto blancuzca. Resopló.

—En fin, que sea lo que Dios quiera, yo echo la pasta igualmente —se convenció a sí misma.

Cogió el paquete de *busiate*, lo abrió y echó al agua aproximadamente la mitad. Se dio cuenta en ese momento de que debían de ser más o menos doscientos gramos, el triple de la cantidad indicada en la dieta que a intervalos regulares descargaba de internet para después perderla sin falta.

Acababa de colar la pasta cuando vio a las viudas salir de casa de Bettina. Rápida como el rayo, cogió el paquete de *ricotta* y salió a llamar a la puerta de cristal.

La vecina la abrazó.

—¡Vannina! ¡Bienvenida!

A estas alturas, Vanina ya no la corregía. Bettina no estaba dispuesta, ni lo estaría jamás, a pronunciar el nombre de Vanina con una sola ene.

—¡Pase, pase! Mis amigas acaban de irse. ¿Ha cenado? ¿Le preparo un platito de *scacce*? Hoy me han salido riquísimas.

—La verdad es que he comprado un poco de salsa en la tienda de Sebastiano. Acabo de colar la pasta.

Bettina se sobresaltó.

—¿Ha colado la pasta? ¿Y le ha echado la salsa antes de venir?

—No, la he dejado en el colad...

La vecina no la dejó terminar. Cogió un abrigo y salió disparada hacia el apartamento de Vanina.

—¡Ay, Virgen santísima! ¡Hecha un pegote, así se va a quedar!

Vanina la siguió corriendo.

Bettina empezó a trastear con las ollas y la salsa hasta que consiguió despegar toda la pasta, que, efectivamente, se había convertido en una masa informe.

—Cómasela, antes de que se pegue otra vez.

Vanina obedeció. Cogió un plato y lo llenó. Luego añadió una cucharada de *ricotta* fresca, como le había aconsejado Sebastiano.

—Eso de añadirle *ricotta* es una costumbre catanesa. Pero le pega mucho, eso es verdad —comentó Bettina, que se había sentado a su lado.

Se irguió de golpe.

—¿Qué pasa? ¿Se han *rescacharrado* los radiadores?

Vanina le indició la pantalla, en la que aún aparecía el código de error.

Bettina se puso de puntillas y echó bruscamente la cabeza hacia atrás, arriesgándose a sufrir un latigazo, para leer el mensaje a través de la parte inferior de sus gafas progresivas, cuyas virtudes alababa todos los días desde que se las había comprado.

—¡Aaah! ¿Sabe qué habrá pasado? Pues que el otro día saltaron los plomos y a mí también se me *rescacharró* la calefacción. ¡Con lo bien que iba la caldera vieja! ¡Esta, con tanto código electrónico, no vale para nada! Yo me encargo. —Se fue al contador y desconectó la corriente. Pocos segundos después, volvió a conectarla—. ¡*Arrefíjese* a ver si aún sale el código! —gritó.

Vanina fue a echar un vistazo. El código de error había desaparecido para dejar paso al símbolo de la calefacción encendida.

Bettina volvió con una expresión triunfal.

—¿Cómo lo ha hecho? —le preguntó Vanina, casi con admiración.

—¿Que cómo lo he hecho, dice? —repitió su vecina—. Pues me puse a pensar y me dije: si al saltar los plomos se ha *rescacharrado* todo, igual si se va otra vez la luz se arregla, ¿no? Y menos mal que acerté, porque a mí también me pasó de noche y yo no sé ni cómo funciona la caldera esa. En fin, sea como sea, mañana llamo al técnico y le digo que venga a echar un vistazo.

Mientras Vanina se terminaba la pasta, que a pesar de todo estaba deliciosa, Bettina se fue a su casa y volvió instantes más tarde con un plato en la mano.

—Y ahora, cómase este *cannolo*, que se deshace en la boca.

Se quedó a hacerle compañía hasta que Vanina se terminó también el *cannolo* y aprovechó para describirle las hazañas que durante los últimos catorce días habían protagonizado ella y su alegre grupo de setentonas, al cual —por increíble que pareciera— se había sumado un hombre.

Cuando Bettina se marchó, la casa ya estaba caldeada.

5.

La señora Luisa Visconti, convertida de la noche a la mañana en la viuda de Torres, había cogido un vuelo en el aeropuerto de Malpensa y había aterrizado en Catania a las siete y media, exactamente igual que la pareja que el día antes había descubierto el cadáver de su esposo.

Marta Bonazzoli había ido a recogerla y la había acompañado primero al hotel —el mismo en el que se alojaba siempre Esteban— y luego a las dependencias de la Judicial, a las que acababa de llegar la subcomisaria Garrasi.

Vanina le pidió a la viuda que se acomodara en una de las sillas que estaban delante de su escritorio, mientras Marta ocupaba la otra.

—Señora Torres —empezó a decir la subcomisaria.

—Visconti, señora Visconti. Nunca me ha gustado que me llamen por el apellido de mi esposo.

—Muy bien, como usted quiera. Señora Visconti, pues.

Tenía los ojos secos, pero las ojeras indicaban las veinte horas de sufrimiento que habían transcurrido desde que un inspector de policía le había comunicado el asesinato de su esposo hasta el momento en que había aterrizado en Catania.

—¿Puedo verlo? —preguntó enseguida la mujer.

—Por supuesto. La inspectora Bonazzoli la acompañará esta misma mañana.

La mujer pareció más tranquila durante unos segundos.

—Quisiéramos saber algo más sobre su marido —prosiguió Vanina—. A qué se dedicaba, por qué estaba en Catania.

—Mi marido se dedicaba a las finanzas, importación y exportación. No me pregunte qué exportaba e importaba exactamente, porque nunca me he ocupado de esas cosas. Solo sé que muchos de sus negocios eran entre Nueva York e Italia y que tenía una red de clientes en Catania.

—¿Tuvo alguna vez la sensación de que su esposo estuviera en peligro? No sé, ¿tal vez alguien lo amenazaba o lo extorsionaba a cambio de dinero?

La pregunta pareció divertir a Luisa Visconti.

—¿Extorsionar a Esteban por dinero? Lo dudo bastante, subcomisaria. No era un hombre que se dejara pisotear.

—¿Es posible que tuviera algún negocio ilegal? —le soltó Vanina.

Si era alguien que no se dejaba pisotear, era posible que fuera él quien pisoteaba a los demás.

—No lo sé —respondió secamente la mujer.

—¿Lo excluiría?

—No.

La primera idea que se había formado Vanina se iba perfilando cada vez más.

—¿Puedo preguntarle cómo era la relación con su marido, señora Visconti?

—Claro que puede preguntármelo. Esteban y yo llevábamos vidas prácticamente separadas desde hacía tiempo. Seguíamos viviendo juntos y nos ayudábamos siempre cuando alguno de los dos necesitaba algo, pero aparte de eso nada más. No me malinterprete, ¿eh? Nos casamos por amor. Nos conocimos hace veintiséis años, él acababa de llegar a Milán desde Nueva

York. Un cubano que renegaba de todo lo que tuviera que ver con Cuba, incluso del hecho de haber nacido allí.

—¿Cuándo se marchó de su país? —preguntó Vanina.

Por algún motivo, aquella cuestión la intrigaba.

—No lo sé con exactitud, porque Esteban prefería no hablar del tema. En los sesenta, creo. En Estados Unidos se había casado dos veces. La primera con una cubana a la que nunca llegué a conocer. La segunda con Evelyn.

—A quien sí conoce.

—Bastante bien.

El inspector Spanò entró en el despacho de Garrasi con unos cuantos papeles en la mano. Se quedó a un lado para escuchar.

—¿Lo acompañó usted alguna vez a Catania?

—No, pero tampoco lo acompañaba a ninguna parte. Mi marido no quería a nadie cerca cuando viajaba por trabajo. Y en Catania, sobre todo, pasaba mucho tiempo.

—¿Y eso?

La mujer meditó la respuesta.

—No lo sé.

—¿Cuánto tiempo, para ser exactos?

—A veces, hasta dos meses.

—¿Y usted desconocía los motivos?

—Sí. Se lo repito, subcomisaria: Esteban no me implicaba en sus negocios. Y, además, precisamente en este caso... —dijo, pero se interrumpió de nuevo.

—¿Precisamente en este caso? —la apremió Vanina.

—Creo que aquí se veía con una mujer —se resignó a admitir la señora Visconti.

—¿Tiene alguna idea de quién podría ser esa mujer?

—No, ninguna. Pero estoy segura de que no era alguien a quien viera en Milán, menos aún en Ascona.

Vanina cambió de tema.

—¿Por qué vivían en Ascona?

—A Esteban le gustaba Suiza. Decía que era un país civilizado. Y tenía razón.

—¿Allí también tenía negocios?

—Creo que sí.

—¿Cuentas corrientes?

—Claro, es obvio si residía allí. Perdone que le pregunte, pero ¿qué tiene eso que ver con un homicidio que se ha producido en Catania?

Luisa Visconti empezaba a ponerse a la defensiva.

—Que el homicidio se haya producido en Catania no significa que se planeara aquí. Y, por el momento, no podemos excluir ninguna posibilidad. Debemos investigar de forma exhaustiva a su marido y obtener el máximo de detalles posible.

—Entiendo.

Vanina se apartó del escritorio con el sillón.

—Puede irse por ahora. Marta, acompaña a la señora a ver a su marido.

La mujer se puso en pie.

Vanina la imitó y le tendió una mano. Antes de que Luisa Visconti saliera, seguida de Bonazzoli, la llamó de nuevo:

—Solo una cosa más: ¿su marido tenía más familia, aparte de usted?

—Nadie más, aparte de sus exmujeres estadounidenses. Esteban no tuvo hijos con ninguna de las dos. En cuanto a su vida de antes, es decir, con su mujer cubana, ya le he dicho que era imposible hablar de eso con él.

Vanina le dijo que podía marcharse.

—¿Por qué se casaría con ese tipo? —comentó el inspector jefe.

—¿Qué quiere decir, Spanò?

—Esto no lo sé, eso tampoco lo sé, de eso otro no me contaba nada y lo de más allá no me interesaba... ¿Para qué se casaron entonces esos dos?

—Me atrevería a formular una hipótesis —le respondió Vanina, con el paquete de tabaco ya en la mano.

—Pues atrévase, a ver si es la misma que la mía.

Se encendió un cigarrillo y le ofreció otro a Spanò.

—Podríamos imaginar, por ejemplo, que Esteban Torres tuviera necesidad de acelerar, vamos a decirlo así, los trámites para obtener la nacionalidad italiana.

—Perfecto, es lo mismo que pensaba yo.

—Aunque por lo general, es al revés —apuntó Vanina.

—Pero él se trasladó a Italia.

—Es curioso, ¿no? Abandona su país de origen, consigue la nacionalidad estadounidense y luego, en un momento determinado, decide mudarse a Italia, pero establece su residencia en Suiza.

Spanò arrugó la nariz.

—A mí me huele a dinero sucio.

—Y a mí, Spanò, aunque de momento solo sea un tufillo. Bueno, ¿qué son esos documentos?

—Ah, ya no me acordaba. La Científica ha enviado el informe. Fíjese de qué pistola procede el proyectil.

Vanina leyó, arrugó la frente y volvió a leer.

—¿Una Makarov nueve milímetros?

Spanò asintió.

—Una pistola rusa —añadió Vanina.

—¿Quién puede tener una pistola así? —preguntó Spanò.

—Ni idea, inspector. —Vanina reflexionó un momento—. ¿Conocemos a alguien en la Científica que se ocupe de balística? Quisiera evitar a Manenti.

—Yo conocía a uno, pero se ha jubilado hace poco. Fragapane seguro que sabe de alguien.

—Y, por cierto, ¿tenemos noticias de Munzio, el nuevo director de la Científica? ¿No tenía que llegar durante las dos semanas que yo he estado fuera?

—Se ha retrasado un poco, pero ahora ya es cuestión de días que llegue.

—Menos mal.

Spanò salió disparado a llamar al suboficial, que llegó a la carrera.

—El oficial jefe Pappalardo, subcomisaria —respondió enseguida, en cuanto Vanina se lo preguntó.

—¿Pappalardo se ocupa de balística?

—Sí, y lo hace muy bien —añadió Fragapane.

Vaya con Pappalardo, era una caja de sorpresas.

—¿Puede llamarlo al número personal y pasármelo? —preguntó Vanina.

Fragapane sacó el móvil y marcó el número. Se lo pasó directamente a Vanina.

—Aquí Salvatore —respondió el oficial jefe.

—Pappalardo, soy la subcomisaria Garrasi.

—¡Buenos días, subcomisaria! Lamento no haber ido ayer al aeropuerto, pero Manenti me retuvo aquí.

—No se preocupe, conozco bien las dinámicas mentales de Manenti.

—Me puso a trabajar en el caso de un robo en un piso, lo lleva la comisaría central. Dígame, ¿en qué puedo ayudarla?

—¿Usted se ocupa en particular de balística?

—En particular no, pero me gusta. He hecho muchos cursos.

—¿Sabe con qué pistola dispararon al hombre del aparcamiento del aeropuerto?

—No, no me lo han dicho.

—Una Makarov nueve milímetros.

—Gente del este, entonces —comentó el oficial jefe.

—¿Por qué lo dice?

—¿Sabe usted cómo llamaban antes a esa pistola, subcomisaria? «Reina de la Guerra Fría», porque en aquella época la usaban los soviéticos. No es fácil encontrarla en Italia, y creo que hoy en día casi nadie la elegiría como arma personal.

—Por tanto, es probable que el asesino de Torres la tuviera ya desde hace tiempo.

—Eso creo.

—¿Un ruso? —aventuró Vanina.

—Un ruso, sí. Pero también podría ser un rumano o un ucraniano. Alguien de la Europa del Este, vamos.

Vanina meditó la cuestión.

—Gracias, Pappalardo.

—De nada, subcomisaria. Para cualquier cosa que necesite, aquí me tiene.

Los dos policías que se definían a sí mismos como «de la vieja guardia» se habían sentado delante de la subcomisaria y la observaban conteniendo el aliento.

—¿Cree usted que la mafia rusa podría estar implicada en este homicidio? —se atrevió a preguntar Fragapane, mientras recuperaba su móvil.

—Tal y como veo el asunto en este momento, por desgracia podría tratarse de cualquier cosa.

En el informe de la Científica aparecían varias huellas dactilares halladas en el coche, pero ninguna de ellas se había podido identificar.

Vanina recordó en ese momento que aún no se había encontrado la documentación del muerto.

—Me gustaría saber por qué el asesino le robó la documentación a Torres. El teléfono, vale, pero... ¿su documentación personal?

Spanò negó con la cabeza.

—¿Hemos intentado acceder ya a los registros telefónicos de Torres?

—Sí, Nunnari está en ello.

—Me temo que hasta que no los tengamos, no sabremos por dónde empezar.

Se puso en pie y los dos agentes la imitaron.

Cruzó el pasillo y fue a llamar a la puerta de Macchia.

Giustolisi, el director de la Sección del Crimen Organizado estaba con él. Le tendió la mano a Vanina.

—Menos mal que has vuelto, Garrasi.

—Cuéntame, Vanina —dijo Macchia.

La subcomisaria lo puso al día de las pocas novedades que tenían. Le habló de la pistola y lo informó acerca de los primeros pasos que tenía pensado dar.

—Garrasi, ya te dije que este caso era un marrón.

El comisario jubilado Biagio Patanè salió rejuvenecido del barbero.

Tras unos pocos días en la cama por culpa de una gripe, su aspecto había sufrido un deterioro sin precedentes. A los ochenta y tres años no hay que despistarse, basta con bajar la guardia un momento y uno se convierte en un viejo decrépito. Se ajustó el nudo de la corbata, se colocó bien la bufanda, se abrochó el abrigo cruzado de color gris oscuro y se caló la boina gris hasta las orejas. Luego se dirigió lentamente hacia la calle Etnea.

Había dejado de llover y, en ese momento, estaba saliendo un tímido rayo de sol que iluminaba el día.

Si su mujer, Angelina, hubiera sospechado adónde se dirigía Biagio Patanè con el pelo recién cortado y la barba recién afeitada, le hubiera montado un numerito. Le daba risa la idea de que aquella santa mujer aún se pusiera celosa, como si a su edad Gino aún pudiera tener algún escarceo por ahí. Pero lo que más gracia le hacía era que la mujer que despertaba los celos de Angelina podría ser no solo su hija, sino incluso su nieta.

Consultó el reloj y aceleró el paso.

Cuando llegó a la cafetería en la que se habían citado, Gino estaba casi sin aliento, pero se sentía feliz.

La subcomisaria Vanina Garrasi se le acercó enseguida con los brazos abiertos.

—¡Comisario!

Le dio un beso y lo abrazó. Luego se sentaron en una mesa con vistas al edificio de la universidad.

—¡Qué bonita es esta ciudad! —Patanè suspiró, con expresión radiante.

De vez en cuando se le olvidaba lo agradable que era sentarse a contemplar el esplendor de su Catania.

—Razón no le falta —coincidió Vanina—, aunque me cueste bastante admitirlo, ¿eh?

—Faltaría más. Palermitana de pies a cabeza. ¡No se me olvida, no! —Parecía contento de verla—. Por fin ha vuelto. Ya estaba empezando a echarla de menos —confesó, pero enseguida temió haberse puesto demasiado sentimental y soltó una carcajada—. Sobre todo, porque cuando no está, me toca llevar vida de jubilado y, a estas alturas, ya me había acostumbrado a prestar servicio de vez en cuando, aunque sea a escondidas.

Vanina, sin embargo, agradeció el comentario.

—Yo también lo he echado de menos, comisario. Mucho más de lo que cree.

Patanè era la única persona a la que se había acordado de llamar durante las últimas dos semanas. Hablar con él le había infundido una confianza incomparable.

Se le hacía raro pensar que, en realidad, solo se conocían desde hacía unos meses.

Como buenos adictos al cacao que eran, ambos pidieron chocolate a la taza en lugar de café.

—Bueno, ¿acaba de llegar y ya la han puesto a trabajar? —dijo Patanè, yendo al grano.

—Por suerte, sí.

El comisario sonrió.

—La entiendo. A su edad, yo tampoco sabía estarme de brazos cruzados.

Para ser más exactos, tampoco ahora sabía estarse de brazos cruzados, pero no lo especificó. Total, Garrasi lo sabía perfectamente.

Vanina le contó el caso del hombre muerto hallado en el aparcamiento.

—Parece una historia muy *arrembrollada* —comentó Patanè, rápidamente interesado—. ¿Y qué piensa hacer mientras espera los registros telefónicos?

—Hoy mismo hablaré con un excompañero de Milán que trabaja en el Servicio para la Cooperación Internacional y le pediré que ponga en marcha una investigación sobre la vida anterior de Torres. En Estados Unidos y, si es posible, en Cuba.

—¿Y qué espera encontrar? —preguntó el comisario, no muy convencido.

—Puede que nada útil. Pero usted lo sabe mejor que yo: cuando no se tiene un retrato claro de la víctima, investigar resulta más difícil.

—Está claro que el *amiricanu* ese algún tejemaneje debía de tener en Catania. Sobre todo, si tenía una casa en Trecastagni.

—Spanò y yo iremos a verla más tarde. Es probable que, después de dejar el Palace, Torres se instalara allí, básicamente porque no consta que se haya alojado en ningún otro hotel.

—¿Tienen las llaves? Porque si no, les va a tocar forzar la cerradura.

—No tenemos llaves, lo cual significa que nos cargaremos la puerta. Total, parece que Vassalli está de buenas: me dice que sí a todo y rápido. La orden para entrar en la casa de Torres me la ha dado sin pedirme explicaciones.

Patanè le dedicó una sonrisa burlona.

—Bueno, y si no... —se limitó a decir.

Sin embargo, se entendieron sin necesidad de añadir nada más.

Se terminaron el chocolate y se pusieron en pie. Como de costumbre, se pelearon por pagar y, también como de costumbre, el comisario se negó a dejar que lo invitara ella.

Ya estaban en la plaza del Duomo cuando a Vanina le sonó el teléfono.

—Dime, Marta.

—¿Dónde estás, Vanina?

—En la calle Etnea, pero ya voy hacia allí. ¿Por qué?

—Nunnari acaba de decirnos que el móvil de Torres se ha encendido.

La subcomisaria se paró en seco.

—¿Y lo han localizado?

—Sí.

—¿Sería mucho pedir que me dijeras dónde está? —se impacientó Vanina.

Marta era maja, adorable y buena en su trabajo, pero a veces había que darle un empujoncito.

—En el aeropuerto. Lo tiene un sintecho que duerme allí. Spanò y Fragapane ya han ido a buscarlo.

Vanina sopesó la información durante unos instantes.

—Envía a alguien a buscarme, estoy en Porta Uzeda.

No tenía ganas de ir a pie, y encima corriendo, hasta el despacho. Y Patanè menos aún.

Bernardo Piscitello, el sintecho que había tenido la desgracia de toparse con el teléfono de Esteban Torres, miraba a su alrededor con aire de estar muy perdido.

En cuanto su vecino de manta, experto en electrónica, había desbloqueado el teléfono, el chisme había empezado a sonar y Bernardo había respondido. A partir de ese momento, se le había acabado la paz. En un abrir y cerrar de ojos, se le habían echado encima dos agentes y, sin dar muchas explicaciones, lo habían metido en un coche. Y ahora estaba en un despacho con otros polis —uno de ellos bastante entradito en años—, sentado delante de una mujer a la que todos llamaban «jefa». A esta, precisamente, había tenido que contarle toda la historia desde el principio y, al parecer, no se la había tragado.

—A ver si lo entiendo, señor Piscitello: ¿ha encontrado el móvil en un rincón de la explanada que está frente a la terminal de llegadas?

—Sí, señora. Esta mañana, temprano.

—Y, según dice usted, ha intentado encenderlo para buscar al propietario y devolvérselo.

—Eso mismo, sí.

—¿Y no se le ha ocurrido entregarlo a los de Vigilancia Aduanera?

Bernardo le dedicó una sonrisa desdentada, con las únicas cuatro piezas que le quedaban bien expuestas en primera fila.

—¿Que si no se me ha ocurrido, inspectora...?

—Subcomisaria, Piscitello.

—Usted perdone: subcomisaria. A ver, supongo que entiende que alguien como yo no tiene una relación precisamente... tranquila, vamos a decirlo así, con las fuerzas del orden. Hubieran pensado que lo había robado yo...

—Así que ha preferido quedárselo y le ha pedido a un amigo

suyo que lo desbloqueara. ¿Y luego? ¿Qué habría hecho si mi compañero no hubiera llamado de inmediato?

La subcomisaria señaló con un gesto a Nunnari, que estaba de pie tras ella casi en posición de firmes. La idea que había tenido el oficial de llamar al número de Torres cuando los colegas del aeropuerto estaban ya en el lugar de los hechos, había resultado decisiva.

—Pues habría marcado el último número y, si me hubiera respondido alguien, le habría dicho que había encontrado este móvil.

Macchia se asomó a la puerta y ocupó por completo el umbral. Echó un rápido vistazo al abarrotado despacho y uno menos rápido a Bonazzoli, que lo miraba embelesada. Por último, se fijó en el hombre andrajoso que estaba sentado delante de Garrasi y lo observó con curiosidad.

—¿No entras, Tito? —lo invitó Vanina.

El Gran Jefe le hizo un gesto para indicar que no era necesario y le pidió a Marta que fuera a verlo en cuanto tuviera un momento libre. La chica asintió.

Lo Faro, que hasta aquel momento había permanecido apoyado en la pared a una distancia prudencial del interrogado, arrugando continuamente la nariz para dejar claro que el tipo en cuestión olía muy mal, salió disparado tras el Gran Jefe en cuanto este empezó a alejarse y lo siguió hasta el pasillo.

—Comisario, si necesita algo..., me tiene a su disposición.

Macchia lo mandó de vuelta al despacho.

Fragapane puso los ojos en blanco y sacudió la cabeza en un gesto de resignación.

Garrasi, en cambio, se limitó a clavar en él sus ojos de color gris acero con una mirada que no auguraba nada bueno.

—Escuche, señor Piscitello —concluyó—, ¿recuerda usted si además del teléfono había algo más? No sé, ¿documentos, llaves o algo así?

—No, solo el teléfono.

—Muy bien. Por mí ya puede marcharse.

El hombre se puso en pie y le hizo una especie de reverencia.

—Al propietario del teléfono le ha pasado algo malo, ¿verdad? —preguntó antes de salir.

—Por desgracia, sí —respondió Vanina.

El sintecho no preguntó nada más. Se dirigió a la puerta arrastrando los zapatos, que le iban demasiado grandes.

—Lo Faro, acompáñalo al portón —le ordenó la subcomisaria—. Y luego vuelve, que quiero hablar contigo.

El agente obedeció, muerto de miedo.

A Vanina le había bastado con un mínimo gesto de invitación a Patanè para que este, tras captarlo al vuelo, se colara en la reunión. Se había sentado a su lado, tras el escritorio que en otros tiempos le había pertenecido.

Spanò todavía no había saludado como es debido al viejo comisario. En cuanto Lo Faro salió del despacho con el sintecho, se acercó y lo abrazó.

—¡Comisario!

—¡Carmeluzzo!

Dado que Garrasi había estado fuera, Spanò y Patanè tampoco se habían visto.

Vanina abrió la ventana de par en par para ventilar.

—Pobrecillo —comentó.

—Bueno, subcomisaria, yo creo que ese pobre desgraciado no tiene nada que ver con el caso —dijo el comisario en cuanto se hubieron puesto cómodos los tres.

Bonazzoli se había marchado con Nunnari a obtener información del teléfono y Fragapane había abandonado el despacho después de Lo Faro.

Se pusieron a fumar y, esta vez, Spanò sacó sus propios cigarrillos del bolsillo.

—Espero que no le importe, subcomisaria, pero prefiero Marlboro.

Vanina se echó a reír.

—¿Tan mal ejemplo soy, inspector, que ya ha empezado a comprarse tabaco? ¿O es que los Gauloises le dan mucho asco y no se atrevía a decírmelo?

—No, qué va, me compré el paquete una tarde que estaba aburrido y me apetecía fumar. ¡Hace una semana que lo tengo, fíjese!

Lo que no podía confesarle, claro, era que los cigarrillos le habían servido para matar el rato durante una vigilancia no convencional.

Vanina se volvió hacia Patanè.

—Yo también estoy convencida de que ese pobre hombre no tiene nada que ver. Es más, estoy segura de que ha dicho la verdad. Es cierto que esta mañana lo han pillado en un minuto. Y los de Vigilancia Aduanera dicen que nunca ha dado ningún problema, aparte de hurgar en la basura y mendigar comida por ahí. Y ocupar sin permiso un rincón de la terminal. Su amigo, el que ha desbloqueado el teléfono, dice que era técnico informático en su «vida anterior».

—Por Dios. A saber qué le habrá pasado al pobre —comentó Patanè.

—En fin —prosiguió Vanina—, la cuestión es que ahora por lo menos tenemos las llamadas telefónicas de Torres. Ya es algo. Esperemos que las noticias que han salido en la tele, en la prensa y en internet sirvan para que aparezca algún conocido de Torres y pueda contarnos algo más sobre él.

—Y luego está la casa de Trecastagni a la que tienen que ir, ¿no? —le recordó el comisario.

—Es verdad, ya se me olvidaba. —Consultó el reloj. Las dos y cuarto ya. Por eso tenía hambre.

En ese momento volvió Lo Faro. Vanina lo recibió con la expresión del verdugo que se dispone a dar el primer latigazo.

—Discúlpeme, jefa, es que pensaba que el comisario a lo mejor necesitaba...

—¿Qué? ¿Un café?

—No... no lo sé.

—Escúchame bien, Lo Faro: la próxima vez que salgas del despacho durante un interrogatorio, terminarás en la oficina de pasaportes.

El chico se puso nervioso.

—Y no te atrevas a llamarme jefa, no te he dado permiso.

Lo Faro bajó la cabeza, avergonzado.

—Perdone, subcomisaria.

—Y ahora, vete a comer, a ser posible sin molestar otra vez al comisario Macchia.

Mientras Lo Faro salía, llegó Marta.

Vanina cogió la chaqueta, se la puso y se colocó bien la funda del arma.

—Nosotros cuatro nos vamos a la *trattoria* Da Nino a comer, que si no yo no tengo fuerzas para subir al Etna.

Tenía el móvil en la mano y el cigarrillo entre los labios, todavía sin encender.

Patanè miró la hora.

—¡Ay, la Virgen! —se sobresaltó—. ¡A estas horas, Angelina ya me habrá dado por desaparecido!

Se abalanzó hacia el teléfono fijo del despacho —su móvil de principios del milenio estaba siempre sin batería— y se tragó sin rechistar la bronca que le soltó su mujer en cuanto supo dónde estaba y, sobre todo, en cuanto se enteró de que no volvía a casa a comer.

La *trattoria* de Nino, célebre por sus platos caseros, estaba menos concurrida que de costumbre. A pesar de ello, Nino estaba tan atareado como siempre: servía las mesas, recibía a los clientes y dispensaba abrazos y reverencias a los habituales. Tras haber saludado afectuosamente al comisario Patanè y haber trasladado a Vanina su preocupación por la prolongada ausencia, los acompañó a la mesa más apartada y en apenas unos minutos les llevó aceitunas, queso *primosale* y pan. Luego tomó nota. Cuatro platos de pasta *alla Norma*, el de Marta sin *ricotta* salada.

—Pero ¿queso tampoco come, inspectora? —quiso saber Patanè, que todavía no había entendido muy bien qué significaba el término «vegano».

—No, comisario. No como ningún producto de origen animal. Ni leche, ni lácteos, ni huevos... —respondió Marta.

—¿De verdad lo dice? —preguntó el hombre, consternado.

¿Y de qué vivía entonces? ¿Del aire? Con razón estaba tan flaca. Guapísima, sí, pero demasiado delgada.

—Menos mal que en Sicilia tenemos muchos platos vegetarianos —reflexionó y se puso a enumerarlos: *caponatina*, pimientos asados, sopa de calabaza, pasta *alla Norma*...

—Claro. Si pasamos por alto el tema fritos... —comentó Marta.

—Ah, entonces sí que es grave la cosa. Y ¿se puede saber qué come usted?

Vanina intervino en el debate —que, según su experiencia personal, podía alargarse horas sin llegar a ningún sitio—, y le puso fin.

—Spanò, ¿tenemos noticias más concretas de los bienes inmuebles de Torres? —quiso saber.

—Lo Faro se ha puesto con el tema esta mañana. Parece que no hay nada destacable. La casa de Trecastagni, que es la que más nos interesa, la tiene desde principios de los noventa.

—¿Hemos rastreado las tarjetas de crédito de Torres? —preguntó Vanina.

Con eso de haberse incorporado a una investigación ya en marcha, tenía constantemente la sensación de que se le había olvidado pedir todas las comprobaciones posibles.

—Fragapane está en ello.

Vanina reflexionó sobre las famosas doce horas, que ya habían transcurrido. Y, sin embargo, seguían sin pistas. Eso no auguraba nada bueno.

—Tenemos que ampliar el radio de la investigación —dijo de repente, interrumpiendo el silencio que había provocado la llegada de la pasta *alla Norma*.

Los otros tres se quedaron con el tenedor suspendido en el aire.

—¿Hasta Estados Unidos? —preguntó Patanè, asintiendo para indicar que lo había entendido.

—Hasta Estados Unidos.

Spanò y Marta estuvieron de acuerdo.

Por deferencia al comisario, que no dejaba de tener ochenta y tres años aunque aparentara diez menos, habían cogido un coche de servicio para ir al restaurante. Bonazzoli, que aquella mañana no había conseguido correr ni medio metro por culpa de la lluvia, aprovechó la ocasión para recuperar una mínima parte del movimiento perdido y se fue a pie.

—¿Qué me dice, comisario? ¿Le apetece subir con nosotros a Trecastagni? —le propuso Vanina.

Sin molestarse en contestar, Patanè echó a correr hacia el coche y se plantó en el asiento trasero. Cuando se dio cuenta de que Garrasi y Carmelo sonreían se sintió un poco ridículo.

—Parezco Ridolini, ¿verdad? —dijo, burlándose de sí mismo.

—Más o menos —le confirmó Vanina, intentando sin éxito que el comisario se sentara delante.

—Con las cosas serias no se juega —respondió Patanè.

Se acomodó y se abrochó el cinturón de seguridad, más contento que unas pascuas.

—¿De verdad sabe usted quién era Ridolini, subcomisaria? ¡Pero si eso es de mi época!

—¿Y qué le hace pensar que yo no conozco el cine de época? Larry Semon, más conocido como Ridolini.

—A veces se me olvida que usted ha visto las mismas películas que yo. ¡Será porque me parece raro!

Antes de subir al coche, Vanina había visto a Bonazzoli doblar la esquina, con el móvil ya en la mano. Cuando ella se había marchado a Palermo, la historia entre Marta y el Gran Jefe estaba atravesando un momento difícil y ella era la única persona a quien se habían confiado los dos. Pero había un detalle particular, que había intuido un par de días antes relacionando algún que otro indicio obtenido por casualidad. Detalle, claro, que tanto Bonazzoli como el Gran Jefe habían omitido. Y ahora sentía curiosidad por saber si había acertado.

Mientras tanto, sin embargo, fue Spanò quien le reveló una novedad sobre el asunto.

—Mejor cojo el camino largo, no vaya a ser que nos crucemos con Bonazzoli y la molestemos —dijo el inspector, en tono burlón.

—¿Por qué? —preguntó Vanina.

Carmelo se hizo el misterioso, pero su expresión —entre divertida y maliciosa— daba a entender que no veía el momento de contarlo.

—El otro día, Nunnari y yo descubrimos un secretito que va a hacer que la jefatura entera tiemble.

Patanè asomó la cabeza entre los dos.

—Pero ¿sobre quién? ¿Sobre la inspectora? —preguntó, muerto de curiosidad.

Vanina pensó que había llegado el momento que Marta tanto temía.

—La misma —respondió Carmelo, con aires de misterio.

—Venga, Spanò, deje de comportarse como un crío y cuéntenos lo que sabe. ¿Con quién la han pillado? —lo apremió Vanina.

—Con el Gran Jefe en persona —anunció Spanò, recalcando las palabras.

—¡La hostia! —se le escapó a Patanè.

Vanina ni se inmutó.

—¿Están seguros?

—¡Al cien por cien, subcomisaria! Estaban en San Giovanni Li Cuti, delante de la casa de Bonazzoli, y ella estaba bajando de la moto del jefe.

—¿Y qué? No quiere decir nada. A lo mejor solo la llevó a casa —apuntó Vanina.

—Subcomisaria, hágame caso, no tenemos la menor duda. ¡Se estaban *amorreando* que parecía que se iban a asfixiar!

Y sobre ese término, que recogía mejor que cualquier otro la idea de lo pegados que debían de estar Marta y Tito, recayeron todas las objeciones posibles.

La cuesta de los Saponari, o Jaboneros, empezaba justo después de un par de curvas a las afueras del municipio de Viagrande. Patanè y Spanò se pasaron media hora discutiendo sobre la historia de dicha cuesta antes de ponerse de acuerdo: era el camino que, en otros tiempos, subían trabajosamente los fieles durante las fiestas de san Alfio, san Filadelfo y san Cirino, pero también el que usaban los «jaboneros» para llegar a Trecastagni, donde iban de puerta en puerta ofreciendo trozos de jabón a cambio de cualquier objeto que después revendían.

La empinada cuesta llegaba justo hasta el centro de Trecastagni, donde cambiaba de nombre. A partir de ahí, asfaltada con losas de piedra volcánica e iluminada por pintorescas farolas, discurría entre casas solariegas y pasaba junto a la escalinata que subía hasta la Chiesa Madre del pueblo.

La casa que había pertenecido a Esteban Torres estaba bien conservada y, sin duda, se había reformado en tiempos recientes.

Vanina se acercó al portón verde y llamó con la aldaba. Se fijó entonces en que justo al lado había un interfono, sin nombres. Pulsó el botón.

—Pero ¿por qué llama al timbre, subcomisaria? —dijo Spanò.

Ya tenía en la mano un pie de cabra heredado de un ladrón de gallinas que en una ocasión había intentado entrar en casa de su hermana y a quien él había ahuyentado. Desde luego, no era el método más elegante posible, pero mejor eso que fastidiarse un hombro. O terminar reventando la cerradura a tiros.

—Como te vea alguien, te van a tomar por un maleante —comentó Patanè, con la bufanda subida hasta el cuello para evitar una posible recaída gripal.

El inspector estaba a punto de entrar en acción cuando a través del interfono les llegó una voz femenina.

—*Hello?*

Se miraron unos a otros, perplejos.

—*Hello?* —repitió la voz, esta vez más fuerte.

Vanina se acercó al interfono.

—Policía —respondió.

La puerta se abrió de inmediato con un chasquido.

La pareja danesa que diez días atrás había alquilado la casa etnea de Torres estaba sentada en un sofá de dos plazas con el inconfundible sello de IKEA, lo mismo que el resto del mobiliario. No hace falta decir que ni él ni ella conocían a Esteban Torres ni habían oído jamás hablar de él. El contacto que habían encontrado en una página web de reservas era un tal Manuel Nuzzarello que, si no habían entendido mal, debía de ser una especie de administrador de varias casas de alquiler vacacional en la zona.

—¿Tenéis el número del señor Nuzzarello? —preguntó Vanina, tras una larga y agotadora conversación a la cual Patanè y Spanò habían asistido en el más absoluto silencio, sin entender ni una palabra de lo que se decía.

—¡Sí, claro!

La chica corrió a la habitación contigua y volvió con un *smartphone* en la mano. Empezó a hacer correr la pantalla con el dedo, muy concentrada, hasta que encontró lo que buscaba. Le mostró la pantalla a Vanina, que se inclinó hacia delante para leer el correo. La chica dio un respingo y la distrajo. La subcomisaria la observó para entender el motivo de su sobresalto y se dio cuenta de que la danesa estaba mirando fijamente su inseparable Beretta reglamentaria, que asomaba bajo la chaqueta.

La tranquilizó diciéndole que tenía el seguro puesto, aunque no sirvió de mucho, porque la chica siguió mirando el arma con desconfianza. Era algo bastante habitual cuando alguien la veía armada, sobre todo en situaciones que no lo requerían. La tomaban por una especie de justiciera, alguien de gatillo fácil, lo que no se correspondía en absoluto con la realidad. A Vanina, sin embargo, le daba bastante igual: salir sin arma no era negociable para ella.

En el correo electrónico que le había enseñado la chica estaban las indicaciones para llegar a la casa, los métodos de pago disponibles —que «por desgracia, y debido a un inesperado problema técnico» no incluían «en ese momento» ni las tarjetas de débito ni las de crédito— y, por último, los datos de contacto de Nuzzarello. Vanina se los dictó a Spanò, que los guardó en la agenda de su teléfono, mientras Patanè, por seguridad, los anotaba en una de las hojas cuadriculadas de su inseparable libretita medio rota. «Qué quiere que le diga, mejor no fiarse mucho de esas brujerías tecnológicas».

—A saber por qué ese destino turístico no consta en ningún lado —reflexionó Spanò mientras volvían al coche.

Vanina apartó los ojos del teléfono, en el cual había memorizado el número de Nuzzarello. Tenía intención de llamarlo en breve.

—¿Quiere que le comente un par de posibles razones? La primera es que ese destino turístico no está registrado en ningún sitio, motivo por el cual no aceptan métodos electrónicos de pago. Y la segunda es que la investigación sobre los bienes inmuebles de Torres se la hayáis encargado al tonto de Lo Faro. Seguro que no ha pasado de la primera página.

A Patanè se le escapó una carcajada. El pobre chaval casi le daba pena. Salvatore Fragapane lo había tomado bajo su protección y estaba tratando de ayudarlo no solo a integrarse en la unidad, sino también a caerle en gracia a Garrasi. Y el chaval, nada: en cinco minutos, echaba por tierra semanas enteras de trabajo.

—¡Pobrecillo! —comentó.

—¿Quién? ¿Él o quien está obligado a trabajar con él? —preguntó Vanina.

—Pero si no es mal chaval. Me recuerda a un sargento que tuve a mis órdenes allá por los años sesenta: más simple que un botijo, e igual de redondo. Le decías que blanco y él entendía negro. Le decías gira a la derecha y él, a la izquierda, siempre. Pero de vez en cuando, yo no sé qué le entraba, se *arrespabilaba*, y era capaz de resolverte un caso.

—Comisario, hágame caso: Lo Faro no se *arrespabila* ni aunque le caiga una lluvia de bombas encima de la cabeza. Y más que un botijo, ¡parece una bola de bolera!

Esta vez fue Spanò quien se echó a reír.

Vanina cogió de nuevo el teléfono para llamar al famoso Nuzzarello, pero en ese momento se le iluminó la pantalla y el móvil empezó a sonar. Respondió enseguida.

—Subcomisaria Garrasi, soy Vassalli.

La voz parecía de todo menos alegre.

—Buenas tardes, fiscal.

—La llamo para decirle que ha aparecido otro cadáver, muy probablemente relacionado con el asesinato de Torres. Los *carabinieri* acaban de encontrarlo en Taormina. Por desgracia, nos vemos obligados a participar en la investigación, en colaboración con la fiscalía de Mesina y con los *carabinieri*. Se trata de una mujer identificada como Roberta Geraci.

Vanina se quedó perpleja.

—Disculpe, fiscal, pero ¿por qué creen que existe relación entre los dos asesinatos?

—Porque entre los efectos personales de la mujer se ha encontrado una fotografía en la que aparece con un hombre. El recepcionista del hotel de Taormina, donde se ha descubierto el cadáver, lo ha reconocido: es Esteban Torres.

6.

En temporada baja, Taormina tenía un encanto especial. Nada de multitudes, aparcamiento de sobra y un número reducido de clientes en los pocos hoteles que permanecían abiertos.

El establecimiento en el que se había descubierto el cadáver de Roberta Geraci era un hotel histórico construido en un antiguo convento, del cual se conserva el claustro interior y el pozo central. Y en ese pozo, precisamente, habían ocultado el cadáver.

Vanina y Spanò habían llegado a toda prisa. Solo habían tardado el tiempo de dejar a Patanè en su casa y recoger a Marta, que como conductora rápida no tenía nada que envidiar a los pilotos de Fórmula 1. Cuarenta minutos más tarde, los tres policías estaban en el escenario del crimen.

Por el camino, Garrasi había llamado a Adriano Calí, que estaba llegando a Taormina. Dada la relación que al parecer existía entre el cadáver recién encontrado y el caso de Esteban Torres, le habían encargado a él la autopsia, aunque la fiscalía competente fuera la de Mesina.

Casi de milagro, antes de que se le pasara por completo, Vanina había llamado también a Giuli para decirle que no podría quedar con ella esa noche, como le había prometido el día anterior.

El capitán Rodolfo Silvani, que se había puesto en contacto con ella apenas un segundo después de que terminara de hablar con Vassalli, fue a su encuentro nada más verla. Pelo ligeramente entrecano peinado a la antigua, ojos claros, estatura tirando a alta. Sonrisa radiante. El doble rejuvenecido de Vittorio De Sica en el papel del subteniente Antonio Carotenuto en *Pan, amor y fantasía*.

—Esperaba verla, subcomisaria Garrasi.

Más que esperarlo, estaba convencido de que sería así. Cuando había salido a la luz la relación más que evidente con el homicidio que estaba investigando la Policía Judicial de Catania, Silvani había comprendido enseguida con quién le iba a tocar vérselas: la subcomisaria adjunta Giovanna Garrasi, también conocida como Vanina. Una mujer como ella, que llevaba lo de ser poli grabado a fuego en el alma, no le iba a dar ni un respiro hasta que resolviera el caso, para lo cual recurriría, muy probablemente, a sus propios métodos.

Era obvio que tarde o temprano tendría que enfrentarse a ella, por lo que el capitán había decidido anticiparse y llamarla. Mejor quitarse las formalidades de encima cuanto antes.

El pozo, de esos antiguos con un cubo oxidado que colgaba en lo alto y la tapa de hierro medio abierta, era más ancho de lo que Vanina imaginaba. Lo bastante como para que el cuerpo de la mujer, que no debía de ser muy alta, cupiera estirado en el fondo.

Adriano Calí parecía fuera de sí. Ojos brillantes, pálido como un cadáver. Se afanaba con el cadáver mientras los *carabinieri* del DIC, el Departamento de Investigaciones Científicas, procedían a hacer sus comprobaciones.

Garrasi pasó bajo la cinta blanca y roja, y se acercó a ellos. El cadáver tenía un aspecto aterrador: estaba completamente recubierto de una especie de pátina blancuzca que emanaba un olor nauseabundo. Adriano reparó en la presencia de Vanina y enseguida se puso en pie.

—No me lo puedo creer, pobre Bubi —dijo.

—¿Bubi? —le preguntó Vanina, sorprendida.

—Así se hacía llamar.

—¿La conocías?

—Desde hace algún tiempo. Era una mujer extravagante, divertida.

—¿Cómo ha muerto?

—Un golpe letal entre el hueso temporal derecho y la oreja.

—¿Con qué?

—No lo sé, pero algo contundente.

—¿Cuándo ha ocurrido?

—Pues..., dadas las condiciones y teniendo en cuenta que hasta anteayer hacía calor, no creo que lleve muerta más de diez días. La capa de agua estancada del fondo del pozo ha saponificado el cadáver.

Vanina se alejó con una mueca. La vaharada que le había llegado era más desagradable que de costumbre. Aun así, tuvo tiempo de asomarse al pozo, que tenía unos dos metros de diámetro y otros dos de profundidad. Suponer que la mujer se había caído sola y se había partido el cráneo quedaba descartado.

—Te recomiendo que no te acerques mucho —le dijo Adriano—. Pocos olores son tan desagradables como el de la adipocira que se forma sobre la superficie de un cuerpo humano durante la saponificación.

Silvani, que sí había mantenido las distancias, tenía en la mano la documentación de la víctima.

—Roberta Geraci, nacida en Catania en 1957, separada. Residente en Noto, provincia de Siracusa. Profesión: relaciones públicas.

Que la muerta residiera en Noto explicaba por qué Adriano la conocía.

—Bubi organizaba eventos —informó el forense, uniéndose a la conversación—: convenciones, espectáculos. Principalmente en Catania, pero a veces también fuera de Sicilia. No pasaba mucho tiempo en Noto, solo tenía allí la residencia porque le gustaba. A saber qué estaba haciendo en Taormina.

Silvani les comunicó lo que sabía sobre esa cuestión:

—El recepcionista nos ha dicho que la señora iba a pasar aquí una temporada con Esteban Torres. Pero, al parecer, él le había dicho que tardaría una semana en llegar.

—¿Quién la ha encontrado? —le preguntó Vanina.

—Un empleado que pasaba por el claustro. Por lo visto, en la temporada de invierno no es una zona muy frecuentada del hotel. Ha notado un olor extraño y se ha acercado al pozo pensando que encontraría dentro un gato muerto o algo así. Ha abierto la mitad de la tapa y ha visto el cadáver.

—Y durante los días previos, ¿nadie notó el hedor?

—Probablemente no, Vanina —intervino de nuevo Adriano—. Ten en cuenta que estamos en pleno otoño y que estos dos últimos días ha hecho más frío que de costumbre. El pozo es un espacio ventilado y el cadáver no se ha descompuesto porque se inició el proceso de saponificación, que lo ha preservado en cierto modo.

—Capitán, ¿me ha dicho usted antes que el recepcionista del hotel ha reconocido a Torres en una foto? —preguntó Vanina.

—Sí. —Silvani le hizo un gesto a un cabo para que le acercara la fotografía, que estaba en una bolsita de plástico—. Aquí está: esta es Roberta Geraci y este es Esteban Torres. Ambos eran clientes habituales del hotel. Venían juntos y, a veces, pasaban aquí temporadas largas. Todo, dice el director, en la discreción más absoluta.

El aire a lo Anthony Quinn de Torres resultaba aún más evidente en la foto. La mujer vestía una especie de caftán que no escondía sus abundantes curvas.

Vanina se fijó en el fondo de la foto y, luego, observó la pared de la derecha del claustro y la columnata.

—Parece que la foto se hizo aquí —comentó.

Le dio la vuelta a la imagen: tenía fecha de noviembre de 2005.

Levantó la mirada hacia Silvani, que había dejado de escucharla y estaba observando, extasiado, a Marta Bonazzoli. La agente se les había acercado junto a Spanò, que al parecer tenía algo que comunicarle a la subcomisaria.

—Disculpe, jefa. Me he tomado la libertad de acelerar un poco la investigación y he enviado a Fragapane al Palace con una fotografía sacada del perfil de Facebook de Geraci. La mujer a la que habían visto en varias ocasiones con Torres es ella.

—Muy bien, Spanò. Buen trabajo.

—Ah, el recepcionista de hoy era el que no estaba cuando fuimos nosotros. Salvatore ha aprovechado para preguntarle si recordaba a alguna otra persona que hubiera ido a ver a Torres en el hotel. Dice que un extranjero, joven, fue a preguntar por él cuando ya se había marchado.

—¿Y no dejó ningún nombre?

—No, porque al parecer Torres le había dicho al recepcionista que no iba a volver. El extranjero, sin embargo, le dejó un número de teléfono. Pocos días después, Torres llamó al hotel para saber si alguien había preguntado por él y el recepcionista le dio el número.

Uno de los agentes del DIC, vestido con mono blanco, le dijo algo a un *carabiniere* que montaba guardia junto al pozo y, este, a su vez, se acercó a Silvani.

—Disculpe, capitán, pero el sargento quisiera comentarle un detalle.

Silvani se lo presentó a Vanina:

—Subcomisaria, este es el subteniente Labbate, pilar de nuestra compañía.

El subteniente saludó poniéndose firmes. Alrededor de cincuenta años, bigote todavía oscuro, figura no precisamente esbelta. Mirada astuta.

—Veamos de qué se trata —dijo Silvani, al tiempo que le cedía el paso a Vanina.

El sargento de antes había enfocado con la linterna una piedra que sobresalía de la superficie en la base del pozo. La mancha de sangre estaba un poco descolorida por la lluvia, pero era aún visible. Y la piedra era lo bastante porosa como para haberla conservado.

—Si se confirma que es sangre, y se corresponde con la de Geraci, puede que hayamos encontrado la dinámica de la muerte —dijo el sargento.

—Alguien le reventó la cabeza junto al borde del pozo y luego, para ocultar el cadáver, lo lanzó al interior —constató Vanina.

—Y, junto al cuerpo, lanzó también el bolso con todos los objetos personales, excepto la cartera y...

—El móvil —se le adelantó Vanina.

El subteniente sonrió. Estaba intrigado por aquella colaboración con Garrasi.

—Exacto.

La subcomisaria siguió con la mirada al hombre que se había asomado al claustro y enseguida había retrocedido hacia el vestíbulo.

—Ese es el director del hotel —le explicó el subteniente—. Conocía muy bien a Torres.

Vanina buscó a sus colaboradores. Spanò estaba hablando por teléfono y Marta se había convertido en rehén de Silvani.

—Marta —la salvó—, vamos a hacerle unas cuantas preguntas al director del hotel.

Marta obedeció.

—¡Menuda lapa, por Dios! —farfulló, refiriéndose al capitán, en cuanto estuvo segura de que no podía oírla.

Vanina la miró de arriba abajo: melena rubia recogida por detrás con un lápiz, rasgos perfectos, ojazos verdes, tan delgada que podría haber desfilado perfectamente por las pasarelas de moda... Una mujer así habría hecho perder el norte hasta al subteniente Antonio Carotenuto.

—El señor Torres había reservado dos meses, como de costumbre. Del 15 de noviembre al 15 de enero. Como ya le he comentado al subteniente Labbate, él y la señora Geraci pasaban aquí dos meses todos los años, y siempre en la misma época. Pero a última hora, el señor Torres tuvo que acortar la estancia y dijo que llegaría una semana más tarde.

El director del hotel estaba muy afectado.

—¿Y la señora Geraci?

—Eso es lo que no terminamos de entender —respondió el hombre.

—¿El qué?

—Verá, subcomisaria, la señora llegó antes de que su... amigo la avisase del retraso. Ya que estaba aquí, decidió quedarse un par de días, pero luego desapareció de repente, sin despedirse siquiera.

—¿Y la cuenta de la habitación?

—De eso se encargaba siempre el señor Torres.

—Entonces, no le hacía falta pasar por recepción.

—En teoría, no, pero me pareció extraño. Sobre todo, porque dejó sus cosas en la habitación. La camarera tuvo que hacer las maletas y guardarlas en la consigna para dejar la habitación libre.

—¿Y no le pareció extraño?

—Sí, pero... En fin, que la señora se comportaba a veces de una forma un poco extravagante. Teniendo en cuenta que al cabo de pocos días debía regresar con el señor Torres, pensamos que volvería al día siguiente. Pero no dio más señales de vida.

—¿Qué día fue eso?

—El 17 de noviembre. Hace diez días. Pocos días más tarde se presentó el señor Torres.

—¿Y qué hizo?

—Preguntó enseguida por la señora Geraci. No conseguía localizarla y quería saber cuándo se había marchado.

—¿Y después?

—Después pidió una habitación.

—¿La misma en la que se había hospedado la señora?

—No, la *suite* que utilizaba siempre.

—¿Se registró?

—Por supuesto.

Vanina miró a Marta. La pregunta era evidente en su expresión: ¿y cómo es que a nosotros no nos consta?

—Aquí está: se registró con su pasaporte estadounidense. No, un momento, esto es de hace dos meses. —Frunció el ceño—. Qué raro: hace dos meses, el señor Torres no estuvo aquí.

Tecleó durante unos segundos en el ordenador.

—Pero ¿cómo es posible? ¡Aquí dice que la señora Geraci también se alojó en el hotel hace dos meses!

Siguió tecleando, con un gesto de fastidio.

—Madre mía, pero si están mal todas las fechas de los huéspedes de este periodo.

Se marchó a buscar a alguien y volvió con un joven al que sentó delante del ordenador para que desvelara el misterio.

Esto explicaba por qué las pesquisas de Vanina y su equipo no habían revelado la presencia de Torres en el hotel.

—Escuche, director, ¿hay cámaras de vigilancia que enfoquen el claustro?

—Sí, una, pero como ya le he dicho al subteniente Labbate, las grabaciones se borran al cabo de una semana.

Vanina reflexionó acerca de si seguir adelante o no. El coñazo era que todo lo que tuviera que ver con Taormina era competencia de los *carabinieri*. Aun así, decidió intentarlo.

—¿Por casualidad se fijaron en si la señora Geraci se vio con alguien durante su estancia aquí? No sé, ¿tal vez alguien a quien ustedes no conocían?

—¿Y cómo vamos a saberlo? Mucha gente entra solo para ver el hotel. A tomar un cóctel o un café. Y la señora Geraci, debido a su trabajo, conocía a muchas personas. Cuando estaba con el señor Torres pasaban el tiempo por su cuenta..., ya me entiende. Pero si estaba sola, no era raro que se encontrara con algún conocido y se parara a charlar.

—¿Venía en coche? —preguntó Vanina.

El director la miró con perplejidad.

—¿Quién?

—La señora Geraci.

—Por lo general, sí.

—¿Y dónde lo aparcaba?

—Lo dejaba siempre en el aparcamiento de Porta Catania, tenemos un convenio con ellos. Aquí en el hotel hay un garaje, pero las plazas están reservadas desde hace tiempo. Una de ellas era siempre para el señor Torres.

El aparcamiento de Porta Catania era uno de esos con muchas plantas. Tenía una salida directa al *corso* Umberto y, desde hacía unos cuantos años, había conseguido que aparcar en Taormina resultara más fácil. Allí, precisamente, había dejado Marta el coche poco antes.

Spanò reapareció tras terminar de hablar por teléfono.

Estaban a punto de proceder al levantamiento del cadáver para llevarlo a Catania, donde el doctor Calí le haría la autopsia al día siguiente.

Así pues, no había nada más que pudieran hacer aquella tarde.

Antes de volver a Catania, Vanina, Spanò y Marta se pararon a comer algo en un restaurante cercano a Porta Mesina que la subcomisaria conocía porque había ido allí un par de veces con su amiga Giuli. Luego se trasladaron al bar de enfrente, célebre por servir los mejores granizados de la ciudad.

Recorrieron el *corso* Umberto a pie hasta el aparcamiento de Porta Catania. Pagaron el tique en la caja y bajaron a la tercera planta. En el momento de salir, Marta intentó introducir el tique en la maquinita, pero la barrera se abrió sola.

—Hoy en día, registran la matrícula, así que ya no hace falta introducir el tique ya pagado —explicó Spanò.

Vanina analizó aquellas palabras.

—¡Para un momento! —exclamó.

Estaba a punto de decirle que volviera atrás para hablar de inmediato con el hombre al que le habían pagado las horas de aparcamiento, que estaba sentado tras los cristales de la cabina de la séptima planta, pero luego pensó que era mejor tomárselo con calma. De la investigación en Taormina se encargaba el cuerpo de *carabinieri*. Pasar por encima de ellos e invadir su jurisdicción no era lo más inteligente para la investigación. Aunque un empujoncito...

Cogió el teléfono y llamó al capitán Silvani.

El timbre del interfono a las once y media de la noche sobresaltó a Vanina, tumbada en el sofá gris que ya estaba adquiriendo la forma de su cuerpo. Estaba hundido por un lado, después de haber soportado nada menos que dos traslados, pero no quería ni oír hablar de la posibilidad de deshacerse de él. Conservaba demasiados recuerdos. Los cojines eran testigos silenciosos de su soledad deliberada, y de todos sus intentos de ahuyentarla a base de maratones cinematográficas.

Lo primero que pensó Vanina mientras iba a responder al interfono fue que Paolo había tenido la misma idea brillante de dos meses atrás, cuando se había presentado en su casa sin avisar y, sobre todo, sin escolta.

Pero no, era Adriano Calí.

—Ya sabía yo que te encontraría despierta —se justificó el médico.

Entró y, sin decir ni una palabra, se fue directo al mueblecito en el que esperaba encontrar restos de alguna bebida alcohólica, de las cuales su amiga no solía estar demasiado bien provista. Encontró el famoso mosto sulfitado, una bomba que elaboraba un conocido de Bettina y que Vanina no se atrevía a beber excepto en los rarísimos casos de absoluta necesidad.

—Me sabe mal que te haya tocado a ti ocuparte de Geraci. Encontrarte delante del cadáver de una persona a la que conocías debe de haber sido espantoso.

Adriano se sentó a su lado en el sofá gris.

—Yo, en cambio, me alegro de que Vassalli y su colega de Mesina me hayan encargado a mí el caso. Supongo que porque los médicos no terminamos de fiarnos mucho de los otros médicos. La autopsia de Bubi no va a ser fácil, pero prefiero hacerla yo.

—Eso de que los médicos no se fían de los otros médicos también lo dice mucho el marido de mi madre. Pero él se dedica a curar a la gente, aunque a veces no lo consiga, claro. De ti no se puede decir lo mismo. Más muertos no pueden estar cuando te llegan.

Adriano la miró, muy serio.

—Yo tampoco puedo errar con el diagnóstico. De ello depende que se haga justicia.

—¡Santas palabras! —dijo Vanina, al tiempo que se ponía en pie—. Te acabas de ganar el premio de consolación.

Se fue a la cocina y volvió con una bandeja de *crispelle* de arroz que Bettina le había dejado preparadas para aquella noche. Estaban literalmente sumergidas en una cantidad indescriptible de miel. De la buena, claro. De abeja negra siciliana, elaborada en los campos de Enna por una jovencita listísima que, aunque estudiaba Jurisprudencia, era una apasionada de la apicultura y había decidido montar una pequeña empresa.

Adriano no había cenado. El nuevo caso «clínico» que le había caído encima por la incuestionable voluntad de dos fiscales, le había cerrado un poco el estómago. Y el hedor nauseabundo de la saponificación, el único que el forense no toleraba bien, había terminado de cerrárselo del todo. Un antojo como el que Vanina acaba de plantarle delante era la única clase de comida que podía despertarle el apetito en esos momentos.

—No hay nada que hacer: Bettina y yo tenemos telepatía. Si esta noche te hubiese regalado una bandeja de *sfincione*, creo que no habría sido capaz de apreciarlo. Pero... ¿esto?

Se inclinó hacia delante y cogió uno de los dos tenedores apoyados en la fuente. Vanina sonrió con aire burlón. Que entre Bettina y Adriano había surgido una especie de afecto mutuo quedaba fuera de toda duda. Y si la vecina —que ignoraba por completo la orientación sexual del forense— no abogaba por una posible historia de amor entre él y Vanina era solo porque se había obsesionado hasta lo inverosímil con el fiscal Malfitano durante los dos días que este había pasado, un par de meses atrás, en el pequeño apartamento de la subcomisaria. Eso lo convertía en el único hombre que, a sus ojos, merecía el amor de su inquilina predilecta.

—Ánimo: cojamos los tenedores y ahoguemos nuestras penas en miel —ordenó Vanina.

Adriano obedeció y se llevó a la boca el primer trozo de *crispella.*

—¡Ay, hasta ralladura de piel de naranja le ha puesto esta santa mujer!

Se pusieron cómodos. Fuera zapatos, fuera rémoras, basta de amarguras. Tenían que recuperar las dos semanas perdidas.

Media hora, veinte bocados y un par de vasos de mosto sulfitado más tarde, ya se habían contado todo lo que había que contar. Y si para Vanina eso equivalía a una mínima fracción de todo lo que en realidad le había ocurrido durante esos días, para Adriano en cambio significó confesar sin filtros todas las inseguridades que le estaba creando Luca. Vanina lo escuchó sin hacer comentarios, pero con un estupor más que evidente. Llevaban diez años juntos y Luca Zammataro era el mejor compañero que Adriano podría haber deseado. Su trabajo como periodista y enviado especial lo obligaba a ausentarse a menudo durante largos periodos de tiempo, pero Vanina, que llevaba más de un año viendo con asiduidad a la pareja, nunca había visto a Adriano dudar de su relación con Luca.

Se estaba dibujando un escenario inédito que, a saber por qué oscuro motivo, hacia aflorar su instinto policíaco. Las inquietudes de su amigo pronto hallarían una explicación y, sin saber cómo ni por qué, Vanina intuía que ella sería la primera en descubrirla.

Se pusieron a ver la película que le había regalado Federico y terminaron la noche entre risas.

7.

—¡Qué honor, Garrasi!

El director Carlo Alberto Colombo, excoléga de Vanina en la Policía Judicial de Milán y, desde hacía un año, integrante del SCIP, el Servicio para la Cooperación Internacional de la Policía, se alegró de oírla.

—Hola, Colombo, ¿cómo estás?

—Como un milanés en Roma: ebrio de belleza y cabreado como un mono. —Se echó a reír—. ¿Y tú? ¿Siempre a la sombra del volcán?

—¡Y que dure!

—Lástima, me esperaba una buena noticia... —dijo, y dejó la indirecta en el aire.

Vanina respondió con una carcajada. Carlo era el típico personaje que engañaba con su aire bonachón, pero que en realidad era más duro que la piedra volcánica. Serio y muy querido. Tan guapo que era imposible dejar de mirarlo. Un capricho que Vanina se había concedido pocos días antes de izar las velas para volver a su amada Sicilia, cuando él también estaba a punto de partir con destino a Roma. Colombo había fingido que entraba en el juego, pero en realidad se había llevado una decepción.

—Carlo, necesito hacer unas cuantas averiguaciones sobre un ciudadano estadounidense.

—Pues entonces has llamado a la persona adecuada —bromeó él.

Aquel puesto en el SCIP, además del ascenso a director, se lo había ganado gracias a una investigación muy importante que había conducido en colaboración, precisamente, con la policía estadounidense. Una especie de operación *Pizza Connection* del nuevo milenio.

Carlo dejó a un lado el tono jocoso y escuchó con atención. Vanina le contó todo lo que había descubierto sobre Esteban Torres hasta aquel momento, mientras él la escuchaba en silencio.

—Entonces —dijo al fin—, ¿me estás pidiendo una investigación que tiene que incluir también Cuba?

—Posiblemente.

Carlo meditó unos instantes.

—Sabes muy bien que esas cosas llevan tiempo.

—Pero yo estoy convencida de que no me vas a decepcionar.

Colombo resopló. Humo de cigarrillo, pensó Vanina, a menos que hubiera cambiado de hábitos.

—Qué peligro tienes, Garrasi.

—¿Fragapane? —llamó Vanina, entrando en el despacho de los veteranos.

El suboficial se levantó del escritorio, ocupado por una pila de papeles perfectamente ordenados.

—¡Subcomisaria!

—Siéntese —le dijo al tiempo que se acercaba—. Tengo que pedirle un favor. Redacte una solicitud oficial al SCIP para iniciar una investigación internacional sobre Esteban Torres. —Y, tras esas palabras, le pasó la hoja en la que había apuntado todo lo que habían hablado Colombo y ella.

—De acuerdo, me pongo enseguida.

—Y cuando haya terminado, me la deja leer, así luego la presentamos siguiendo el protocolo oficial.

En cuestiones de burocracia, Fragapane era el número uno de la unidad. Lento, pero muy meticuloso.

Spanò había salido a rastrear información sobre Roberta Geraci. Había nacido en Catania y allí seguía viviendo, cuando no se refugiaba en la casa de Noto. Los fiscales estaban de acuerdo en que Garrasi se ocupara de las pesquisas sobre la mujer en Catania, mientras el capitán Silvani hacía lo propio en Taormina. El inspector Spanò no terminaba de creérselo, pero se había puesto manos a la obra de inmediato, sin pasar siquiera por el despacho.

Vanina entró finalmente en su despacho y se zampó el desayuno que había comprado en el bar de al lado de casa, el Santo Stefano. El capuchino se había convertido en una especie de café con leche frío, cubierto por una capa de restos de nata. Pero la *raviola* de *ricotta* que le había envuelto Alfio, el propietario además de pastelero, se había conservado de escándalo: perfumada, fragante, el azúcar justo para no eliminar el sabor de la *ricotta*...

¿Acaso el día podía empezar mal después de un desayuno así? Esos diez minutos, por sí mismos, bastaban para compensar cualquier contratiempo. Incluido el mensaje de Paolo que había encontrado aquella mañana en el móvil.

«No sé por qué sigo aceptando tus peticiones de silencio, sobre todo sabiendo que nunca seré capaz de respetarlas completamente. Para recuperarme de estas dos semanas necesitaría meses, pero me temo que moriría antes. P.».

Una puñalada. Dos líneas que se saltaban la petición de

mantener una distancia que solo ella consideraba indispensable.

Aún no le había contestado, pero era solo cuestión de tiempo. Tarde o temprano lo haría, muy a su pesar. Y, por desgracia, él también lo sabía.

La primera noticia llegó a media mañana.

—Subcomisaria, soy el subteniente Labbate, de los *carabinieri* de Taormina.

—Buenos días, subteniente.

—Hemos hecho unas averiguaciones en el aparcamiento de Porta Catania. El coche de Geraci, un Audi A2 blanco, entró en el aparcamiento el 14 de noviembre y salió la noche del 16 al 17. No tenemos dudas porque, como ya habrá visto, ahora se registran las matrículas y la barrera se abre directamente.

Vanina habría apostado por ello.

—Entonces, ahora tenemos que descubrir adónde se dirigió —propuso.

—Sí, eso ya se me había ocurrido. Y por eso he seguido investigando.

Labbate no quería quedar mal. Que en Taormina apenas se produjeran homicidios no significaba que no estuviesen preparados para resolverlos.

—Cuénteme, entonces.

Vanina se repantigó en el sillón y extendió las piernas para apoyarlas en el reposapiés. Luego se encendió un cigarrillo.

—El idiota, o la idiota, que se llevó el coche de Geraci tuvo la genial idea de coger la autopista. Entró en la Mesina-Catania en Giardini-Naxos y salió en Catania. Eso, sin embargo, no significa que se quedase allí, porque como usted sabe ese es el último peaje y luego hay ciento y pico kilómetros de autovía, es decir, que no es de pago.

—Por tanto, fuera quien fuera pudo haber ido a cualquier parte. ¿Ha enviado una orden de búsqueda de la matrícula en la base de datos de la policía?

—Sí, pero si no pasa por una zona controlada por cámaras de vigilancia, es como buscar una aguja en un pajar.

Tenía razón.

—Manuel Nuzzarello continúa ilocalizable —le comunicó Marta a Garrasi al entrar en su despacho.

Vanina estaba asomada al balcón con un cigarrillo encendido y ya no soportaba más aquella espera inactiva. Quería moverse, hacer algo, porque si seguía mucho más tiempo allí encerrada, sus propios pensamientos se la iban a comer viva.

—No sabes lo que detesto estos momentos de calma total —dijo, al tiempo que apagaba el cigarrillo en el cenicero, lleno de colillas, que siempre dejaba en el suelo del balcón.

La temperatura había vuelto a subir.

—¿Ves? Hoy tenemos por lo menos veinte grados —comentó.

El tiempo ideal para pillar algún que otro catarro.

—¡Menos mal! —exclamó Marta—. Mi madre me ha dicho que el otro día hacía menos frío en Brescia que en Catania.

—¡Normal! En primer lugar, porque en Brescia estáis preparados. En las casas y en las oficinas se muere una de calor, mientras que aquí el concepto calefacción es más bien vago.

Bonazzoli asintió y se echó a reír.

—Y, además —añadió Vanina—, a estas alturas ya no estás acostumbrada a las temperaturas bajas.

—Eso es verdad, aunque te confieso que mi idea de invierno siciliano no se acercaba mucho a la realidad. Entre enero y febrero, en el termómetro del coche se me encendió el simbolito de hielo siete veces.

Marta se acordó de Lella Canton, encogida en su abrigo y a merced de los seis grados del otro día.

—Y hablando de eso... —dijo de repente.

—¿Hablando de qué? —le preguntó Vanina.

—Perdona, estaba pensando en voz alta. Hablando del frío y de la gente del norte, ayer me llamó Lella Canton. La mujer que encontró el cadáver de Torres en el aeropuerto.

—¿La que estaba preocupada por si era un asesinato de la mafia?

—¿Spanò te lo ha contado? Pobrecilla, yo la entiendo. En fin, quería saber si dentro de unos días, cuando haya terminado con sus compromisos de trabajo, puede volver a Milán.

—Si no la necesitamos, sí.

Vanina contempló la antigua cárcel de enfrente, que desde hacía ya tiempo estaba ocupada por despachos de la policía y por la flota de coches y motos de servicio de la Policía Judicial.

Nunnari entró en ese momento con el ímpetu de cuando tenía algo interesante que contar. Avanzó a saltitos mientras los michelines amenazaban con salirse del traje de camuflaje que vestía. Se detuvo de golpe al percatarse de la mirada casi piadosa de Marta.

Vale que él la adoraba, pero tampoco quería que lo compadecieran. Y menos ahora que...

—¿Nunnari? —lo llamó Vanina, chasqueando los dedos como si quisiera despertarlo de un trance.

—¡Sí, señora!

Había vuelto en sí.

—¿Me vas a contar por qué has entrado con tantas prisas?

El oficial tuvo la sensación de que habían descubierto la adoración que sentía por su compañera —que además era su superior— y se ruborizó.

—Tenemos los registros telefónicos de Torres —informó, al tiempo que señalaba el ordenador de la subcomisaria.

—¡Por fin!

Vanina encendió la pantalla. Buscó los registros que Nunnari había cargado y empezó a revisarlos.

—En los últimos días no hizo ni recibió muchas llamadas. Ah, y no utilizaba ni SMS ni WhatsApp ni ningún otro tipo de mensajería instantánea —le adelantó Nunnari.

—¿A quién corresponden los números?

—Aún no he tenido tiempo de buscarlos.

Spanò llamó a la puerta y entró con paso brioso: eran las prisas de cuando tenía algo importante que decir, pero sin la expresión satisfecha que por lo general lucía en esas ocasiones.

—Subcomisaria, he descubierto una información importante que, no sé por qué motivo, se me había escapado. ¿Se acuerda del arma con la que mataron a Torres, la Makarov?

—Sí.

—Era suya.

—¿Suya? ¿De quién?

—De Torres.

Vanina lo miró, aturdida.

—¡Spanò! ¿Qué pasa, está empezando a perder facultades?

El inspector adelantó una mano, como si quisiera parar el golpe.

—Lo sé, subcomisaria, tiene razón. Le ruego que me perdone. Es que estoy pasando un momento un poco... así —concluyó, bajando la mirada.

¿Qué quiere decir «así»?, pensó Vanina, pero evitó preguntárselo. Estos deslices no eran propios de él.

—Torres tenía permiso de armas y cuando llegó a Catania llevaba encima esa pistola. La declaró a Vigilancia Aduanera.

—Y, lógicamente, no se sabe nada más de esa pistola —concluyó Vanina.

—Los del aeropuerto la estuvieron buscando, pero a saber dónde ha ido a parar.

Vanina se volvió de nuevo hacia el oficial, que se había quedado allí encandilado.

—¿Y bien? ¿Los nombres?

Nunnari entrechocó los talones.

—Enseguida, jefa.

Cuando se dio cuenta de que la subcomisaria lo estaba mirando como se mira a un tonto, se excusó:

—Disculpe, subcomisaria, pero usted me dijo que no tenía nada en contra de que yo diera rienda suelta a mi cine... ¿Cómo lo llamó usted?

—Cinefilia, Nunnari. Yo también soy cinéfila, y mucho, pero no por eso me disfrazo con un abrigo y una pipa ni me paso el día bebiendo calvados.

Nunnari la miró, confundido.

—¿Por qué dice eso? ¿Quién bebe calvados?

Vanina se rindió.

—Déjalo correr, Nunnari. Haz tu trabajo, que lo sabes hacer muy bien, y vuelve.

Al salir, Nunnari estuvo a punto de chocar con Macchia, que acababa de entrar en el despacho de Garrasi y enseguida se había acercado a Bonazzoli.

La mirada maliciosa de Spanò contrastó con la de perro apaleado del oficial, que se había detenido junto a la puerta. Tenía la mirada perdida en la melena rubia de Marta, cuya estatura no desmerecía ni siquiera al lado de aquel titán que era el comisario principal, el cual, para Nunnari, se había convertido desde hacía algunos días en el hombre más afortunado del planeta.

—Bueno, Garrasi, ¿qué me cuentas? —empezó el Gran Jefe—. Acabo de encontrarme a Vassalli en la fiscalía y me ha dicho que te está dando carta blanca, que avanzas a buen ritmo y que sin duda pronto obtendremos buenos resultados.

—¿Eso te ha dicho?

Tito sonrió.

—Ni más ni menos. Y la mar de contento que estaba. Eliana Recupero ni lo reconocía. Por cierto, Eliana me ha preguntado por ti.

Eliana Recupero, la fiscal más dura de la Dirección de Investigación Antimafia de Catania. Gran defensora de Vanina además de su tabla de salvación durante el interrogatorio al profesor Elvio Ussaro, durante el cual el inefable Vassalli no había hecho más que ponerle palos en las ruedas, para después salir por piernas en el momento oportuno. No tenían la costumbre de llamarse, pero podían definirse más o menos como amigas. Vanina se prometió pasar a verla la próxima vez que fuera a la fiscalía. Esperó a que el Gran Jefe se hubiera acomodado y luego le contó las últimas novedades.

Cuando Macchia se fue a comer, Marta se guardó mucho de acompañarlo, pese a la mirada esperanzada que él le había lanzado.

Spanò se quedó en el despacho de Vanina para hacerle un resumen de los detalles no oficiales que había conseguido averiguar sobre Geraci.

—Veamos, subcomisaria: Roberta Geraci, alias Bubi, era un personaje bastante conocido. Propietaria de GeRob Congress, una empresa que organiza los eventos más importantes de media Sicilia y no solo Sicilia. A finales de los setenta se casó con Oreste Parisi, dueño de un restaurante. Se separaron a mediados de los noventa, pero nunca se han divorciado. Tienen una hija que vive en París. No consta que Roberta haya tenido más relaciones, ni oficiales ni, por lo que dice mi primo, oficiosas.

Spanò tenía una caterva de parientes, todos con conocidos y fuentes de información que, si se juntaran, serían capaces de resolver la mitad de los casos de la fiscalía catanesa. Ese primo, por ejemplo, administraba una empresa de *catering* famosa por montar freidurías allí donde hiciera falta: fiestas, eventos, cenas privadas... Bastaba con llamarlo y él se presentaba equipado con carpa, ollas y montones de cajas llenas de *miniarancini* y *minipizzas* para todos los gustos. Luego remataba la velada con nada menos que *iris* en miniatura que elaboraba para la ocasión la mismísima Marucchia, la tía octogenaria de todos los primos Spanò, además de la pastelera más famosa de Catania.

—Ninguna relación, aparte de Torres —puntualizó Garrasi.

El inspector inclinó la cabeza en un gesto afirmativo.

—Que no constaba ni en la categoría de las relaciones oficiosas, por lo que debía de ser una historia que convenía mantener en secreto por el bien de alguien. No sé si me explico...

Vanina también asintió.

—Se explica perfectamente.

Marta levantó un dedo, como si quisiera pedir la palabra.

—Perdonadme, pero no lo pillo. Si una relación es oficiosa, es porque ya es secreta, ¿no?

—Depende —respondió Spanò.

—¿De qué depende? Si es secreta... —insistió Bonazzoli.

Vanina acudió al rescate. Marta tenía serias dificultades para captar el significado de ciertas palabras y medias frases con las que ella y Spanò, sicilianos de pura cepa, se comprendían a la perfección sin necesidad de más explicaciones.

—Spanò ha indagado tanto sobre las relaciones oficiales de Geraci como sobre las oficiosas, que en una ciudad pequeña como Catania, quieras o no, se acaban sabiendo. Sobre todo si eres un cotilla redomado como, si no he entendido mal, debe de ser el primo de Spanò. Pero si la historia con Torres, que por lo que sabemos ya duraba cierto tiempo, no había llegado ni a un oído indiscreto como el suyo, significa que debía permanecer en secreto hasta el punto de que no podía filtrarse ni por una indiscreción. Por tanto, tiene que haber un motivo muy muy importante.

—Vale. Y, por tanto, ¿también peligroso?

—Exacto.

—Pero... ¿no es posible que no se supiera porque Torres era extranjero y en Catania no lo conocía nadie?

—Y ahora llegamos a Torres —intervino de nuevo Spanò.

Vanina aguardó, expectante. Se preguntaba con frecuencia qué habría hecho sin los soplos de la familia Spanò. En menos de cinco minutos eran capaces de descubrir indicios que a ella le hubieran llevado días de investigación. Indicios que luego, dicho sea de paso, se confirmaban siempre.

—Esteban Torres no era un desconocido en Catania. De vez en cuando se dejaba caer por la ciudad y frecuentaba todos los restaurantes con los peces gordos que anduvieran por aquí, sobre todo hace unos años. Nadie, sin embargo, sabía exactamente a qué se dedicaba. Pero si tuviera que apostar por la transparencia de sus negocios... ¿Me explico?

Esta vez fue Bonazzoli la primera en asentir.

Vanina consiguió retener a Marta y llevársela a comer. Para contentarla, incluso aceptó ir a una especie de bistró vegetariano —vegano hubiera sido pedirle demasiado— donde probó un par de platos que no estaban nada mal.

Bonazzoli pidió sopa de legumbres, mientras que la subcomisaria eligió una carbonara con alcachofas y auténtico queso *pecorino* romano.

—Me acaba de llamar Nuzzarello. Dice que se le había estropeado el teléfono —le comunicó la subcomisaria.

—Ah, finalmente se ha dignado. ¿Y bien?

—Nada. Lo he citado para esta tarde. Ni siquiera me ha preguntado por qué, pero supongo que habrá leído los periódicos. ¿Qué tal ayer con la mujer de Torres?

—La acompañé al depósito de cadáveres y tardó una hora en recuperarse de la impresión. Pobrecilla.

—¿No conoce a nadie en Catania?

—Parece que no.

—¿Y qué va a hacer?

—Dice que esperará a la exmujer estadounidense de Torres, que debería llegar mañana o pasado mañana. Alguien la habrá avisado.

—Con toda probabilidad, el oficial de enlace con el que habló Fragapane. O puede que la policía estadounidense, con la cual ya habrá contactado Colombo. En cualquier caso, cuando llegue iremos a hablar con ella.

—Sí, ya le he dicho a la viuda que nos avise en cuanto llegue. Por lo que he entendido, se llevan razonablemente bien.

La carbonara de alcachofas estaba espectacular.

—¿Ves como no es obligatorio comer carne para comer bien? —comentó Marta.

—Es cierto —se vio obligada a admitir Vanina—, tan cierto como que el mérito principal es de esta mezcla de *pecorino* romano y huevos, que combina a la perfección con las alcachofas.

Sonrió, satisfecha, mientras la subcomisaria meneaba la cabeza en un gesto de resignación.

Antes de sacar el tema de Macchia, Vanina esperó a que el plato de Marta estuviese vacío. Teniendo en cuenta lo que debía decirle, lo más probable era que se pusiera tan nerviosa que no comiese nada más. Y con lo delgada que estaba, solo le faltaba saltarse comidas para que tuvieran que ingresarla.

—¿Cómo va con Tito? —le soltó, mientras se servía un poco de agua. Sin una sola burbuja y no embotellada. Le tocaba hacer cada cosa... Mejor muestra de afecto, imposible.

—Bien —respondió Marta, demasiado rápido. Luego se moderó—: O sea, como siempre.

—¿Dejas que le dé un poco de sol al pobre, o sigues obligándolo a esconderse?

La chica suspiró.

—Vanina, ya lo hemos hablado. Sabes perfectamente cuál es el problema: él es el comisario y está en el mejor momento de su carrera. Si sigue así, lo nombrarán jefe de la Policía. Yo solo soy una inspectora al servicio de la unidad de la Policía Judicial que él dirige. Él es hombre y yo soy mujer. Saca tus propias conclusiones.

—Marta, esa historia me la has repetido por lo menos diez veces, pero en esencia, los hechos son los siguientes: estáis juntos y tú trabajas en su unidad. ¿No es precisamente así como os habéis conocido? A veces pasa. Y por la forma en que me habla de vosotros, a mí me parece que le importas de verdad. Así que te voy a repetir mi consejo: pasa de los demás y haz caso a tu corazón. Total, tarde o temprano estas cosas se acaban sabiendo.

Se interrumpió al ver la mirada de Marta, que parecía implicar que estaba muy equivocada.

—No estás de acuerdo —adivinó Vanina.

La chica siguió observándola fijamente.

—Vanina, no es exactamente así.

—¿El qué? ¿Que estas cosas tarde o temprano se acaban sabiendo?

—No. —Titubeó, antes de añadir—: Que nos conocimos cuando entré a formar parte de su unidad.

Vanina apartó la espalda del incomodísimo respaldo de aquella silla de diseño, construida en su totalidad con materiales reciclables, pero tan dura que parecía hecha de piedra volcánica, y apoyó los codos en la mesa para inclinarse hacia delante.

—¿Cómo?

La inspectora parecía más turbada que la primera vez que habían hablado del tema, cuando la jefa la había pillado y ella se había visto obligada a admitir aquella relación que se empeñaba en mantener en secreto, por mucho que Tito empezara a presionarla para que la hicieran oficial.

—¿Nunca te has preguntado qué hace en la Policía Judicial de Catania una poli nacida y criada en Brescia, que nunca había prestado servicio fuera de la región de Lombardía?

—¡Muchas veces! —afirmó Vanina.

—¿Y qué te respondías?

—Que es más difícil sacarte una confesión a ti que a un capo de la mafia.

Marta se quedó perpleja.

—¿Qué quieres decir?

—Que dos y dos son cuatro.

La chica la observó con un signo de interrogación grabado en el rostro y, poco a poco, comprendió lo que Vanina estaba insinuando.

—¿Cuándo te enteraste? —le preguntó.

—Digamos que un segundo después de que un colega de Palermo me dijera que mi jefe había estado tres años en la Policía Judicial de Brescia.

Marta sonrió a medias.

—¿Y qué pensaste?

—¡Que aún eres más tonta de lo que creía! —se burló—. Vamos a ver: te enamoras de un tío y, para no perderlo, aceptas un traslado a dos mil kilómetros de tu casa. Luego el tío te demuestra que va en serio y tú, en lugar de estar contenta, ¿qué haces? ¿Lo obligas a esconderse?

Marta se acaloró.

—¿Te has parado a pensar lo que harían los demás si supieran que soy la novia del Gran Jefe?

—Si lo descubriesen por casualidad, ¿quieres decir? Se dejarían llevar por sus fantasías. Chismorreos a diestro y siniestro, todos basados en suposiciones, que aumentarán a medida que aumenten las veces en que os pillen. Y, por lo que sé, ya está pasando desde hace días. No pararán hasta que les des un motivo.

Marta palideció y se movió en su silla, incómoda.

—¿De qué estás hablando? ¿Nos han descubierto? —Se pasó una mano por la frente—. ¿Y ahora qué hago?

Vanina suspiró y luego sonrió.

—Marta, tesoro, hazme caso: ¿alguna vez has visto que la gente chismorree sobre una pareja normalísima de novios, que además no son precisamente críos?

—No.

—¿Lo ves? Ya tienes la respuesta.

Acababan de salir del bistró cuando Vanina recibió una llamada.

—Hola, subcomisaria. Soy el subteniente Labbate.

A aquellas alturas, entre el subteniente y Vanina se había establecido una especie de acuerdo tácito que hacía que el intercambio de información fuera más veloz y menos complicado que entre dos fiscales.

—Dígame, subteniente.

—Ha pasado algo raro, es más, diría que incluso sospechoso. El marido separado de Geraci no aparece.

—¿Qué quiere decir que no aparece?

—Que no conseguimos localizarlo. No responde al teléfono y el restaurante está cerrado.

—¿Dónde vive?

—En Catania, calle Torretta Bianca número 32.

—Yo me encargo, enseguida envío a alguien.

—Gracias, subcomisaria.

Colgó, llamó al despacho y pidió que le pasaran a Nunnari.

—Coge a Lo Faro y os vais los dos a casa del marido de Geraci. Se llama Oreste Parisi. —Mientras le dictaba la dirección, oyó al oficial rebuscar entre un montón de papeles—. ¿Me estás escuchando, Nunnari?

—Sí, señora. Disculpe, jefa, es que me parece que... —Silencio. Y luego—: ¡Aquí está! Oreste Parisi, ya decía yo que lo acababa de leer.

—¿Dónde?

—Entre los nombres que salen en los registros telefónicos de Torres.

Vanina se encendió el último Gauloises y aminoró el paso. Aún no se explicaba cómo había permitido que Marta la convenciera para volver al despacho a pie. También era cierto que —dejando a un lado el *pecorino*— había aceptado que la pausa para comer se inspirara en el *vegan green style* de Bonazzoli, pero a Vanina no le iban aquellas caminatas. Y menos con la barriga llena. Para vengarse, impuso dos paradas: una para tomar un café y otra para comprar cigarrillos.

Ya estaban casi en el cruce con la calle Ventimiglia, a una manzana del edificio, cuando la llamada de Adriano Calí impuso la tercera parada de aquella caminata en plena digestión.

—Acabo de terminar la autopsia de Bubi —la informó.

—Bien. ¿Qué me puedes decir?

—Y qué quieres que te diga: más o menos lo mismo que ya te había adelantado. Fue el golpe lo que provocó la muerte, causada por una herida contusa con fractura del hueso temporal que produjo una extensa laceración del parénquima cerebral y la consiguiente hemorragia. La adipocira ha conservado la herida prácticamente intacta y por eso la he podido analizar con detalle. Si Bubi no hubiera estado tan entrada en carnes, a lo mejor no se habría formado y entonces el cuerpo se hubiera descompuesto...

—¡Joder, Adriano, no hace falta que me des tantos detalles, que acabo de comer!

Marta se echó a reír.

—Será posible. ¡Encima que corro a llamarte! —protestó el médico forense—. La próxima vez te lees directamente el informe escrito. Cuando se lo envíe al fiscal.

—No seas tan susceptible, hombre. En vez de eso, te pregunto algo que me parece más importante: ¿una lesión como esa es demasiado extensa para haber sido causada por un hecho accidental? O sea, quiero decir, ¿es compatible con...?

—¿Con una hipotética caída o un empujón que la hiciera caer de cabeza contra la piedra del pozo? En realidad, sí. El hueso temporal, sobre todo en esa zona, es el punto más débil de todo el cráneo. Y, por tanto, lo mismo vale para una posible lesión provocada con un objeto contundente. No haría falta demasiada fuerza para matarla.

—Entonces, si la sangre de la piedra del pozo es de la víctima, debemos considerar la hipótesis de que no la hayan matado de forma intencionada —concluyó Vanina.

—Eso tendrás que averiguarlo tú. Ah, y otra cosa: había mantenido relaciones sexuales recientemente, he encontrado pequeños restos de semen. Bajo las uñas tenía restos cutáneos. Lo he enviado todo al Departamento de Investigaciones Científicas de Mesina para que extraigan el ADN.

Que del caso de Geraci no se ocupara la Policía Científica complicaba las cosas. Casi hubiera preferido a Manenti: con él, al menos podía hablar en persona.

—Esperemos que se den prisa.

Nunnari le había dejado sobre el escritorio una lista con los titulares de los números de teléfono con los que Torres había mantenido contacto en los últimos días.

Luisa Visconti era la esposa. Había un par de llamadas al hotel de Taormina, dos llamadas a números suizos a los que, obviamente, no se había podido asignar un nombre. Luego una llamada entrante y otra saliente con el famoso Nuzzarello. Vanina frunció el ceño.

—¿Quién es este tal Xavier Alejandro Torres?

Nunnari le había dejado también otra hoja de papel en la que había anotado algunos datos adicionales. Quince días antes se había extendido una tarjeta SIM turística a un ciudadano estadounidense de nombre Xavier Alejandro Torres.

—Será un familiar —aventuró Marta.

—Puede. Pero el detalle más interesante es que se encuentre en Italia precisamente estos días. Localízalo enseguida, Spanò.

El inspector la observó con una expresión contrariada.

—Ya lo he intentado, jefa. El teléfono está apagado.

—Bien. Pues entonces, averigüemos dónde se hospeda y, si hace falta, iremos a hacerle una visita.

La subcomisaria bajó de nuevo la mirada hacia la hoja de papel, en la que solo quedaban dos nombres: uno era el de Oreste Parisi, justo después de un número fijo que correspondía al restaurante del cual era propietario.

El otro era un tal Filadelfo Lavía.

Emanuele Nuzzarello, más conocido como Manuel, se presentó ante la subcomisaria Garrasi a las cuatro en punto de la tarde. Melenita rizada, sudadera de colores, tejanos de entrepierna holgada. Veinticinco años o por ahí. Iba acompañado de un chico de nombre Fortunato Paparone —qué sádicos son los padres a veces—* que parecía exactamente su opuesto: jersey azul de lana, camisa, tejanos *regular fit* y pelo corto. La primera época del dúo cómico Ficarra y Picone, pero en versión etnea.

—Al señor Torres lo habré visto en persona no más de dos o tres veces. Acudió a nosotros porque quería alquilar una parte de su casa de Trecastagni. Nos dijo que quería introducirla en los circuitos turísticos como alquiler vacacional y que necesitaba a alguien que se ocupase de las cuestiones prácticas. Él nos pagaría un pequeño sueldo a cambio de que le buscáramos inquilinos. Aceptamos enseguida.

—Entonces, ¿qué clase de empresa tienen? ¿Una agencia de viajes?

Los dos chicos cruzaron una mirada.

* *Paparone* suena muy parecido a *paperone*, que significa «magnate, millonario». El nombre Fortunato Paparone, pues, sonaría muy parecido a Fortunato Paperone, que traducido literalmente significaría «afortunado magnate, afortunado millonario». *(N. de la T.)*

—Más o menos.

—La agencia de viajes es de mi madre. Manuel y yo nos encargamos de los alquileres vacacionales —puntualizó Fortunato.

—Entonces, ¿es una especie de agencia inmobiliaria?

—Más o menos.

Vanina puso los ojos en blanco. Renunció a obtener una definición exacta y prosiguió:

—¿Y se ocupan de muchas viviendas?

—Al principio solo gestionábamos las de amigos y parientes, luego nos dimos a conocer y nos empezaron a llamar muchas personas que querían alquilar, pero ahorrándose los quebraderos de cabeza.

—¿Y todos les pagan un sueldo?

Vanina estaba perpleja. Nunca había oído nada parecido.

—¡Ojalá! No, la mayor parte de las veces nos ocupamos de la llegada y la salida de los huéspedes y de posibles emergencias. A veces, también de promocionar las casas en redes sociales y motores de búsqueda turísticos. El señor Torres era una excepción. Nos había encargado la gestión de casi todo, incluida la limpieza.

—Se fiaba.

Nuzzarello sonrió, complacido.

—Modestamente, subcomisaria, debo decir que no tenía motivos para no fiarse. Además, nos había recomendado una persona que nos conoce bien.

—¿Y cómo se llama esa persona?

Spanò, que estaba presente, sacó el bolígrafo y se dispuso a anotar el nombre.

—Roberta Geraci.

El inspector dejó el bolígrafo suspendido encima del papel y miró a Garrasi, que permaneció inexpresiva.

—¿Alias Bubi? —preguntó Vanina, solo para confirmar.

—La misma.

La subcomisaria guardó silencio un momento antes de proseguir.

—¿La conocen bien?

—¡Desde luego! Trabajamos para ella como *hostess* en algunos congresos que ella organizaba. Nos ha ayudado mucho desde el principio.

—¿Y saben qué relación tenía con el señor Torres?

Los dos jóvenes se miraron de nuevo.

—Eran amigos, creo —respondió Nuzzarello—. Pero cuando necesitamos algo relacionado con la casa, sabemos que tenemos que llamarla a ella. Ahora que lo pienso, en los últimos días hablamos directamente con el señor Torres. Por los turistas que usted encontró el otro día en la casa de la cuesta de los Saponari.

Vanina reparó en un detalle que se le había escapado un momento antes.

—Ha dicho usted que Torres había decidido alquilar una parte de la casa. Por tanto, ¿hay otra parte que se reservaba para él?

—Sí, la otra mitad —confirmó Nuzzarello.

—¿Y usted también tiene las llaves de esa parte?

—No, no las he tenido nunca. Pero hay una especie de guarda que vive en una habitación en la parte de atrás. Supongo que la señora Geraci sí que tendrá las llaves.

Vanina y Spanò cruzaron una mirada. Luego, la subcomisaria observó fijamente a los dos chicos, lo que los intimidó. Era un efecto que solía producir a menudo, por mucho que le pesara.

—Me temo que no va a ser posible preguntárselo —les comunicó.

—¿Por qué?

—Porque, por desgracia, a Roberta Geraci la han asesinado.

Los dos chicos palidecieron.

—Pero... pero... ¿cómo que la han asesinado? —murmuró Paparone.

A los dos se les llenaron los ojos de lágrimas.

—Creemos que ocurrió hará unos diez días. El cadáver apareció ayer por la tarde.

Nuzzarello se llevó una mano a la frente, como si quisiera retener un pensamiento.

—Entonces, ¿también están investigando su asesinato?

—Junto a los *carabinieri* de Taormina, porque fueron ellos los primeros en hacerse cargo del cadáver.

—¿Estaba en Taormina cuando murió? —preguntó Paparone, que de repente parecía muy interesado. Sacó su móvil y empezó a pasar frenéticamente la lista de llamadas—. Jo... der, espero que se haya quedado memorizada —dijo, hablando consigo mismo.

—¿El qué, señor Paparone? —quiso saber Vanina.

Paparone tenía los ojos muy abiertos, en un gesto de máxima concentración.

—La llamada —murmuró. Y, luego, dio un brinco en la silla—. ¡Aquí está!

Se inclinó hacia delante y le mostró la pantalla a Garrasi.

—La última vez que me llamó la señora Geraci. El 16 de noviembre a las 21:44.

Vanina buscó en el ordenador los registros telefónicos de Geraci, que el subteniente Labbate le había enviado a escondidas y que aún no había tenido tiempo de examinar. La última llamada había sido a las 21:44. A partir de entonces, silencio absoluto. Leyó el número en voz alta para verificar que fuera el de Paparone y el chico se lo confirmó.

—¿Recuerda qué le dijo? —preguntó la subcomisaria.

—Claro que lo recuerdo. Me dijo que estaba en Taormina, y que estaba cenando con un amigo que necesitaba urgentemente un vuelo para el día siguiente, que lo pagaba ella.

—Y luego... ¿ese amigo fue a la agencia de su madre a buscar el billete?

—No, no se presentó. Es más, ahora que me acuerdo, la señora Geraci me dijo que me enviaría en un mensaje el nombre y apellido del amigo y una foto del pasaporte, pero no llegó a hacerlo.

—¿Se acuerda por casualidad de adónde iba ese vuelo?

—Sí que me acuerdo: a Miami.

8.

Carlo Alberto Colombo respondió al primer tono:

—¿Por qué será, Garrasi, que esta tarde esperaba una llamada tuya?

La subcomisaria consultó su reloj: eran las siete y media. La unidad acababa de dispersarse tras una reunión en el transcurso de la cual habían intentado encajar las pocas piezas de las que disponían hasta el momento. Cuatro elementos sueltos, sin relación alguna entre ellos, más una desaparición. Vanina acababa de salir del despacho de Macchia, donde había comunicado al Gran Jefe las últimas novedades, entre ellas la de haber contactado con Colombo para acelerar el trabajo del SCIP. Tito se había mostrado de acuerdo.

—Colombo, me conoces demasiado bien, no hace falta que te conteste a esa pregunta.

El director suspiró.

—¿Qué quieres de mí, tormento de mis próximos días?

—¿Tú qué crees?

—¿Te digo lo que a mí me gustaría o lo que creo que quieres de verdad?

—Si para saber lo segundo tengo que escuchar a la fuerza lo primero, estoy dispuesta a hacer el sacrificio.

Colombo se echó a reír y, luego, pasó al modo oficial.

—Seamos sinceros, Vanina: después de tan poco tiempo, ¿qué crees que puedo haber averiguado?

¿Cómo no darle la razón?

—Cierto, pero ahora mismo cualquier información es mejor que nada. Y yo estoy segura de que algo habrás descubierto.

—Gracias por la confianza. En fin, debo admitir que tienes razón: algo he encontrado. Poco, ¿eh? Y solo de fuentes estadounidenses. Bueno, y de las mías personales.

—Sé que vales tu peso en oro.

—¡Menos mal! —farfulló.

Debía de tener un cigarrillo entre los labios. A Vanina le entraron ganar de fumarse uno también ella y lo encendió.

Mientras, Colombo prosiguió:

—Volviendo a lo que nos ocupa: Esteban Torres entró en Estados Unidos en diciembre de 1960, expatriado de Cuba. Desde 1962, es ciudadano estadounidense a todos los efectos. Vivió en Miami hasta 1976 y luego en Tampa hasta 1980. Desde finales de los años setenta está metido en el mundo de los hoteles y los casinos. Las Vegas, Atlantic City... Él y su mujer ponen en marcha una empresa dedicada a la exportación de cosméticos. Luego se va a vivir a Nueva York. En 1990 se muda a Italia. —Guardó silencio.

Vanina levantó la mirada del papel en el que lo había apuntado todo.

—¿Y ya está?

—Vanina, ¿qué esperabas que descubriera en un día? Ya es mucho...

Una secuencia de lugares, de años, de noticias obtenidas de un sistema de recogida de datos personales. Esto era lo que habían proporcionado las fuentes estadounidenses hasta ahora. Pero ¿y las fuentes personales de Carlo? Estaba segura de que tenía que haber algo más. A menos, claro, que Torres estuviera más limpio que un manantial de alta montaña, pero Vanina tenía muchísimas dudas de que así fuera.

—Entonces, ¿de tus contactos personales nada?

Colombo no respondió. Vanina lo oyó inhalar y expulsar el humo un par de veces.

—Mañana, Garrasi —le comunicó.

Una respuesta no negociable que, en realidad, decía mucho. Vanina no insistió más.

—Oye, Carlo, ¿podrías comprobar el parentesco que existe entre Esteban Torres y —se interrumpió mientras buscaba un nombre en los registros telefónicos— Xavier Alejandro Torres?

Carlo hizo otra pausa.

—Por ti, eso y más.

—Gracias, Colombo.

—Hasta mañana, Garrasi.

Vanina salió de la sede de la Judicial y se fue a buscar su Mini, que aquella mañana, por pura desesperación, había aparcado dentro del puerto de Catania.

Se lo tomó con calma. Con las manos en los bolsillos y el paso rítmico, se metió por una callejuela con un indefinido aire de posguerra que le recordó ciertos callejones de Palermo que aún no habían sucumbido a las obras de modernización de la ciudad emprendidas en los últimos años. Exactamente como aquella callejuela que, poco a poco, desembocaba en los arcos del puerto deportivo.

Ya casi había llegado al puerto cuando le sonó el teléfono.

—Subcomisaria, soy el subteniente Labbate.

No hacía ni una hora que Vanina había tratado de ponerse en contacto con él para comunicarle que sus hombres tampoco habían conseguido localizar a Oreste Parisi, pero no lo había encontrado en su despacho. Le había dejado el recado al sargento que había atendido la llamada.

—Disculpe que la llame a estas horas, pero he vuelto a la comandancia hace cinco minutos y el sargento Passariello me ha dado su mensaje. Todo esto de Parisi no me cuadra.

—Ni a mí, subteniente. Sobre todo, porque es una coincidencia extraña.

Le habló de las llamadas que Parisi había hecho a Torres, y de las que había recibido de él.

—¿Lo ve? —dijo el hombre—. No cuadra. Escuche, subcomisaria, responda con sinceridad: usted que también está en posesión de los elementos relativos a Torres, ¿está de verdad convencida de que el asesino de Geraci y el del estadounidense podrían ser la misma persona?

—Subteniente, yo de momento no estoy convencida de nada. Tenemos muy pocos elementos y no puede decirse que sean muy precisos.

—Tiene razón, pero... ¿qué le dice su instinto?

—¿En plan oráculo, se refiere? —se burló Vanina.

Sin embargo, se arrepintió enseguida: aquel subteniente le caía simpático.

—Perdone, subcomisaria, lo que quería decir es que si en su opinión, o sea, según su intuición...

A saber qué pensaba Labbate de ella. A saber, sobre todo, qué le habrían contado.

—¿Si podría tratarse de un doble crimen con un móvil pasional? —adivinó Vanina.

—Exacto.

La subcomisaria se resignó a formular una hipótesis.

—Es una idea que no podemos descartar. Básicamente por el modo en que ha muerto Torres: de un disparo en el corazón. En el caso de Geraci, si el DIC confirma que la sangre hallada en la piedra del pozo es suya, podemos suponer que se golpeó la cabeza durante una pelea. Y luego, al darse cuenta de lo ocurrido, el asesino lanzó el cadáver al pozo para hacerlo desaparecer enseguida.

—¿Lo ve como sí que se había formado ya una idea?

—Sí, pero más cogida por los pelos imposible, subteniente.

—Bueno, pero no deja de ser una idea.

—Claro, pero hace aguas por todas partes. Porque no hay que olvidar que entre el homicidio de Roberta Geraci y el de Esteban Torres pasaron al menos diez días. Si se tratara de un crimen pasional, ¿qué hizo el asesino? ¿Primero mató a uno de los dos, luego esperó todos esos días y luego mató al otro?

—Eso es verdad. Pero si fue así, ¿por qué escapó?

—¡A saber! Pero no fue una idea brillante.

El doctor Manfredi Monterreale cerró la consulta y echó a andar por el pasillo. Al día siguiente se cumplirían siete años de su traslado desde Palermo a Catania. Hasta ahora no se había arrepentido. No había sido una decisión fácil, desde luego. Abandonar la ciudad en la que uno ha nacido y se ha criado felizmente, sobre todo si en esa ciudad sigue viviendo bien, es algo que se hace solo cuando las perspectivas de futuro lo exigen. Quedarse en Palermo, por desgracia, no hubiera sido lo mejor para las perspectivas profesionales de Manfredi.

Cruzó la puerta de cristales opacos, sobre la cual podía leerse «Pediatría», y entró en el área. Llamó dos veces a la puerta del dispensario, donde una de sus colegas estaba revisando una pila de historias clínicas.

—Yo me voy. Si necesitas algo, llámame, por favor.

—Tranquilo, puedo yo sola. Además, ¿no crees que ya has trabajado bastante por hoy?

Eran las ocho y treinta y cinco. Había trabajado más de doce horas seguidas.

Se encogió de hombros.

—¿El niño con sarampión? —le preguntó.

—Está bastante bien. El hermano mayor, en cambio, está en la UCI. Dieciocho años, tiene.

—¿Encefalitis?

—Encefalitis —confirmó su colega.

Manfredi suspiró con rabia.

—Vaya putada.

Y pensar que dos meses antes había hecho todo lo posible para convencer a los padres de aquel niño que lo vacunaran a él y a sus hermanos... Pero no había servido de nada. Es más, se había ganado unos cuantos insultos por parte del padre. En fin, a veces pasaban esas cosas. No muy a menudo, por suerte, pero pasaban. Y era la situación más grave que podía darse.

Entre la invasión de críos de dos y tres años con fiebre y vómitos, afectados por una forma vírica muy contagiosa, y las visitas ya programadas de todos los niños a los que seguía habitualmente, el día de Manfredi había sido un infierno.

El único rayo de luz lo había aportado el encuentro con Toni Falsaperla, un visitador médico que le había pedido cita para presentarle a su nueva directora de zona. Durante media hora, tanto él como ella se habían explayado con el relato de la aterradora experiencia que habían vivido dos días antes, nada más aterrizar en Fontanarossa. Una experiencia de la cual Lella Canton, la nueva directora de zona en cuestión, aún no se había recuperado del todo. Aparte de ese primer día —hacía tanto frío que había tenido la sensación de haber desembarcado en Oslo—, la ciudad de Catania le había ofrecido por suerte lo mejor de sí misma, compensando en parte el inconveniente.

Pero la buena noticia que Falsaperla le había dado a Manfredi, aunque sin saberlo, era otra.

Vanina Garrasi había vuelto.

Y él no podía creerse que finalmente fuera a verla otra vez.

Angelina Patanè parecía un alma en pena. Iba de aquí para allá, se sentaba, volvía a ponerse en pie. Cambiaba de sitio un vaso, colocaba bien un tapete. Ofrecía de todo: café, licores, *limoncello*, galletitas caseras de almendra...

¡Era una cosa de locos! ¿Ahora el viejo chocho de Gino también invitaba a cenar a aquella jovenzuela? Aunque bien mirado, ¿por qué se sorprendía? El que nace redondo no muere cuadrado, como decían en su tierra. El que es mujeriego lo es toda la vida.

Pero esta vez la cosa era grave. Porque la Vanina esa no le había *arresorbido* el seso a su Gino como había pasado con otras. No, no. Aquí no estaban hablando de una mujer guapa que le había hecho tilín a su esposo. Lo que había nacido entre él y Garrasi iba más allá del entendimiento que puede surgir entre un hombre y una mujer, aunque con todos los atenuantes que la avanzada edad de Gino le garantizaba a Angelina en ese sentido. Había complicidad, había cariño: entre un poli que echaba de menos el uniforme desde hacía casi veinte años y una poli que lo lucía con el mismo espíritu que lo había lucido él tantos años atrás. Y que, además, parecía empeñada en que Gino, a sus años, volviera a ponérselo.

—¡Angelina, tesoro! ¡Para quieta, por favor, que me estás mareando!

El comisario Patanè se volvió hacia la puerta de la salita, de la cual su mujer entraba y salía sin descanso.

Angelina reapareció con expresión de perplejidad, como si aquel ajetreo fuera lo más normal del mundo.

—¿Os falta algo? —preguntó.

Vanina hizo un esfuerzo para no echarse a reír.

Patanè estaba relajado. Se había sentado en el lado derecho de un sofá de dos plazas, cuyo lado izquierdo ocupaba la subcomisaria. Vanina se había presentado aquella noche casi sin avisar, aunque con la única intención de contarle a su amigo las novedades sobre aquel doble homicidio que la tenía hecha un verdadero lío. Esperaba, por lo menos, que el anciano comisario pudiera infundirle la misma serenidad que en otras ocasiones.

Y la cosa había acabado en que él la había invitado a cenar.

Una cena de diez, a base de filetes de capón gratinados al horno, verdura *maritata* hervida y luego salteada con ajo y aceite. Y un pan especial comprado en un horno que solo usaba harina de cereales antiguos y que, según había dicho Patanè, parecía una joyería.

—No, Angelina, no necesitamos nada. La subcomisaria ya lo ha probado todo.

Gino entendió que el nerviosismo de Angelina no era más que un ataque puro y duro de celos.

—Anda, mujer, *arresiéntate* aquí con nosotros, y escucha la historia, que es muy interesante.

Angelina no se lo pensó dos veces y fue a sentarse en el sillón que su marido tenía al lado.

—Entonces, subcomisaria —prosiguió Patanè—, Torres y Geraci eran amantes, eso es evidente. Tenían que pasar dos meses juntos en Taormina, de incógnito, y parece que eso también es evidente. Él, en el último momento, avisa de que llegará unos días más tarde, pero ella se presenta igualmente en el hotel. Se queda dos días, luego desaparece y no se vuelve a saber más de ella. Después descubrimos que estaba muerta en el fondo de un pozo y que, según parece, la última persona a la que vio es ese amigo con el que cenó. Sabemos que Geraci le iba a pagar de su propio bolsillo nada menos que un billete de avión a Miami, una ciudad en la que casualmente Torres vivió durante mucho tiempo. —Hizo una pausa y luego prosiguió—: Y luego están las llamadas que recibió Torres. ¿De quién era la última, que no me acuerdo? ¿Del marido de Geraci?

—No, de un tal Filadelfo Lavía, que al parecer tiene el domicilio en Trecastagni.

—Filadelfo Lavía... —Patanè meditó, se rascó la barbilla como hacía siempre que intentaba recordar algo—. Bueno, ya me vendrá —dijo. Sacudió la cabeza antes de continuar con su razonamiento—: Y, para terminar, un golpe de efecto: el marido de Geraci decide esfumarse.

—Ese se la cargó —decretó Angelina, que había seguido con muchísima atención el razonamiento de su Gino—. Siempre ha sido así: los asuntos de celos son más peligrosos que los asuntos de dinero.

—Sería la conclusión más obvia —comentó Vanina, pero la mirada que cruzaron ella y Patanè no decía lo mismo. Mirada, por cierto, que hizo que Angelina se subiera por las paredes.

—Yo creo que mañana ese amigo suyo de Roma nos contará algo interesante —reflexionó el comisario.

Había empezado a usar la primera persona del plural, lo cual significaba que ya consideraba que la investigación también era un poco suya.

Como ya había ocurrido en otras dos ocasiones, y con magníficos resultados, el comisario jubilado Biagio Patanè volvía a estar operativo. Para alegría de Garrasi y profunda desesperación de Angelina.

Vanina llegó a Santo Stefano cuando las luces de la casa de Bettina ya estaban apagadas y las puertas cerradas.

Se encendió un cigarrillo, salió al porche que daba al huerto de cítricos y se sentó a fumárselo en una de las sillas de hierro, junto a la mesa con tablero de cerámica. En aquella época del año, los árboles estaban rebosantes de frutos: naranjas, mandarinas, limones, pomelos... El difunto marido de Bettina no se había privado de nada.

La luna era casi llena y el viento de los días anteriores se había llevado hasta la última nube. A la derecha, la silueta de la *muntagna* se alzaba en todo su imponente esplendor. Silenciosa, de momento, pero nunca inanimada.

El teléfono, que había silenciado en casa de Patanè, la puso al día de llamadas, mensajes y notas de audio.

Todos los mensajes escritos eran de Giuli, a quien Vanina había tenido que dar plantón por segundo día consecutivo. En ellos, expresaba sus quejas de amiga abandonada en un momento de necesidad. Vanina tenía sus dudas acerca de si la abogada la «necesitaba» de verdad. Alguien que se dedicaba a desmontar matrimonios de la mañana a la noche, entre divorcios y nulidades en el tribunal de la Rota romana, y que huía de cualquier relación que implicase la cohabitación, no podía tener problemas sentimentales demasiado graves. Solo existía una persona capaz de hacer perder la cabeza a la abogada De Rosa, pero se trataba de una pasión irremediablemente unilateral que no tenía ni la más mínima posibilidad de hacerse realidad. Y Giuli lo sabía perfectamente.

Vanina le envió un mensaje en el que le decía que confiaba en cumplir con sus deberes como amiga al día siguiente por la noche.

Las dos llamadas, una a las nueve y la otra a las nueve y media, eran de Manfredi Monterreale. A Vanina se le escapó una sonrisa. Era inútil negar que se alegraba de haber recibido esas llamadas. Es más, lástima no haberlas visto antes.

Abrió WhatsApp y le envió un mensaje para decirle que lamentaba no haber visto las llamadas y que hablarían al día siguiente, pero en ese momento se dio cuenta de que estaba en línea.

«¿Estás despierto?», le escribió.

Primero le llegó el emoticono de la carita feliz y, enseguida, un mensaje:

«¡Vaya, subcomisaria Garrasi, qué honor!».

Después, una serie de preguntas: cómo estaba, cuándo había vuelto, qué tal estaba la ciudad natal de ambos, etcétera. Vanina intuyó que, a ese paso, se iban a pasar la noche enviándose mensajitos. Por mucho insomnio que tuviera, dedicarse a chatear durante toda la noche no era lo que más le apetecía.

Buscó el número en los contactos y lo llamó.

—¿Me tengo que enterar en la clínica de que has vuelto? —respondió de inmediato Manfredi.

—¿Cómo que en la clínica? ¿Quién te lo ha dicho?

—Da la casualidad de que esos dos pobres desgraciados que encontraron tu nuevo cadáver trabajan para un laboratorio que también fabrica fármacos pediátricos.

Vanina se echó a reír.

—Pobres desgraciados, sí, tú lo has dicho. Sobre todo, la mujer. Por lo que me ha contado Spanò, estaba muerta de miedo.

—¡No me extraña!

Tuvieron una larga conversación de buenos amigos, que eran lo que habían decidido ser. Una amistad que, a decir verdad, se había iniciado en unas circunstancias excepcionales. Manfredi había sido uno de los testigos clave en la última investigación que había dirigido Vanina antes de salir precipitadamente hacia Palermo. Los encuentros no profesionales habían consistido por entonces en un par de comidas y cenas, durante las cuales el médico había hecho gala de su extraordinario talento gastronómico y la había conquistado, literalmente, por el estómago. La transición de la cena a lo siguiente había sido breve y, entre una canción de De André y una botella de vino, habían terminado como habían terminado. Solo había pasado una vez. Para no perder la amistad de Vanina, y después de darse cuenta del peso que tenía aún la presencia de Paolo Malfitano en la vida de la subcomisaria, Monterreale se había resignado como un auténtico caballero a archivar aquella velada y no volver a sacar el tema.

Colgaron después de prometerse que quedarían para comer lo antes posible.

Los mensajes de audio eran de Paolo. Vanina los guardó para escucharlos más tarde, aunque lo más coherente habría sido borrarlos. Se contempló en el cristal de la cocina y se rio de sí misma. ¡Coherencia! Tenía el valor de burlarse hasta de sí misma.

De conciliar el sueño, mejor no hablar. Y como no había nada peor que meterse en la cama y dar vueltas y más vueltas sumida en los pensamientos más siniestros, solo le quedaba mantenerse ocupada a la espera de que el cansancio derrotase a su puñetera naturaleza de animal nocturno.

Se puso a pensar en la investigación y meditó sobre un detalle que hasta aquel momento se le había escapado y sobre el cual solo podían arrojar luz los *carabinieri*. Dada la hora, sin embargo, no era cuestión de despertar a Labbate ni, menos todavía, a Silvani.

Si hubiera tenido algún elemento concreto sobre el cual investigar, alguna sospecha que no estuviera flotando en mitad de la nada, al menos habría tenido algo que hacer en ese momento. Tal vez alguna incursión nocturna o alguna vigilancia improvisada. La intuición siempre le funcionaba mejor de noche.

Se calentó una taza de leche, sacó del paquete cuatro galletas de chocolate y se instaló en el sofá gris. Encendió la tele, en busca de algo interesante. Adriano tenía razón: debía cambiar aquel aparato enorme y un poco anticuado por una *smart TV*. Para una cinéfila como ella, era básico. Cierto que la mayor parte de las películas que le gustaban eran tan antiguas que difícilmente se encontraban en las plataformas digitales, pero al menos entre pelis más modernas y, por qué no, series de TV, tendría muchas más opciones.

Extendió el brazo para coger el último cigarrillo de la noche, pero en vez del paquete cogió el iPhone. Lo observó largamente, hasta que la notificación de un SMS de la compañía telefónica iluminó la pantalla y le mostró el mar de Palermo.

Abrió WhatsApp y escuchó los audios de Paolo.

El último cigarrillo se lo fumó entre lágrimas.

9.

El comisario Patanè se despertó cuando aún no había amanecido. Contempló el techo durante media hora y luego se pasó otra media hora dando vueltas, hasta que se dio cuenta de que, si seguía moviéndose de aquella manera, acabaría por despertar a Angelina.

Se levantó y preparó café. Le salió una especie de aguachirle, pero mejor eso que nada.

Desde que la subcomisaria Garrasi se había marchado, la noche anterior, no había dejado de pensar en el caso del asesinato del aeropuerto.

Algo de lo que Vanina había dicho le había llamado la atención, pero no conseguía saber de qué se trataba. ¿Un nombre? ¿Un sitio? No le daba respiro. En otros tiempos, esa clase de tormentos los habría resuelto en diez minutos, el tiempo de poner en marcha la memoria: tarde o temprano, la conexión se establecía. ¿Cómo lo llamaban en la actualidad? Base de datos. Eso es, él siempre había tenido en la mente su base de datos personal. Y el hecho de que últimamente no pudiera acceder a ella con rapidez le tocaba un poco los mismísimos.

Se dirigió de puntillas al baño, para evitar que Angelina se despertara y empezara a entrometerse. Sacó de la ducha todas las chorradas que Angelina había pedido a sus hijos que le compraran en previsión de futuras incapacidades —solo de verlas le entraba urticaria— y se metió bajo el agua caliente.

Media hora más tarde, estaba duchado, afeitado y vestido de punta en blanco.

Esperó a las siete y media, que era cuando subía la persiana el quiosco que estaba al lado de su casa, y salió a una hora que le permitía no tener que dar explicaciones de adónde iba. Se procuró unos cuantos periódicos y fue a sentarse al bar de siempre. El aparejador Bellía, compañero de desayunos y conversaciones, ya estaba allí, atormentando al pobre chico de la barra con un relato detallado de todas las tertulias políticas que había visto la noche anterior en la tele. Lo cual, dicho sea de paso, le importaba un comino al pobre chaval.

—¡Ginuzzo! —lo saludó.

Patanè le devolvió el saludo.

Pidió un café, porque el que se había preparado él mismo era tan flojo que le había dejado mal sabor de boca. Y un *panzerotto* de chocolate, para empezar bien el día.

Abrió el primer periódico, *La Gazzetta Siciliana*, y empezó a leer la página de sucesos.

Vanina empezó a soltar tacos cuando ni siquiera había llegado a Canalicchio. Había un atasco monumental en la variante que llevaba al centro y los coches avanzaban a paso de tortuga.

El audio del coche se había conectado a su teléfono y estaba reproduciendo música que ni ella misma sabía que tenía: una recopilación completa de los temas de U2, que a ella jamás se le habría ocurrido descargar, pero que a saber por qué estaba allí, entre sus canciones preferidas. Para darle un poco de sentido a todo el tiempo que estaba perdiendo en aquella cola infinita, Vanina se puso a toquetear el iPhone hasta que consiguió desactivar las canciones no deseadas y mandarlas a la nube.

Descartó Vasco, que ese día no la inspiraba especialmente, y evitó todo lo que —por el motivo que fuese— pudiese recordarle a Paolo. Finalmente seleccionó una lista de reproducción de música clásica y le dio al Play. Ese género musical se había convertido en una obsesión reciente: se había aficionado gracias a un profesor de violín del Conservatorio de Santa Cecilia al que había conocido en el transcurso de una investigación cerrada pocos meses antes.

Entre parón y parón, se tomó el capuchino y el cruasán que había comprado en el bar Santo Stefano. Aquella mañana había salido tan tarde de casa que el pobre Alfio había tenido que pasarle el pedido directamente por la ventanilla del coche. Como si quisiera compensarla, le había metido dentro una decena de galletas *totò* de chocolate.

Estaba sonando *Las bodas de Fígaro* cuando una llamada interrumpió la música.

Era Tito Macchia.

—¿Dónde estás, Vani?

Acababa de superar el atasco, causado por unas obras que a algún genio de la gestión pública le había parecido buena idea iniciar en hora punta.

—Atrapada en el tráfico.

—¿A qué hora crees que llegarás?

Vanina consultó el reloj: ya eran las nueve. Calculó el tiempo.

—Media hora como mucho. ¿Por qué?

—Hay alguien aquí que pregunta por ti.

—¿Quién?

—Tú date prisa, que ya llegas tarde. —Y colgó, dejando a Vanina con un palmo de narices.

Vanina llegó a la Judicial diez minutos más tarde y tardó otros diez en encontrar aparcamiento.

Cruzó el portón, subió la escalera hasta el primer piso y echó a andar por el pasillo de su departamento. La puerta de su despacho estaba abierta, pero dentro no había nadie. En la oficina del Gran Jefe, en cambio, se oían voces.

Vanina llamó y abrió. Carlo Alberto Colombo, director del Servicio para la Cooperación Internacional de la Policía, la recibió con una sonrisa radiante.

Tito se levantó de un salto de su sillón, que rebotó bruscamente.

—Bueno, uno que se va, que me espera el director de la Policía. Vani, escucha lo que tiene que decir Carlo. Te conozco lo bastante bien como para saber que te va a encantar. —Se rio, con el puro apagado entre los dientes—. Aunque a Vassalli no tanto —añadió.

Se puso la chaqueta, talla 54, y los dejó.

Vanina y Colombo se encaminaron al despacho de la subcomisaria.

—Garrasi, este despacho te pega mucho —constató Carlo nada más entrar.

Vanina lo invitó a sentarse en una de las sillas que estaban delante de su escritorio.

—¿Por qué? ¿Qué tiene de especial?

—No hay ni uno solo de los objetos que suelen encontrarse en los despachos femeninos. No sé, plantas, algún que otro cuadro en las paredes —dijo y, tras fijarse en el caos que reinaba en el escritorio de la subcomisaria, añadió—: Un escritorio ordenado.

—Carlo, soy un desastre con las plantas, no sobrevivirían mucho tiempo aquí dentro. No me parece que los cuadros sean una prerrogativa femenina; de hecho, he visto despachos masculinos tan bien decorados que me dan envidia. Y en cuanto al orden, ya sabes que no es mi fuerte.

—Por tanto, tengo razón cuando digo que este despacho lleva la marca Garrasi.

Se encendieron sendos cigarrillos.

—Bueno, ¿me vas a contar a qué viene esta *arrescapadita* a Catania? —le soltó Vanina.

Carlo sonrió. Le gustaba aquella forma de hablar tan siciliana.

—Bueno, querida mía —dijo, recobrando la compostura—, el caso que estás investigando es mucho más gordo de lo que parece. O, por lo menos, lo es el nombre sobre el que has pedido información.

Vanina lo observó con expresión interrogante.

—Ayer, cuando me llamaste, no quise decirte nada sin consultar antes con mis colegas estadounidenses. En cuanto fue una hora decente para llamar a Estados Unidos, contacté con Arthur Trevis, un colega del FBI con el que colaboré en el pasado y sigo colaborando. Arthur me dijo que estaba informado del asesinato de Esteban Torres y que, teniendo en cuenta el sujeto en cuestión, esperaba que tarde o temprano la policía italiana contactara con él para pedirle su colaboración.

—¿El sujeto en cuestión? —repitió Vanina.

Colombo asintió.

—Veras, Garrasi, Esteban Torres era bastante conocido entre la policía estadounidense. Sin antecedentes penales, imagen impecable, ni un solo delito en su haber, por pequeño que fuera... Y, sin embargo, desprendía un tufillo a mafia que echaba para atrás. Un tufillo que, pese a que el FBI lo ha investigado cientos de veces, no ha pasado de ser simplemente eso, un tufillo. Los primeros contactos con el crimen organizado debió de tenerlos ya en los años sesenta. Cosas poco importantes, sobre todo relacionadas con juegos de azar controlados por expatriados cubanos, que en aquella época eran muchísimos. Nunca se demostró nada. La primera vez que el FBI se topó con el nombre de Esteban Torres fue ya en los años setenta, cuando Torres ya se había instalado en Tampa. Dirigía un par de bares y restaurantes, aunque las malas lenguas dicen que en realidad era un testaferro de la mafia italoamericana que se había introducido allí. Rumores que no hubo forma de confirmar. Mientras, Torres hizo carrera: compró un hotel, luego otro. Se convirtió en un hombre de negocios y luego se introdujo en el que obviamente iba a ser su caballo de batalla: los juegos de azar. Legales, quiero decir. Se convirtió en el propietario de un hotel con casino en Las Vegas y de un casino en Atlantic City. Ten en cuenta que, en los años ochenta, el FBI ya había dado algún que otro palo gordo al control mafioso de los casinos de Las Vegas, aunque Esteban Torres había salido indemne. Limpio. En algún momento se trasladó a Nueva York, donde había comprado otro hotel, y montó una empresa de importación y exportación con su mujer, que se dedicaba al sector de los cosméticos. Y ahí viene el siguiente salto: Torres empezó a frecuentar el mundo de las altas finanzas. Y su nombre apareció de nuevo entre los investigados por el FBI, en este caso por una sospecha de colaboración con una de las familias mafiosas más importantes de Nueva York. Una vez más, sin embargo, Torres parece una persona intachable. Es más, la sensación que se tiene es que su red de contactos es... ¿cómo definirla? Neutral. Más aún, parece que Torres tiene un papel importante en la relación entre la *Cosa Nostra* estadounidense y la siciliana. Especialmente, la catanesa.

—¿Y sabes también con qué familias catanesas tuvo supuestamente contacto?

De buenas a primeras, si Torres de verdad era tan intocable, solo podía tratarse de una familia.

—Los Zinna —le confirmó Colombo.

Vanina asintió. Le entraron las habituales náuseas, que en Palermo la habían acompañado durante dos semanas enteras. Náuseas, urticaria, rechazo. Tener algo que ver con aquella gente y aquel mundo turbio era lo último que deseaba.

—En 1990 —prosiguió Carlo— se mudó a nuestro país y adquirió la nacionalidad italiana, aunque también conservó la estadounidense. Al parecer, todas sus actividades en este país también eran lícitas, incluidos los negocios que había iniciado con Malta desde hacía unos años. También en el sector de los casinos, claro.

Vanina lo interrumpió.

—Perdona, Carlo, a ver si lo entiendo: ¿el expediente de Torres ya lo conocías cuando te llamé? —preguntó, molesta.

—Al dedillo. De hecho, para ser exactos, trabajé en él.

—Entonces, ¿tu presencia aquí qué significa? ¿Que vosotros os quedáis el caso?

Colombo sonrió.

—Ya me esperaba yo una reacción así. ¡Te conozco bien, Garrasi! —dijo, pero Vanina no estaba para bromas.

—Colombo, déjate de tonterías y haz el favor de hablar claro.

—¿Cómo es que siempre eres tan arisca? ¿Tú crees que me hacía falta venir en persona hasta aquí solo para decirte que nosotros nos quedamos con el caso? Además, ¿qué significa «nosotros»? Tú y yo formamos parte del mismo equipo. Estamos en el mismo bando.

Vanina se ablandó un poco.

—Entonces, ¿por qué has venido, Carlo?

—Por dos motivos, Vanina. El primero es que no estoy en absoluto seguro de que el asesinato de Torres tenga que ver con el crimen organizado, ni siquiera teniendo en cuenta la coincidencia de que su amante haya aparecido en el pozo de Taormina. Pero solo es una idea mía. El segundo motivo, en cambio, tiene que ver contigo.

Parecía una frase con doble sentido, pero Vanina se percató de que esta vez estaba hablando en serio.

—¿Qué quieres decir?

Colombo se inclinó hacia delante.

—Garrasi, yo estoy convencido de que si hay una persona capaz de resolver este rompecabezas eres tú. Y la investigación es tuya. Con tu experiencia, es obvio que a nadie se le ocurriría considerarte la persona inadecuada para destapar una posible implicación de la mafia. Pero todos los motivos que acabo de mencionar hacen obligatoria nuestra participación en el caso. Y, llegados a este punto, mejor que sea yo, ya que hemos trabajado juntos dos años, y no otra persona impuesta a lo mejor desde las altas esferas.

Era un razonamiento impecable.

Colombo había cogido una carpeta de su bolsa. Acababa de sacar las gafas del bolsillo cuando alguien llamó a la puerta, por lo que volvió a guardarlas.

Bonazzoli entró en el despachó de Vanina y se paró en seco.

Vanina le evitó la situación incómoda y le presentó a Colombo, quien al parecer no era capaz de quitarle los ojos de encima.

—La inspectora Marta Bonazzoli, una de las agentes más válidas de la unidad.

—Carlo Alberto Colombo —dijo él, al tiempo que le tendía la mano.

—Colombo es director del SCIP. Viene de Roma —le explicó Vanina.

—Puedo pasar más tarde, si lo prefieres —propuso Marta, dudosa.

—No hace falta. —Le hizo un gesto para que se acercara. «Pero, hija mía», pensó, «¿cómo puedes ser tan tímida?»—. ¿Qué querías decirme?

Marta se acercó.

—Esta mañana he revisado los registros telefónicos de Geraci que nos envió ayer por la tarde el subteniente Labbate. Me he fijado en un detalle curioso: entre los números que aparecen más veces durante los últimos días hay tres que también salen en los registros de Torres. El primero es de Oreste Parisi, pero también es su exmarido, así que no resulta extraño.

—Resulta más extraño que figure entre las llamadas que recibió Torres —comentó Vanina.

—Recibidas, pero sobre todo hechas —puntualizó Marta, antes de proseguir—: El segundo nombre es Filadelfo Lavía. En todos los casos, son llamadas recibidas a lo largo de los dos últimos meses. En cuanto al tercero, es el que aparece más veces, pero solo el último día. Llamadas entrantes y salientes, antes del silencio absoluto. Es el nombre que más llama la atención: Xavier Alejandro Torres.

Permanecieron los dos en silencio, sorprendidos.

Vanina porque todavía no había terminado de situar a ese segundo Torres.

Colombo porque se acordó de la hoja que tenía en la mano.

—Volvemos al expediente —dijo.

Sacó otra vez las gafas del bolsillo delantero de la chaqueta y se puso a leer el expediente que el muy competente Trevis le había enviado cuando en Italia ya era de noche. Carlo solo le había echado un vistazo, pensando que ya lo leería en el avión, pero se había quedado dormido antes incluso de despegar.

—Xavier Alejandro Torres, nacido en La Habana el 21 de abril de 1973. Padres: Juan Torres y Carmen Gutiérrez. Entró en Estados Unidos en 1994, posiblemente durante la oleada migratoria que se dio aquellos años en Cuba. Supongo que sabéis...

Levantó la mirada en busca de consenso, pero no halló terreno abonado.

El conocimiento de Vanina sobre la historia de Cuba era más bien escaso y, sobre todo, se reducía a temas de cine. Marta lo ignoraba prácticamente todo.

—En 1996 —prosiguió Colombo— obtuvo la nacionalidad estadounidense. Profesión oficial: modelo. Lo curioso es que el padre de Xavier era hermano gemelo de Esteban. Falleció de muerte natural en territorio estadounidense, en 1975, pero era ciudadano cubano, igual que su mujer; la cual, por lo que sabemos, sigue residiendo en La Habana.

Dejó la hoja sobre la mesa y se quitó las gafas.

—Y eso es todo, por el momento.

Vanina reflexionó sobre un detalle.

—Marta, ayer os pedí que buscarais información sobre este Torres. Cuándo llegó a Italia, etcétera. Tenemos que averiguar algo más —dijo.

—El inspector Spanò está en ello.

—¿Y dónde está Nunnari?

—Con Lo Faro, buscando al marido de Geraci. Pero en ese frente aún no tenemos noticias.

—¿El marido de la mujer asesinada ha desaparecido? —quiso saber Colombo.

—Para ser más exactos, está ilocalizable —aclaró Marta.

—En teoría, es una autoinculpación —comentó Colombo, aunque con expresión dudosa.

—Y, de hecho, los dos fiscales que se ocupan de la investigación parecen convencidos de que el doble crimen pasional es la hipótesis con la que debemos trabajar.

—¿Por qué dos fiscales?

—Porque Taormina, donde se encontró el cadáver de Geraci, es provincia de Mesina —le explicó la subcomisaria mientras se ponía en pie y cogía los cigarrillos y el iPhone. Por último, se puso la chaqueta.

Colombo la miró, indeciso.

—¿Adónde vas?

—¿Por qué? ¿No vienes conmigo?

Le faltó tiempo para ponerse en pie.

—Claro —dijo, mientras cogía su bolsa y su chaqueta—, pero... ¿adónde vamos?

—A un pintoresco pueblecito etneo que se llama Trecastagni.

Se dirigieron a la puerta.

Marta había ido corriendo a su despacho a coger el abrigo.

—¿La inspectora no nos acompaña? —quiso saber enseguida Colombo.

Vanina le lanzó una mirada torva.

—Carlo, las manos quietas, que no es para ti.

Carlo sonrió.

—No sé qué quieres decir con esa advertencia al más puro estilo siciliano. Mi pregunta no escondía ningún oscuro fin.

—Tú hazme caso y déjate de preguntas, que no tardarás en entender el sentido de mis palabras.

Marta los alcanzó en la escalera, los adelantó y se fue a toda prisa al patio del cuartel de enfrente. Un minuto más tarde, salió al volante de un coche de servicio.

Vanina acababa de subir cuando, de otro coche, salió a toda prisa, casi dando tumbos, el oficial Nunnari.

—¡Jefa! —exclamó, trotando hacia la ventanilla de Vanina.

—Calma, Nunnari, que no me voy a escapar.

—Perdone, jefa, ¡pero es que hay algo muy importante que debo comunicarle! Hemos encontrado al marido de Geraci.

10

Vanina intentó recapitular.

—Nunnari, explíquese mejor, ¿el marido de Geraci estaba en un retiro espiritual?

El oficial asintió con un gesto exagerado, casi como si estuviera haciendo una reverencia. Había subido al coche de Vanina y compartía el asiento trasero con Colombo, cuyo papel en la investigación no había terminado de entender. Lo único evidente era que debía de tratarse de un pez gordo, lo que había inhibido del todo su síndrome del marine.

—En la ermita de Sant'Anna —puntualizó.

—¿Y ahora dónde está? —preguntó Vanina.

—Sigue allí.

—¿Y qué vamos a hacer, lo dejamos allí meditando? —se impacientó la subcomisaria, lo que confundió a Nunnari.

—No, claro que no, jefa. Lo Faro y yo ya íbamos hacia allí.

—Dejadlo correr —dijo la subcomisaria—. ¿Dónde está ese sitio?

—En Valverde. ¿Le mando la ubicación en Google Maps?

—Eso, muy bien, envíamela.

Lo Faro bajó del coche mientras Marta volvía a arrancar el motor. El mensaje con la ubicación de la ermita llegó enseguida y Vanina abrió las indicaciones. El recorrido más rápido pasaba por la carretera de la costa y luego empezaba a subir.

Aprovechó el primer tramo, ya conocido, para hacer todas las llamadas necesarias. Al subteniente Labbate, que se puso en marcha de inmediato para reunirse con ella en la ermita, y al fiscal Vassalli, que debía coordinarse con su colega de Mesina.

Cogieron el paseo marítimo y Colombo les indicó el hotel en el que se alojaba. Un edificio moderno, con un restaurante al lado. Aquella mañana había tenido el tiempo justo de dejar el equipaje y salir corriendo hacia la sede de la Judicial, convencido de que ya iba con retraso. Solo más tarde había recordado cuánto odiaba Garrasi el sonido del despertador.

Siguieron la carretera nacional de Aci Castello hasta encontrar las indicaciones para Valverde-San Gregorio. Salieron de la carretera y empezaron a subir. Pasaron casi por delante de la casa de Maria Giulia De Rosa, lo cual le recordó a Vanina que no podía dejarla plantada por tercera vez. Le escribió un mensaje telegráfico, pero decidido: «Esta noche en mi casa. Luego concretamos hora».

Colombo permaneció todo el tiempo en silencio, contemplando el paisaje mientras se adentraban por las carreteras que, desde la colina de Aci Castello, llevaban a Valverde. Vanina pensó en la impresión que debían de causarle a alguien como él todas las incongruencias paisajísticas con las que los sicilianos habían convivido desde siempre y a las que la propia Marta, a aquellas alturas, ya empezaba a acostumbrarse. Poéticas casitas de piedra volcánica, en la mayor parte de los casos ruinosas, que se alternaban con edificios aislados, o conjuntos de edificios, de hormigón. Pintorescas callejuelas con muros de piedra —en algunos casos volcánica— a los lados. En determinados puntos, esas callejuelas se habían convertido en pequeños vertederos de basura improvisados por ciudadanos incivilizados que habían decidido no cumplir las normas de la recogida selectiva.

—¡Qué maravilla! —exclamó Marta cuando enfilaron la bajada que conducía a la ermita de Sant'Anna: un murallón alto y gris, tras el cual asomaban varios cipreses y, al fondo, una iglesia que daba a la Riviera dei Ciclopi.

Aparcaron en la explanada de la iglesia, que era gris con algunos detalles en blanco, como todas las construcciones de la zona. Estaba llena de coches, pero no era fácil imaginar a quién pertenecían, dado que en los alrededores no había ni un alma. Al otro lado del murete que delimitaba la explanada se veían los terrenos, dispuestos en terrazas, que rodeaban la ermita. En algunos de ellos crecían vides y, en otros, árboles de cítricos. No se oía nada de nada.

Vanina se empezó a impacientar. Iba a resultar que aquel par de idiotas que eran Lo Faro y Nunnari se habían dejado tomar el pelo. Entró en una zona de suelo de cerámica, delimitada por una verja, y se dirigió al portal de la iglesia. Llamó a una puertecita.

Colombo y Marta la alcanzaron.

Ya casi habían perdido las esperanzas cuando apareció alguien.

Vanina se identificó y preguntó por Oreste Parisi.

La monja adoptó de inmediato una expresión consternada. Los hizo pasar al claustro y fue a buscar a Parisi.

El exmarido de Bubi Geraci apareció con otro tipo que parecía querer reconfortarlo.

—Buenos días, subcomisaria Garrasi —la saludó.

Durante un segundo, Vanina se preguntó cómo era posible que la hubiese reconocido, pero luego recordó la fotografía suya que aparecía en la prensa cada vez que iniciaba una investigación. La misma que se vislumbraba en la página del periódico que Parisi llevaba bajo el brazo.

—Discúlpeme, señor Parisi, pero ¿cuántos días hace que está usted aquí completamente aislado?

—Tres. El retiro espiritual empezó el martes.

El día en que habían asesinado a Torres.

—¿Y no ha encendido el teléfono en ningún momento?

—No. ¿Qué sentido tendría entonces el retiro? —Bajó la mirada—. Si lo hubiese encendido, al menos habría podido ofrecer consuelo a mi hija, que me estaba buscando desesperadamente.

—Señor Parisi, si lo hubiera encendido, habría descubierto que la policía y los *carabinieri* lo estaban buscando. Usted desapareció justamente el día en que el amante de su exmujer fue asesinado. Y luego ella también apareció muerta. Saque usted sus propias conclusiones.

Parisi se la quedó mirando, estupefacto.

—¿A quién dice que han asesinado?

—A Esteban Torres.

El hombre guardó silencio.

—No lo sabía —dijo con voz ronca.

El periódico de Mesina, que ese día informaba por primera vez del hallazgo del cadáver oculto en el pozo de un gran hotel de Taormina, no mencionaba el homicidio de Torres. Señal inequívoca de que se había respetado, por el momento, el deseo de los dos fiscales de no hacer pública la relación entre ambos crímenes.

—¿Conocía usted al señor Torres?

—No. La primera vez que oí hablar de él fue hace unas pocas semanas. O, mejor dicho, días. Supongo que sabe que, desde que nos separamos, Bubi ha tenido muchas relaciones —dijo con una sonrisa amarga—. Y deduzco que antes también —añadió.

El hombre que lo acompañaba lo reprendió.

—¡Oreste!

—Tiene razón, padre. No está bien hablar mal de los muertos. Ella era así: un espíritu libre.

—Entonces, ¿usted no tenía motivos para hacerle daño?

—¿Yo? ¿Por qué? Ya hace muchos años que cada uno va por su lado. Yo también tengo una vida.

—¿A qué hora llegó aquí el martes? —le preguntó Vanina.

Oreste miró al cura.

—No lo sé, debían de ser las ocho y media.

El párroco lo confirmó.

—¿Y de dónde venía?

Parisi parecía confuso.

—¿Cómo que de dónde venía? Pues de mi casa —respondió.

—¿Alguien puede confirmarlo?

El hombre se puso nervioso.

—Pero ¿por qué, subcomisaria? ¿Qué tengo yo que ver con Torres, si se puede saber?

—Señor Parisi, ¿se da usted cuenta de que desapareció de la circulación justo cuando se produjo el asesinato de Torres? ¿Que es usted una de las últimas personas que habló con él y que, además, es el exmarido de la amante de Torres?

—¡Me llamó él! Puede comprobarlo. Se presentó en mi restaurante y me preguntó si tenía noticias de Bubi, porque no conseguía localizarla.

—¿Y qué hizo usted?

—La llamé y yo también confirmé que el teléfono estaba apagado. En el despacho llevaban días sin verla y mi hija tampoco tenía noticias suyas. Aunque, en realidad, tampoco es que me sorprendiera mucho.

—¿Por?

—Ya se lo he dicho, subcomisaria: Bubi era un espíritu libre. Era capaz de coger y desaparecer sin más, de largarse a cualquier parte. Pero no durante tres días, como estoy haciendo yo, sino como mínimo durante dos semanas. Con suerte, al cabo de un par de días enviaba una postal; si no, ni eso. Mi hija y yo ya estábamos acostumbrados a estas cosas. Y lo mismo quienes trabajaban con ella.

—¿Y entonces? ¿Qué hizo?

—Le dije al tal Torres que fuera a ver si estaba en Noto. En aquella casa pasaba a veces meses enteros. Incluso desconectaba el teléfono.

—¿Y Torres fue?

—Creo que sí, pero evidentemente no la encontró, porque al día siguiente volvió a llamarme.

—¿Recuerda dónde estaba Torres cuando lo llamaba?

—Pues... La primera vez sin duda en Catania, porque también vino al restaurante. Las otras veces no lo sé. Pero me dijo que iría a Taormina, porque en teoría tenían que encontrarse allí.

Parisi se sentó en un murete. Vanina decidió no hacerle más preguntas. Solo necesitaba saber una cosa para estar completamente segura de que la intuición no le estaba fallando. Y fue lo único que le preguntó:

—Escuche, señor Parisi, ¿recuerda usted dónde estaba la tarde y la noche del 16 al 17 de noviembre?

—¿Y dónde cree usted? Cerré el restaurante hacia las once y luego me fui a casa.

—¿Solo?

—Sí, solo, subcomisaria. Nadie me vio, nadie puede confirmarlo —se adelantó.

—¿Su exmujer le dio alguna vez las llaves de su coche?

Parisi suspiró.

—Espero que me perdone, subcomisaria, pero ¿por qué tendría mi exmujer que darme las llaves de su coche?

—O sea, no —concluyó Vanina.

—No.

La monja, que había ido otra vez a abrir la puertecita, les comunicó que habían llegado los *carabinieri*.

Además del subteniente Labbate, estaba también el capitán Silvani, que habló brevemente con Vanina.

La subcomisaria se despidió.

—Si tuviera que hacer apuestas, diría que el tal Parisi no tiene nada que ver con los dos homicidios. Tendría que ser muy ingenuo —comentó Carlo en cuanto volvieron a subir al coche.

Vanina se había encendido un cigarrillo, ante la mirada de desaprobación de Bonazzoli. Estaba de acuerdo con Carlo.

La única duda que podía surgir tenía que ver con la noche del asesinato de Geraci, para la cual Oreste no tenía coartada. Pero... ¿dónde se ha visto un asesino que no intenta buscarse una coartada? Tal vez impugnable, pero coartada al fin y al cabo.

—Marta, haz una cosa: no volvamos al despacho. Llévanos a la fiscalía —dijo. Se volvió hacia Colombo—: Te voy a presentar al fiscal que está al mando de la investigación.

—¿Ese tal Vassallo del que me ha hablado Tito?

—Es Vassalli, pero sí.

—¿Y por qué ha dicho que no se alegraría mucho del cariz que podía tomar la investigación después de mis revelaciones?

Vanina sonrió.

—No tardarás en descubrirlo —se limitó a responder.

Llamó a Nunnari y le pidió que localizara la posición de Oreste Parisi la tarde y la noche del 16 al 17 de noviembre y las primeras horas del día en que habían asesinado a Torres.

—¡Sí, señora! —respondió el oficial.

—¿Alguna novedad?

—No... Espere, le paso a Spanò.

El inspector se puso al teléfono.

—Subcomisaria.

—Usted dirá, Spanò.

—He buscado información sobre Xavier Alej..., como se llame Torres. Aterrizó en Catania el 13 de noviembre, procedente de Miami. Billete solo de ida. No alquiló ningún coche. Los primeros dos días se alojó en un hotel de playa, pero luego se marchó. No consta que se registrara en ningún otro hotel durante esos días, ni mucho menos ahora.

—Parece que es una mala costumbre que tienen los Torres: primero se alojan en un hotel, luego se largan y se dedican a pasearse por Catania. Y adiós muy buenas —comentó la subcomisaria.

Colgó la llamada y se volvió hacia Colombo.

—Carlo, ¿de verdad no sabes nada del tal Xavier Alejandro Torres, aparte de las cuatro cosillas que me has leído? ¿No será que tienes otro expediente que no me puedes revelar hasta que tus amiguitos estadounidenses te den permiso?

—Nada sé, solo lo que te *arreconté* —se burló Colombo, imitando el habla siciliana.

Vanina le lanzó una mirada torva.

—¡Venga ya, Garrasi, no seas tan pesada! Solo intento adaptarme.

—Por mí adáptate lo que quieras, siempre y cuando no te burles. Porque, además, hoy estoy en clara inferioridad numérica. —Expulsó el humo, miró a Marta y luego de nuevo a él—. ¡Cuidado! ¡Que dentro de nada empieza a salir polenta del tubo de escape del coche!

Bonazzoli se echó a reír. Colombo sacudió la cabeza.

Cuando recibió a Garrasi, Vassalli estaba muy relajado. Es más, sonreía.

—¡Esta vez no podrá echarme en cara que soy demasiado prudente! Sus hombres pueden decirle que he firmado todas las órdenes que me han pedido para acceder a los registros telefónicos.

Parecía en paz. Por primera vez, trabajar con Garrasi no lo exasperaba hasta el punto de pedir a gritos la jubilación. El doble homicidio estaba relacionado con personas tan alejadas de su mundo que quien atrapara al culpable recibiría un aplauso especial de su parte. ¡Nada que ver con el caso anterior! Hasta canas le habían salido cuando aquella fanática le había plantado delante a la mitad de los socios de su círculo. Menos mal que Eliana Recupero, la fiscal amiga de la subcomisaria —otra fanática, peor aún que Garrasi—, había intervenido con la intención de ocuparse personalmente del caso. Y menos mal, sobre todo, que una traqueítis providencial lo había salvado definitivamente. Esta vez, en cambio, podía darle carta blanca a Garrasi. Y, a juzgar por los resultados, no había sido mala idea.

—Fiscal Vassalli, quiero presentarle a Carlo Colombo, del SCIP. Ha venido para ayudarnos en la investigación del caso Torres.

El fiscal le tendió la mano y expresó su entusiasmo por conocer a un funcionario de policía «tan experimentado».

—¡Lástima que haya tenido que hacer el viaje para nada, señor Colombo!

Carlo no lo entendió.

—¿Para nada? —preguntó.

—Bueno, supongo que está enterado de las novedades. Precisamente, la subcomisaria Garrasi acaba de comentarme que han encontrado por fin al marido de Geraci. Ya he hablado con mi colega de Mesina y le he transmitido las novedades, de manera que policía y *carabinieri* puedan coordinarse entre ellos para probar la presunta culpabilidad. Yo estoy más que convencido de que ambos crímenes los cometió el mismo asesino.

Vanina prefirió no comunicarle que la coordinación entre su unidad y los *carabinieri* de Taormina era constante y las comunicaciones, continuas. Con lo tiquismiquis y formal que era Vassalli, seguro que se hubiera lamentado por la informalidad que había dominado desde el principio la gestión conjunta de aquel caso. Por otro lado, si para coordinarse hubiera tenido que esperar a que él lo autorizara cada vez, apañada estaba.

Vanina fue al grano y cuestionó la «culpabilidad» de Parisi.

—Si quiere saber la verdad, fiscal, yo no creo que Oreste Parisi sea nuestro hombre. O, por lo menos, no en lo que respecta al homicidio de Torres. En cuanto al de su exmujer, tenemos que verificar un par de aspectos, pero así de entrada..., no lo veo como un asesino potencial. El agente Colombo está de acuerdo conmigo.

Carlo asintió para confirmarlo.

—Por lo demás —añadió Vanina—, el expediente del SCIP que me acaba de facilitar Colombo nos muestra una imagen de Esteban Torres que va mucho más allá de un simple ciudadano italoamericano de paso por Catania. Se sospechan bastantes vínculos con la *Cosa Nostra*. Con las altas esferas, nada menos.

Vanina no estaba para nada convencida de que aquello tuviese algo que ver, pero la reacción que estaba provocando en Vassalli era impagable.

Petrificado, el fiscal permaneció en silencio durante unos instantes.

—Subcomisaria, ¿es usted consciente de que, si eso es cierto..., me veo obligado a pasar la investigación, por una cuestión de competencias, a la Dirección de Investigación Antimafia?

—Bueno, bueno, fiscal Vassalli —intervino Colombo—, tal y como están las cosas ahora mismo, no tenemos pruebas claras de que exista una conexión real entre lo que solo son, como puede ver usted mismo en el informe oficial del SCIP, sospechas de una connivencia aún por verificar y el homicidio en cuestión. O, mejor dicho, homicidios, si los consideramos en conjunto. La subcomisaria Garrasi explorará todas las vías posibles, incluso la internacional si hace falta. Y yo he venido expresamente a ayudarla.

El fiscal tragó saliva.

—De todos modos —les recordó—, no podemos descartar del todo el móvil pasional.

Vanina contó hasta diez. ¡Pero qué tozudo era el tío! Deseó que el fiscal de Mesina fuera un poco menos estrecho de miras.

El despacho de Eliana Recupero estaba en la zona de la fiscalía en la que se hallaban las dependencias de los magistrados antimafia.

La fiscal estaba hundida en su sillón, medio sepultada entre las montañas de expedientes que llenaban su escritorio. Iba vestida como si tuviera que desafiar un frío polar. Jersey beis de cuello alto —que, por el aspecto, lo mismo podía ser de cachemir—, rebeca a conjunto encima y, para rematarlo, una bufanda que de momento colgaba de la silla de enfrente. Era menuda y esbelta, aunque no exageradamente delgada, con esa figura propia de quien cuida mucho la forma física.

—¡Subcomisaria Garrasi! —la saludó, contenta de verla.

Colombo se presentó.

—Ya nos hemos visto antes, agente Colombo —le dijo.

Colombo se quedó de piedra y Recupero le refirió con detalle los cinco minutos que habían coincidido en la fiscalía de Milán nada menos que siete años atrás.

—Siéntense —les pidió.

Apartó una maleta de cabina que usaba para llevar todas las *sudate carte* sin partirse la espalda y los brazos, y les hizo sitio a ambos.

—Disculpen la indumentaria antártica, pero esta mañana tenía una audiencia en la sala de lo penal de la sección tercera, que ya ha entrado en modo invernal aunque solo llevemos dos días de frío. Y de forma irreversible, me temo.

—¿Aún no han encendido la calefacción? —dedujo Colombo.

—¿Calefacción en esa sala? ¡Pura utopía!

Si existía una persona capaz de sacar a la luz una posible relación entre Torres y los Zinna en los días previos al asesinato del primero, era Eliana: cruzar datos, analizar coincidencias o comprobar si en el transcurso de una de las muchas investigaciones que ella misma había conducido contra la familia Zinna había algún rastro de Torres. Todo a título personal y sin meter en el ajo a Vassalli, como ya había demostrado en más de una ocasión que estaba dispuesta a hacer para ayudar a Garrasi a llegar hasta el final sin estorbos.

Colombo captó enseguida la confianza recíproca que unía a las dos mujeres, del mismo modo que la fiscal había captado la confianza que Vanina depositaba en su colega.

Eliana tomó nota de algún detalle que podía serle útil para poner en marcha la investigación.

Cuando Colombo salió del despacho, Eliana Recupero retuvo unos instantes a la subcomisaria y le preguntó qué tal le había ido durante su estancia en Palermo.

—Al colega Malfitano aún no lo han ascendido a fiscal adjunto, ¿verdad? —le preguntó a continuación, con una indiferencia que Vanina interpretó como un intento de disimular la curiosidad.

La historia entre ella y Paolo, que oficialmente había terminado cuatro años antes, nunca había sido secreta. Todo el mundo estaba enterado y últimamente, a raíz de las nuevas amenazas que había recibido el fiscal, volvía a estar en el candelero. Eliana Recupero, sin embargo, no se había atrevido a hablarle del tema hasta ese momento. ¿Por qué esta vez sí?

—Que yo sepa, no —se limitó a responder Vanina.

La fiscal no insistió más, pero era obvio que quería seguir preguntando.

—A ver, cuéntame. ¿Ese Malfitano del que hablabais es quien yo pienso? —le soltó Carlo en cuanto salieron del tribunal.

—¿Escuchando a escondidas, Carlo?

—¿A escondidas? ¡No seas exagerada! La puerta estaba abierta. ¿Qué querías que hiciera? ¿Taparme las orejas?

—Depende. ¿En quién piensas? —farfulló Vanina, mientras atravesaban el *corso* Italia a toda velocidad para no ser embestidos por la horda de motos que acababan de arrancar en el semáforo.

—Venga, ya lo sabes —dijo Colombo.

Vanina no respondió y él lo interpretó como un sí.

Se encontraron con Marta en el Hotel Palace, al cual acababa de llegar la segunda de las exmujeres de Torres. La inspectora estaba sentada en una mesa del bar y ya había iniciado una conversación con la mujer en cuestión, que no hablaba italiano demasiado bien pese a sus orígenes.

Evelyn Cristallo, sesenta y cinco años. Pelo rubio en plan Barbie, cara y escote de manual de cirugía estética y ojos que gritaban bótox a diez metros de distancia. Una mezcla entre Goldie Hawn y Shirley MacLaine. Residente en Manhattan, entre la calle Setenta y ocho y Park Avenue, que —por lo que sabía Vanina de la ciudad— significa «zona de ricos». Muy ricos. Como era lógico pensar, teniendo en cuenta que la señora Cristallo dirigía un negocio de cosméticos valorado en millones de dólares.

Ella y Esteban se habían casado en Miami en 1976. Él trabajaba en uno de los locales de Frank Cristallo, padre de Evelyn, cuya familia era originaria de Catania. Más exactamente, de Piana dell'Etna. ¡Eso explicaba lo de que «Esteban siempre había tenido una relación especial con Catania»! Cuando Frank abrió un restaurante en Tampa, dejó la gestión en manos de su hija y de Esteban. Unos años más tarde, Esteban empezó a hacer negocios con los amigos italoamericanos de «papá». Sentía pasión por las mesas de juego y, a la que podía, se llevaba a Evelyn a Las Vegas. Finalmente, montó negocios también allí.

—¿También con «papá» esta vez? —preguntó Vanina.

Miró a Colombo, que le hizo un gesto de entendimiento.

No, esta vez Esteban había montado el negocio él solito. Luego se trasladaron a Nueva York y pusieron en marcha otro negocio, que ahora era solo de los dos: Evelyn Cosmetics.

—Y la empresa de importación y exportación, ¿a qué se dedicaba? —preguntó Colombo.

La mujer no lo sabía.

Luisa Visconti llegó en ese momento. Ambas mujeres debían de llevarse bastante bien.

—Evelyn insiste en ver a Esteban por última vez.

Vanina le pidió a Marta que la acompañara.

—Disculpe, señora Torres —empezó a decir Vanina.

Se volvieron las dos.

—Señora Evelyn —precisó la subcomisaria, en inglés—, ¿conoce usted al sobrino de Esteban? ¿Xavier Alejandro Torres?

Las dos mujeres fruncieron el ceño y se miraron indignadas, como si hubieran recibido un insulto.

—¿Y ese quién es? —preguntaron al unísono y en italiano.

No era necesario preguntar nada más.

Colombo estaba a punto de desmayarse con la ración triple de espaguetis con boquerones que Nino, como deferencia al nuevo comensal, le había traído.

—Oye, Garrasi, no comerás aquí todos los días, ¿verdad?

—Más o menos, ¿por qué?

Vanina había terminado su plato de albóndigas, necesario para compensar la comida del día anterior, y estaba mojando pan en los restos de la *caponata* que había compartido con Carlo como entrante.

—No, porque si uno come aquí todos los días, acaba pesando cien kilos.

—¿Y eso qué es? ¿Una forma diplomática de decirme que he engordado?

Colombo la miró, perplejo.

—Jamás te diría tal cosa.

Mientras él estaba ocupado con aquel opíparo plato, Vanina había dedicado el tiempo a pensar.

—Tenemos que buscar a la primera mujer de Torres —dijo.

—¿Por qué?

—Quiero saber si al menos ella conoce al misterioso sobrino. Si echamos cuentas, debió de nacer cuando Torres aún estaba casado con ella. Si el padre de Xavier murió en Estados Unidos en 1975, eso significa que los hermanos, como mínimo, se veían. Es más, Juan iba a Estados Unidos a ver a Esteban, lo que no debía de ser muy fácil desde Cuba.

—La buscamos, entonces —asintió Carlo.

Salieron del restaurante y se encaminaron al despacho.

—Subcomisaria Garrasi, soy el subteniente Labbate.

Vanina acababa de sentarse delante de Macchia que, a juzgar por la expresión radiante, debía de haber vuelto de comer con Marta.

—Buenas tardes, subteniente.

—Quería comunicarle que el señor Parisi ha repetido en la declaración lo que ya le contó a usted en persona. Hemos tratado de averiguar si tiene una coartada para la noche en que presuntamente asesinaron a su exmujer. La tiene a medias, pero como no se le imputaba ningún cargo, al principio no quiso decir nada. Luego, al darse cuenta de que las cosas podían complicarse, ha cedido y nos ha contado que estuvo con una mujer hasta medianoche, cuyo nombre y apellido nos ha facilitado. Y digo «a medias» porque a partir de esa hora volvió a casa y estuvo solo. Así que no puede decirse que sea una coartada completa. Pero también es cierto que tampoco tiene un móvil. Lo hemos investigado un poco: problemas económicos no tiene. La hija, que acaba de llegar de París, ha venido a reunirse con su padre en nuestras dependencias y nos ha contado que la relación entre sus padres era muy buena y que se separaron de común acuerdo, sin crear problemas. Y como solo tenían una hija, y ninguno de los dos tenía intenciones de volver a casarse, nunca llegaron a divorciarse. Bueno, no sé qué piensa usted sobre Torres, pero a mí me da que este Parisi es incapaz de disparar un arma.

—Yo pienso lo mismo. He pedido que se compruebe la ubicación de su teléfono durante esa noche, pero por pura formalidad.

—Lo mismo he hecho yo.

Labbate prosiguió con su informe. La sangre de la piedra del pozo, como era de esperar, se correspondía con la de la víctima. Por tanto, la dinámica de la muerte accidental encajaba.

—Dígame una cosa, subteniente —le pidió Vanina—. Las maletas de la señora Geraci, que el hotel de Taormina había dejado en la consigna, ¿se las llevaron los del Departamento de Investigaciones Científicas?

Se le había ocurrido la noche anterior, cuando ya era demasiado tarde para llamar.

—Sí, desde luego.

—¿Había algún portátil o *tablet*?

—No.

—¿Y no le parece extraño?

—Sí que me parece extraño. De hecho, lo primero que pensé era que tal vez lo hubiese robado el asesino, junto al teléfono y la cartera. Pero luego pensé que Geraci llevaba encima el teléfono y la cartera, mientras que el portátil es probable que lo dejase en la habitación, puede que incluso en la caja fuerte. Por tanto, había dos opciones...

Vanina se le adelantó.

—O el asesino, antes de largarse, entró en la habitación de Geraci y robó el portátil, o el portátil seguía en la caja fuerte.

—Eso mismo. —Labbate parecía satisfecho. ¡Se entendía a la perfección con la subcomisaria Garrasi!—. Así que he ido a echar un vistazo a la habitación, que habíamos ordenado que dejaran libre, aunque tampoco la había ocupado nadie durante los días posteriores a la marcha de Geraci. Por desgracia, dentro de la caja fuerte no había nada. Por tanto, si Geraci tenía un ordenador portátil, el asesino se lo robó.

—Eso significa, entonces, que el asesino sabía dónde estaba la habitación de Geraci. Puede que incluso hubiera estado allí antes.

—Eso mismo pensé yo y por eso he procedido a una inspección más exhaustiva. Algún detalle interesante he encontrado. Sobre la mesita del balcón había un cenicero que no habían vaciado. Dentro había una colilla de cigarrillo y otra de puro. Pero de puro de los gordos.

—De puro de los gordos —repitió Vanina.

—Un habano —sugirió Tito, que de puros entendía bastante.

Vanina le trasladó la sugerencia a Labbate.

—¿Y está usted seguro de que esas colillas no estaban allí antes de la llegada de Geraci? —le preguntó.

—Estoy seguro, porque la camarera que limpió la habitación confirmó que se había olvidado de vaciar el cenicero, pero que solo había sido aquella vez. En fin, las colillas están ahora en el DIC de Mesina.

La subcomisaria colgó con una expresión sombría. No había nada que la fastidiara más que depender de otros. Ya era un coñazo tener que esperar a que los de la Científica hicieran su trabajo, ¡solo le faltaba ahora el DIC de Mesina!

Nunnari había ubicado las torres de telefonía a las que se había conectado el teléfono de Parisi, como le había solicitado Vanina.

—Ahora está claro que, al menos por lo que respecta al homicidio de Torres, Parisi no tuvo nada que ver. Su teléfono permaneció hasta las ocho en la zona en la que vive y, a partir de ahí, se conectó a una torre de telefonía entre Aci Catena y Valverde. En cuanto al homicidio de Geraci, por desgracia no podemos saberlo, porque el teléfono permaneció conectado a la torre de Catania hasta cierta hora, muy probablemente la de cierre del restaurante, y luego Parisi lo apagó —le contó la subcomisaria al Gran Jefe.

Tito Macchia se había repantigado en el sillón de Vanina y lo hacía girar a derecha e izquierda, lo que producía siniestros chirridos. Debía de gustarle mucho aquel sillón, porque cada vez que lo encontraba libre, ¡zas!, se dejaba caer en él y lo hundía por lo menos diez centímetros. Cualquier día de estos, Vanina terminaría sentada en el suelo.

Spanò había ido al hotel de playa en el que se había registrado Xavier Alejandro Torres. No recordaban gran cosa de él: se había quedado dos noches y luego se había marchado.

—Pagó con una Visa, así que se me ha ocurrido llamar a la compañía para pedir un extracto de los últimos movimientos. Me lo mandarán en breve.

Lo Faro se asomó a la puerta y se detuvo en seco nada más ver al comisario principal repantigado en el sillón. Ahora Garrasi pensaría que se había dejado caer por allí solo para hacerle la pelota al jefe y se enfadaría con él.

—¿Qué pasa, Lo Faro? —le preguntó Vanina.

El chico avanzó con un portátil en la mano.

—Disculpe, subcomisaria. El inspector Spanò me ha pedido que hiciera una búsqueda en internet y he encontrado algo que podría ser interesante.

—Es cierto, jefa, le he pedido yo que hiciera una búsqueda sobre Xavier Torres —confirmó Spanò.

—¿Y qué has encontrado? —le preguntó Vanina.

Lo Faro se acercó, abrió el portátil, desbloqueó la pantalla y se quedó allí esperando, sin saber a quién mostrársela.

Macchia señaló a Garrasi.

Vanina se encontró ante una página de Facebook.

—Lo Faro, yo no sé absolutamente nada de redes sociales. Es más, no las soporto. ¿Qué es lo que se supone que tengo que entender?

—Es el perfil privado de Xavier Alejandro Torres.

La foto de cabecera era una puesta de sol. La de perfil era un primer plano de Torres: pelo oscuro largo con mechones que le caían sobre la frente, ojos verdes que contrastaban con la tez aceitunada. Camisa coreana abierta que dejaba el pecho a la vista. Si ya resultaba sexualmente atractivo en foto, Vanina no quería ni imaginarse cómo sería en persona.

Relación: soltero. Vive en: Miami. De: La Habana.

—Es él —dijo Colombo, que se había puesto las gafas para ver mejor.

—No parece un perfil muy activo —explicó Lo Faro—. La última publicación es de hace más de un mes, desde Coral... Gables. Como la única forma de ver qué amigos tiene era enviarle una solicitud de amistad, he entrado en uno de nuestros perfiles falsos, de mujer para más seguridad, y le he enviado la solicitud. No ha tardado ni cinco minutos en aceptarla. Luego he revisado su lista de amigos. Bueno, más bien de amigas —dijo, con una risita que Garrasi le cortó rápido—. ¿Y a que no saben quién sale en la lista? —anunció.

Vanina observó el nombre y luego se volvió hacia el agente, que esperaba con el aliento contenido.

—Estupendo, Lo Faro, buen trabajo. —El pobre estuvo a punto de desmayarse de la emoción—. ¡Vaya, vaya, mirad quién sale entre las amigas del lechuguino este!

—¿Quién? —preguntó Tito, que se había inclinado hacia delante con el puro apagado entre los dientes.

—Roberta Bubi Geraci.

El comisario Patanè ya tenía el dedo en el interfono cuando el portón verde de la Policía Judicial se abrió.

Garrasi salía en aquel momento y, tras ella, estaba el jefe, que hablaba con un tipo al que Patanè no había visto nunca.

—¡Comisario! —exclamó Vanina, al tiempo que consultaba su teléfono—. ¿Me ha llamado y yo no me he enterado? —añadió, mientras lo comprobaba.

—No, no, tranquila, subcomisaria. Es que pasaba por aquí y se me ha ocurrido hacerle una visita.

—Comisario Patanè, ¿cómo está? —le preguntó Macchia con su voz atronadora.

Le dio una palmada en la espalda que obligó al pobre comisario a avanzar un paso para no perder el equilibrio.

—Me alegro de verlo, Macchia —le respondió.

—¡Lo hemos echado de menos! Nuestra Garrasi anda siempre en movimiento y nos ha abandonado unas semanitas. Pero se alegrará usted de saber que ha vuelto y que, según parece, no tiene intenciones de abandonarnos otra vez.

El anciano comisario se sintió incómodo, como cada vez que captaba el tono burlón del Gran Jefe, quien por lo visto estaba convencido de que lo que había entre Patanè y Garrasi no era sencillamente una cordial amistad, sino un auténtico enamoramiento senil. Patanè estaba seguro de que no conseguiría quitarle de la cabeza esa absurda convicción ni a golpes de bastón. Por tanto, más le valía seguirle el juego y ganarse su indulgencia, puede que incluso su estima, lo que le permitía pasar días enteros con la subcomisaria y participar en investigaciones a las que, en circunstancias normales, no habría tenido acceso.

Como en aquel momento.

—Le presento a Carlo Alberto Colombo, del SCIP, el Servicio para la Cooperación Internacional de la Policía —dijo Macchia—. La Interpol —simplificó, usando un término más propio de los tiempos de Patanè.

Se estrecharon la mano.

—Colombo, el comisario Patanè es uno de los nuestros —prosiguió Tito, con expresión divertida.

Carlo lo miró, un poco perplejo.

Tito Macchia se despidió, le recordó a Colombo que se verían a las ocho y media para cenar y, acto seguido, desapareció en un coche de servicio con Giustolisi, de la SCO.

—¿Iba a algún sitio interesante, subcomisaria?

—A Trecastagni. Quiero volver a la casa de Torres y entrar en la parte que no había alquilado. A lo mejor encontramos algún objeto personal que pueda darnos pistas.

—Ah.

Vanina comprendió que la presencia de Colombo cohibía un poco al anciano comisario.

—¿Por qué no nos acompaña?

Patanè le dedicó una sonrisa que dejaba a la vista su espléndida dentadura, aún perfecta a pesar de la edad, y salió disparado hacia el aparcamiento.

Spanò ya estaba allí, sacando uno de los coches.

Dejaron a Colombo, que empezaba a acusar el cansancio, en su hotel. Spanò quedó con él en que pasaría a recogerlo por la mañana. A las nueve, aunque fuese sábado.

—Bueno, supongo que ya he entrado de pleno en la actividad catanesa —dijo el director.

Y debía de gustarle bastante.

Por el camino, Vanina llamó de nuevo a Labbate y le contó lo que había descubierto Lo Faro. El subteniente tomó nota de la novedad, que le pareció muy útil, y dijo que él también investigaría por su cuenta.

Manuel Nuzzarello los esperaba en la cuesta de los Saponari, ante la puerta de la casa.

Lo acompañaba un hombre de unos sesenta y cinco años, modesto pero con un aire distinguido. Tirando a bajo, pelo escaso, camisa de cuadros, chaleco y una chaqueta de lana un tanto deformada.

—Filadelfo Lavía —se presentó.

—El señor Delfo es el guarda —aclaró Nuzzarello.

El hombre abrió la puertecita verde, pero en lugar de dirigirse a la derecha, hacia donde estaba la puerta del apartamento que aún ocupaba la pareja danesa, subió por una escalera situada a la izquierda. Llegaron a otra puerta, esta antigua, pero tan pulida que parecía nueva. La aldaba era de latón reluciente. Lo único que desmerecía un poco el conjunto era la marca que había quedado donde en otros tiempos había una placa.

Suelos de terrazo, estancias no muy grandes una detrás de la otra. Comedor, estudio con una pequeña librería. Mobiliario antiguo, de mediados del siglo xx, pero bien conservado. Cocina de los años ochenta. Una habitación doble y otra más pequeña con una cama individual.

Un frío húmedo que se metía en los huesos.

De Esteban Torres no había prácticamente ni rastro, a excepción de alguna que otra prenda colgada en el armario y una bandera de Estados Unidos detrás del escritorio.

Patanè se acercó a tocarla.

—¿El señor Torres durmió aquí los últimos días? —preguntó Vanina.

—¿Aquí? —respondió el hombre, como si Vanina hubiese dicho algo asombroso.

—¿No era su casa?

—Sí, sí, claro que lo era, pero en esta época del año nunca dormía aquí. No hay calefacción y la casa es muy fría. Alguna vez en verano, si venía a Catania por negocios, sí que a lo mejor se quedaba a dormir.

—¿Solo?

—A veces solo y a veces... —respondió, pero se interrumpió.

—¿Y a veces? —lo apremió la subcomisaria.

Lavía pareció incómodo.

—Con la señora Geraci.

Nuzzarello también pareció ligeramente incómodo. Era evidente que los dos tenían terminantemente prohibido divulgar la relación y que aún les costaba ignorar dicha prohibición.

—¿Pero al menos pasó por aquí, durante esos días?

—Sí, claro. Pasó a ver cómo iban los trabajos que le hice en la puerta de entrada y en el apartamento de alquiler. Y el jardín —dijo, al tiempo que señalaba a través de la ventana un pequeño jardín de la planta baja.

Vanina vio plantas, árboles de cítricos y, en el centro, un parterre de césped y dos antiguos bancos de piedra volcánica, como el pavimento.

—¿Es antigua esta casa? —quiso saber Vanina.

—De 1919 —respondió Lavía, satisfecho.

Señaló detalles, como incisiones en la piedra o el jazmín centenario que él mismo cuidaba. Estaba entusiasmado, como si fuera un guía turístico. Y Patanè le daba cuerda.

—¿Y eso qué es? —preguntó el comisario, atraído por algo que parecía un sensor.

—Ah, eso es una cámara —respondió el guarda.

Spanò vio otra en la estancia contigua.

—¿Por qué hay tantas cámaras? —quiso saber Vanina.

—Ya sabe usted cómo son los estadounidenses —respondió Filadelfo—. Siempre quieren tenerlo todo controlado. Incluso a distancia.

—¿Y quién tiene las imágenes de estas cámaras?

—Solo podía verlas el señor Torres, pero no sé cómo lo hacía.

Vanina le hizo un gesto a Spanò para que intentara averiguarlo.

Bajaron a la planta inferior, formada por salas vacías que daban al jardín.

—Según decía la señora Geraci, aquí podía hacerse otro apartamento para alquilar —les contó Nuzzarello.

Al fondo había una puerta cerrada.

—Ahí vive Delfo —explicó el joven.

Lavía se había acercado a una planta y estaba retirando una hoja seca.

—Escuche, señor Lavía —lo llamó Vanina—. ¿Por casualidad el señor Torres tenía aquí algún ordenador?

—No, no —respondió el hombre, al tiempo que negaba con la cabeza.

—¿Recuerda si tenía algún portátil?

El hombre se encogió de hombros. ¿Y él qué iba a saber?

—Una pregunta más: en los últimos días, ¿el señor Torres vino aquí con alguien? No sé, ¿algún pariente?

Esta vez, Lavía la observó con perplejidad.

—¿Algún pariente? ¿Quién?

—No sé, ¿algún pariente de Estados Unidos?

—No, no, aquí nunca han venido estadounidenses.

Parecía más que convencido.

Nuzzarello los llevó a la agencia, donde su compañero Paparone estaba trabajando con un ordenador.

—Sabe, subcomisaria, ahora que me acuerdo... Hace unos días, una semana o por ahí, vino un chico. Bueno, no exactamente un chico, pero era bastante joven. Extranjero. Nos preguntó si sabíamos dónde podía encontrar al señor Torres. Fortunato le dijo que, si quería alquilar la casa, podía ponerse en contacto con nosotros. Se apuntó los teléfonos, pero no volvimos a saber de él.

—¿Les dijo cómo se llamaba?

—No.

Spanò buscó la foto que había hecho al perfil de Xavier Torres y se la enseñó.

—¿Era este?

Paparone la miró y dio un respingo.

—¡Sí! ¡El mismo!

Vanina y Patanè cruzaron una mirada.

—Escuche, señor Paparone...

—Fortunato. Y por favor, subcomisaria, ¡no me trate de usted!

—Ni a mí —lo secundó Nuzzarello.

—Muy bien, Fortunato. ¿Recuerdas por casualidad cómo llegó ese hombre? ¿En coche, en taxi?

—Yo lo vi subir a pie, pero llevaba unas llaves en la mano.

A Patanè lo había intrigado bastante la historia de los dos cubanos que Garrasi le había contado en el coche. Sus conocimientos sobre la historia de Cuba terminaban en la invasión de bahía de Cochinos, pero al día siguiente ya buscaría un libro para empaparse bien.

—Bueno, recapitulemos. —Patanè se acomodó con las manos sobre la mesa en el bar de Trecastagni en el que acababan de sentarse él, Spanò y Vanina—. Torres tiene un sobrino que huyó de Cuba en los años noventa, pero del cual nunca han oído hablar sus dos exmujeres. Ese sobrino conoce a Geraci, porque *arresulta* en los registros telefónicos y porque, además, son amigos en internet. Que, entre nosotros, no entiendo yo qué significan todas esas amistades entre personas que un minuto antes ni se saludaban. En fin, el sobrino llega de Estados Unidos hace un par de semanas y, en cuestión de diez días, Torres y Geraci son asesinados. Aquí hay algo que no cuadra.

Vanina peló una de las almendras tostadas que el chico del bar les había traído junto a los tres *spritz*. Ella había tenido esa misma sensación de que algo no cuadraba desde el momento en que había visto el nombre de Xavier Torres en los registros telefónicos. Una sensación vaga, indefinible, que seguía siéndolo en aquel momento.

—Entonces, he hecho bien —dijo.

—¿En qué?

—En pedirle a Vassalli que dé orden de intervenirle el teléfono.

Patanè estuvo a punto de ponerse a aplaudir.

Maria Giulia De Rosa había aparcado su todoterreno delante del garaje de Bettina y estaba sentada al volante. Música a todo volumen, mirada fija en la pantalla del *smartphone*. Así la encontró Vanina cuando llamó a la ventanilla.

—Dentro de poco, va a ser más fácil quedar con el papa que contigo —dijo Giuli al tiempo que bajaba del coche y abrazaba a su amiga.

—Estás bloqueando el garaje de Bettina —la advirtió Vanina.

—Es ella quien me ha dicho que podía aparcar aquí, que esta noche no necesita el coche.

Vanina abrió la puertecita de hierro y subieron la escalera.

Las luces de la vecina estaban apagadas, excepto la de la puerta de cristal de la cocina. Era una señal de que Bettina había salido.

—La he visto marcharse en coche con un señor —le contó Giuli.

Vanina se detuvo en el primero de los tres escalones que separaban su casa del jardín grande.

—¿Y quién era ese señor?

—Y yo qué sé quién era. Un abuelete, más o menos de la misma edad que ella.

Vanina recordó que su vecina le había hablado de un hombre, el primer miembro masculino del grupo de las viudas. A ver si el tipo en cuestión le estaba tirando los tejos precisamente a ella... Es cierto que Vanina tenía la figura de una *arancina*, pero también era una de las personas más adorables que conocía la subcomisaria. Y cocinaba mejor que un chef con estrellas Michelin, talento que para un hombre de esa edad seguramente contaba mucho más que el aspecto físico.

Entraron en casa. Estaba todo perfectamente ordenado y los radiadores funcionaban, a pesar de que el frío se había acabado y las temperaturas volvían a ser las normales para la época. Una máxima de dieciocho y una mínima de diez, que en aquel pueblecito somontano sería de ocho.

Vanina había pasado por el bar Santo Stefano y le había pedido a Alfio que le preparara dos *pizzas* sicilianas: una clásica con atún y anchoas para ella y otra con tomate y queso para Giuli. Aparte de eso, un par de *arancine al ragú* que acababan de salir en ese momento de la cocina. Y dos profiteroles y dos pastas con crema *zabaione*, regalo de la casa.

—Pero Vanina, ¿cuánto tenemos que comer? —comentó Giuli nada más abrir el paquete.

Vanina respondió encogiéndose de hombros. Más vale que sobre que no quedarse con hambre. Porque aparte de leche, galletas y chocolate, lo máximo que podría ofrecerle aquella noche a Giuli sería un triste plato de pasta blanca.

Antes de dejar el teléfono sobre la mesita, Vanina comprobó si tenía mensajes nuevos. Durante el trayecto de Catania a Santo Stefano le había entrado un ataque de melancolía y había llamado a Paolo. Ella aún no le había respondido, ni al mensaje ni a los dos audios del día anterior. Y, ahora, Paolo no contestaba en ningún número. Había probado hasta el número del despacho. Había vuelto a intentarlo mientras subía a pie desde el bar, pero sin éxito.

Giuli metió la mano en el bolso y sacó un paquete.

—Toma, mira qué te he traído para que te ambientes con tu nuevo caso.

El paquete contenía el DVD de una película que Vanina había visto por lo menos veinte años atrás.

Habana. Robert Redford, Lena Olin. 1990. Dirigida por Sydney Pollack.

Vanina le dio las gracias y fue a dejarla en el estante en el que tenía las películas «no sicilianas», es decir, que no formaban parte de la colección, pero que igualmente eran muy numerosas. Ochenta, por lo menos.

—¿No será demasiado moderna para tus gustos? —comentó Giuli, mientras repasaba los títulos presentes en aquella estantería.

Eran antiguallas de los años cincuenta, sesenta y setenta, que Giuli no conseguía entender por qué le gustaban tanto. A ella y a ese amigo con el que las devoraba.

—¿Y bien? —fue al grano Vanina, mientras colocaba dos manteles individuales en la mesa que estaba junto al ventanal.

—¿Qué? —respondió Giuli, distraída.

—¿Cómo que qué? Hace tres días que me atormentas porque no te hago caso, porque soy una mala amiga, porque para una vez que me necesitas no estoy ahí...

—¡Vale, vale! Ya me ha quedado claro.

—¿Y entonces? ¿Me vas a decir qué te ha pasado?

Giuli le dio vueltas en la mano a su *pizza*, que cualquier otra noche se habría zampado en dos bocados. Jugueteó con la servilleta. Guardó silencio.

Vanina extendió los brazos.

—Será posible...

Mientras valoraba si poner en práctica una de sus técnicas de interrogatorio para arrancarle una confesión, sonó el interfono.

Giuli levantó la cabeza de golpe.

—¿Has invitado a alguien más?

Vanina la observó. La verdad es que Giuli estaba muy rara aquella noche. Pero que muy rara.

—¿A quién quieres que invite, Giuli?

Se levantó y fue a contestar.

—Vanina, soy Adriano.

Giuli se había quedado en la mesa, se había comido la *pizza* y ahora estaba atacando la *arancina*.

—¿Qué pasa, tienes miedo de que Adriano se coma tu parte? —se burló Vanina, que había vuelto a sentarse después de abrir la puerta.

Adriano entró tras apartar con un pie al gato de Bettina, que pretendía colarse en la casa. Llevaba en la mano una bandeja perfectamente envuelta.

—¡Pero si está aquí la abogada De Rosa! —exclamó, con la máxima alegría que lograba expresar últimamente.

Adriano le plantó un beso en la mejilla y Giuli le dedicó una mirada entre disgustada y contrariada mientras él se acercaba a Vanina y la saludaba del mismo modo.

—Giuli, no parece que te alegres mucho de verme.

La abogada se obligó a sonreír.

—Claro que me alegro de verte.

La subcomisaria comprendió que, para su amiga, la llegada de Adriano había puesto fin a las confidencias que aún no se había decidido a hacerle.

En la bandeja de Adriano había dos medias *schiacciate*, una con brócoli, queso *tuma* y aceitunas, y la otra —menos usual— con calabaza y gorgonzola. Hechas con harinas sicilianas en el horno especial del cual había hablado Patanè.

—Vaya día de mierda —se lamentó el médico mientras cogía un trozo de *schiacciata*.

—¿Qué ha pasado? —le preguntó Vanina.

—Qué no ha pasado. Le he tenido que hacer la autopsia a una persona que conocía y a la que creía apreciar, y que, según parece, era una mujer sin muchos escrúpulos. Mi compañero, que nunca se sabe si está o no está o si... En fin, qué más da, vamos a dejarlo correr.

—¿Qué significa que no se sabe si está o no está? —quiso saber Giuli.

Adriano vaciló un instante.

—Que no consigo entender qué le pasa —admitió.

Vanina, sin embargo, había puesto toda su atención en el comentario anterior. Y dada la obsesión secreta de Giuli por Luca Zammataro, era mejor cortar la conversación de raíz.

—¿Qué estabas diciendo sobre Geraci? —intervino.

—Me he enterado, por amigos comunes, de que Bubi era una especie de vampiresa. Alguien que no tenía problemas en sobornar a quien hiciera falta, que solo contrataba como empleados a quienes venían con recomendación... Y que, además, tenía un vicio: los *toy boys*.

—O sea, ¿que buscaba hombres más jóvenes?

Teniendo en cuenta la edad de Torres, le pareció como mínimo contradictorio.

—No, no es que los buscara: les pagaba.

—¿En serio?

—En serio.

Giuli se estaba divirtiendo. Tampoco es que aquellas cosas fueran una sorpresa para ella, pues con todos los divorcios y anulaciones que había llevado, ya casi nada podía sorprenderla.

—En fin, mañana irá a verte una amiga suya, Pina Di Tommaso —concluyó Adriano—. La apreciaba mucho y quiere colaborar en la búsqueda del culpable. Dice que prefiere hablar contigo que con los *carabinieri* de Taormina. Para ser exactos, dice que se fía más de ti —dijo.

Se echó a reír y Giuli lo imitó. Vanina los fulminó a ambos con la mirada.

—El subteniente Labbate está haciendo un gran trabajo. No pongáis esa cara de tontos, hombre.

Adriano alzó las dos manos.

—Ah, sobre Labbate no tengo nada que decir, es un hombre que sabe hacer muy bien su trabajo.

—Entonces, ¿a quién os referís?

—¿Tú qué crees?

—¿Silvani? —aventuró.

En menos de cinco minutos, aquel par de cotillas de primera categoría le contaron la vida y milagros del capitán, que para quedar bien a los ojos de sus colegas, y para poder poner Sicilia en su currículum, había removido cielo y tierra hasta conseguir que lo enviaran desde Roma al más aplacible de los destinos disponibles en la isla: Taormina.

Carotenuto dos, la venganza.

—¡Imagínate lo contento que estará alguien como él de tener que vérselas contigo! —reflexionó Adriano.

Los chismorreos habían animado un poco a Adriano y a Giuli, que en ese momento estaban despatarrados en el querido sofá gris de Vanina, considerando si ver o no *Habana*.

Antes de que empezara la película, Vanina fue a su habitación y comprobó si tenía algún mensaje de Paolo. Nada. Lo llamó otra vez. No respondió. Empezó a asaltarla una ligera inquietud, pero se obligó a desterrarla. Le envió un wasap. «Hola. ¿Dónde te has metido? Llámame en cuanto puedas. A la hora que sea».

Se cruzó con Giuli, que salía del baño.

—Al final no me has podido contar nada. Lo siento.

De la Rosa, sin embargo, le respondió con una sonrisa y le lanzó una miradita a Adriano, que se estaba peleando con el lector de DVD.

—No te preocupes, significa que no tenía que ser. Disfrutemos de esta velada los tres juntos, que a lo mejor no se vuelve a repetir.

El rostro de Robert Redford aún en pleno esplendor les produjo a los tres el mismo efecto. Del resto se encargó la historia. Ni Adriano —con las gafas apoyadas en la nariz y un cojín pegado al pecho—, ni Giuli —repantigada en un sillón— ni Vanina —en su rincón preferido del sofá gris— apartaron la mirada de la pantalla durante toda la película.

Cuando Vanina apagó la tele, ya era medianoche. Jack Weil acababa de dejar la playa de Cayo Hueso, donde no volvería a atracar ningún barco procedente de Cuba, y los créditos iban pasando sobre el horizonte del golfo de México.

El doble tic al lado del mensaje que le había mandado a Paolo seguía en gris.

11.

Se había pasado la mitad de la noche dando vueltas en la cama y, la otra mitad, sumida en un sueño ligerísimo en el que se mezclaban la Revolución cubana y los *toy boys* de Bubi Geraci. Se levantó porque el sueño la estaba haciendo polvo.

Después de que Giuli y Adriano se marcharan, Vanina había encendido el ordenador y se había quedado delante de la pantalla hasta la una y media para hacerse una idea —vaga— de la historia de Cuba, desde 1959 hasta la actualidad.

Tenía que decidirse a encontrar una solución, algo que de verdad la ayudase a dormir. Sin embargo, siempre le entraba el miedo a que esos fármacos —que Adriano, por ejemplo, tomaba sin reparos— inhibieran su capacidad investigadora, así que acababa prefiriendo el insomnio.

Y, por otro lado, no dejaba de pensar en Paolo. El doble tic era gris cuando había cerrado los ojos y seguía siendo gris cuando los había vuelto a abrir por la mañana.

Se preparó dos cápsulas de café *ristretto* y se metió diez minutos bajo la ducha. Para ir más rápido, evitó mojarse el pelo. Cogió dos camisetas de algodón y un jersey fino de lana y se fue poniendo las tres prendas una tras otra. Por algún milagroso motivo, cayeron las tres como estaba previsto: una más larga, otra más corta y la otra, como decía Bettina, «descarriada» de un lado. Pantalones negros, perfectamente tapados hasta las caderas por la camiseta número uno, y botas bajas de cuero envejecido. Un sueldo entero gastado en ropa cuyo diseñador —por lo general, japonés— solo podría haber adivinado un entendido en moda: era imposible encontrar marcas o logotipos ni buscándolos con lupa. Era el único capricho que se permitía Vanina de vez en cuando.

Mientras se ajustaba la funda bajo la axila y colocaba dentro la pistola, pensó en el arma que había usado el asesino para acabar con Torres. Un estadounidense con una pistola rusa, que además era un símbolo de la Guerra Fría. O se trataba de un coleccionista, o el asunto era cuanto menos curioso.

Cuando Vanina salió, Bettina estaba en el jardín con los gatos.

—¡Buenos días, Vannina! —la saludó desde el huerto de cítricos.

Vanina fue a su encuentro.

—Buenos días, Bettina.

—¿Pues no salí anoche sin dejarle nada preparado? Hoy se lo compenso. Esta noche jugamos en mi casa y luego las amigas se quedan a cenar. *Ravioli* de *ricotta* con salsa y *falsomagro* con patatas al horno. Cuando vuelva pase un momento, que le guardo una buena ración.

El hecho de que Vanina no supiese cocinar ni un huevo frito era una preocupación para su vecina. Pobrecilla subcomisaria, siempre comiendo fuera de casa. La primera vez por casualidad, la segunda porque le apetecía y la tercera con la excusa de invitarla a cenar, ahora Bettina tenía a alguien de quien ocuparse. Sin que resultara demasiado obvio, y con ese espíritu dulce que la caracterizaba, Bettina había terminado cocinando para Vanina casi todas las noches.

—Pero una cosa, ¿estarán solo las amigas o también ese señor con el que salió anoche?

Bettina se echó a reír.

—El contable Scavone. Enviudó el año pasado y ha venido a vivir a Santo Stefano. Me acompañó a casa de Luisa, que vive en Acireale. Juega al buraco mejor que todas nosotras juntas.

Vanina se arrepintió de la broma.

—Perdone, Bettina, no es asunto mío.

La mujer se echó a reír otra vez y, luego, siguió a Vanina hasta la escalera sin dejar de darle consejos. El último, cuando ya no le quedaba nada más que decir, fue:

—Y abríguese, no vaya a coger frío, ¿eh?

Vanina pasó por el bar, pidió un cruasán de crema y un capuchino para llevar y luego enfiló la carretera que llevaba al centro de la ciudad.

Apenas dos minutos más tarde le sonó el teléfono. Respondió enseguida, con la esperanza de que fuese Paolo.

—¿Dónde andas, Garrasi?

Era Colombo.

—Buenos días, Carlo. Espero que hayas dormido bien. ¿Qué tal todo? —canturreó, para recordarle los buenos modales.

—Buenos días, Vanina. ¿Cómo estás? Y, sobre todo, ¿dónde estás?

—En el coche. Hoy no hay mucho tráfico.

Acababa de darse cuenta de que era sábado. Aparte de algún que otro colegio abierto, las calles estaban despejadas.

—Yo tengo que llamar a Spanò para que pase a recogerme.

Vanina consultó el reloj. No eran ni las ocho. Pero ¿a qué hora se había levantado? No había dormido nada.

Le dijo que pasaría ella a recogerlo.

—Ah, Garrasi —dijo Colombo, antes de colgar—. Ahora ya sé lo que quisiste decir con aquella advertencia sobre Bonazzoli.

—Ah, ¿sí? ¿Qué quise decir?

—Que es la novia del jefe.

—¿Y tú cómo lo has sabido?

—Porque ayer por la noche Macchia me invitó a cenar en el restaurante que está al lado de mi hotel y se presentó con ella. Cogidos de la manita.

Vanina tardó en recuperarse de la sorpresa.

El subteniente Labbate tenía novedades.

—El coche de Geraci fue captado el 19 de noviembre a las 16:42 por un radar activo en la autopista Catania-Siracusa, a la altura del área de servicio Bacali, dirección Siracusa.

—El 19 de noviembre significa dos días después de su muerte.

—Si consideramos el 17 como fecha de la muerte, sí.

—¿No cree que lo sea?

—Sí, claro, Lo digo solo para precisar, porque desde entonces estaba desaparecida y su teléfono, apagado.

—O sea, la hipótesis es que alguien pudo coger el coche y dedicarse a dar vueltas durante unos días.

—Eso parece. Ah, y hay otra cosa: resulta que a medianoche del 17 de noviembre, en Taormina, Geraci sacó mil euros con una tarjeta de débito y otros quinientos con una tarjeta de crédito.

—Es decir, la noche en la que creemos que la asesinaron.

—Exacto, pero eso no es todo. Al día siguiente por la mañana sacó otros mil euros en el cajero automático de Noto.

—¿De Noto? —preguntó Vanina, perpleja.

—Raro, ¿verdad?

Vanina no respondió.

Labbate repitió la idea, pero Vanina ya estaba pensando en otra cosa.

—Oiga, subteniente, ¿cuánto tiempo cree que tardaremos en tener los resultados del DIC?

—¿Se refiere al ADN de las muestras biológicas? Poco. Ya los he reclamado. Es más, esta tarde deberían decirme ya si han podido obtener muestras de las colillas, la del cigarrillo y la del puro. Sobre las muestras que envió el médico forense, mañana como máximo tendré los resultados.

—Jefa, el teléfono de Xavier Alejandro Torres está intervenido desde esta mañana a las seis, pero está apagado —le comunicó Nunnari—. He buscado las torres de telefonía a las que se conectó el día del homicidio de Torres y el día del homicidio de Geraci. Mire esto.

Torre de Catania Fontanarossa la mañana del homicidio del cubano, torre de Taormina en los días relacionados con el de Geraci. Luego nada.

—Colombo, si quisiéramos investigar un número telefónico estadounidense, ¿cuánto se tardaría? —preguntó Spanò.

Colombo estaba sentado al lado de Garrasi.

—¡Uuuf! —exclamó, con un gesto que indicaba «una eternidad».

Exhorto internacional, solicitud oficial... meses.

—Olvídese, inspector. No es el caso —sugirió Vanina—, pero entiendo lo que quiere decir: es posible que el Torres joven tenga una SIM estadounidense y la esté usando, por eso no lo pillamos.

—Pero ese tipo tendrá que alojarse, o haberse alojado, en alguna parte durante estos días, ¿no? —objetó Colombo.

—El problema es saber dónde. Porque en los hoteles no consta, ni tampoco en otro tipo de establecimientos. Pero si pilló a la persona adecuada, tal vez se ofreciera a pagar en metálico, sin registrarse, para evitar los impuestos. Y luego adiós muy buenas —argumentó Spanò.

Vanina se irguió en la silla, con el cigarrillo entre los labios y el mechero encendido. Se quedó mirando fijamente la pared.

—¡Garrasi! ¿Qué pretendes, pegarle fuego al edificio? —exclamó Colombo, sacándola del trance.

En lugar de responder, Vanina cogió el teléfono. Sí, tendría que habérselo propuesto a Labbate y él hubiera ido, luego los fiscales... No, así acababa antes.

—Subcomisaria Garrasi, de la unidad de la Policía Judicial de Catania. Necesito hablar con el director.

El director del hotel de Taormina en el que había aparecido el cadáver de Geraci respondió de inmediato.

—Buenos días, subcomisaria.

—Buenos días, señor director. Necesito una información: ¿ya han resuelto el problema que tuvieron con el ordenador?

—Pues la verdad es que... aún no. Ya sé que tendría que haber corregido todos los registros, pero en esta época del año solo trabaja la mitad del personal y...

—Perfecto —lo interrumpió Vanina—. Entonces, dígame si consta registrada una persona hace dos meses, el mismo día en que por error aparece registrada Roberta Geraci.

—Claro, usted dirá.

—Xavier Alejandro Torres.

—¿Torres? Bueno, una coincidencia así la recordaría... —Tecleó algo—. ¡Vaya! Pues no debí de coincidir con él, porque de lo contrario me acordaría. Aquí está: Xavier Alejandro Torres, entrada el 15 de septiem... ¡Ay, perdón! En realidad, es noviembre. Salida el 17 de noviembre.

Si Vanina lo hubiera tenido delante, lo habría besado.

Colombo esperó a que fuera una hora decente para llamar a Estados Unidos y luego cogió el teléfono para pedir datos sobre Xavier Alejandro Torres. Estaban tardando en llegar, lo cual hacía pensar en información jugosa.

Mientras, sus colegas estadounidenses habían preparado un expediente sobre Aleja Álvarez. Escueto, porque tampoco había mucho que contar sobre la mujer. Setenta y dos años, nacida en La Habana en 1944. Ciudadana estadounidense desde 1962. Residente en Miami. Acababa de enterarse de la muerte de su exmarido y había solicitado explícitamente más información. Colombo había cazado la oportunidad al vuelo y había propuesto que la pusieran en contacto directamente con Vanina. La propuesta había sido aceptada.

Acordaron una cita telefónica a la cinco de la tarde, hora italiana.

Vanina no sabía muy bien qué le iba a preguntar. Desde luego, noticias sobre Xavier, ese sobrino cuya existencia no conocían las dos últimas consortes de Torres. No conocían o no querían conocer, dado que, en ausencia de hijos, habría sido una auténtica desgracia para ambas. Esteban y Evelyn seguían siendo socios y copropietarios de casi todos los negocios estadounidenses, excepto los casinos, y las dos mujeres, como buenas comadres y futuras socias, seguramente ya se estaban repartiendo el botín.

A mediodía, Vanina estaba pensando si salir a comer o no. Manfredi Monterreale acababa de llamarla y había conseguido que se olvidara del doble tic gris que seguía junto al mensaje enviado a Paolo y de la enésima llamada sin respuesta. La inquietud era cada vez más insoportable. Incluso había llamado al comisario Patanè en busca de consuelo, pero estaba ocupado en una comida familiar con los hijos y los nietos. Y justo cuando ya no sabía qué hacer, la llamada de Manfredi le había llegado como un maná del cielo. Una llamada alegre, serena, cargada de propuestas. ¿Unos espaguetis con almejas en Riposto? ¿Un paseo en barca?

Colombo había desaparecido con un colega de la SCO, con quien lo había puesto en contacto Eliana Recupero. El colega en cuestión estaba buscando posibles vínculos entre Torres y los Zinna. Eliana ya se había dado cuenta de que Garrasi, pese a tener un conocimiento fuera de lo común sobre el tema, prefería no mezclarse con ciertas investigaciones, a menos que se viera implicada de forma accidental. Hasta el momento, sin embargo, nada hacía pensar que el asesinato de Torres pudiera estar relacionado con la mafia. Esas investigaciones le servían a Colombo para otras cosas, y Vanina no tenía la menor intención de averiguar de qué se trataba.

Pina Di Tommaso, la amiga de Geraci que había trasladado a Adriano Calí todos aquellos detalles escabrosos, se presentó en la sede de la Judicial cuando Garrasi estaba levantando el campamento para irse a comer.

Vanina le pidió que se sentara.

—Disculpe, subcomisaria, que haya preferido hablar directamente con usted, pero dada su condición de mujer y el hecho de que es usted una persona muy estimada, me ha parecido más oportuno dirigirme...

—Señora, no tengo mucho tiempo. ¿Podemos ir al grano? Si no lo he entendido mal, tiene usted algo que contarme.

Había hablado en un tono más cortante de lo necesario, pero con una mujer como aquella era la única forma de no quedarse allí atrapada hasta el día siguiente.

—Sí, claro. Veamos, subcomisaria, el tema es el siguiente: yo quería mucho a Bubi. Nos criamos juntas. Primaria, secundaria, estudios superiores... Luego, en un momento determinado, perdimos el contacto. Ella se casó, yo también, cada una siguió su camino. Hace unos años, por desgracia, me quedé viuda. Bubi se presentó en el funeral de mi marido y, bueno, una cosa llevó a la otra y retomamos la amistad. Ella había cambiado mucho. Llevaba tiempo separada, el negocio le iba muy bien y había ganado mucho dinero. Yo soy asesora fiscal, pero siempre trabajé con mi marido. Después de su muerte, la mayor parte de los clientes desaparecieron y empecé a trabajar cada vez menos. Supongo que para hacerme un favor, Bubi me propuso encargarme de su contabilidad. Yo al principio acepté muy contenta, pero luego me di cuenta de que no era para mí.

Vanina comprendió que, si no la interrumpía, Pina Di Tommaso acabaría describiéndole hasta los libros de contabilidad.

—¿Cuál era el problema?

—¿Que cuál era el problema, subcomisaria? Pues que Bubi tenía dos libros de contabilidad: el oficial y uno que no podía salir a luz ni aunque viniese a pedirlo el mismísimo presidente de la República. ¿Me explico?

—Perfectamente.

—Y supongo que imagina en cuál de los dos se manejaba más dinero...

—En el que no podía salir a la luz.

—A mí no me gustaba, así que me despedí en cuanto tuve ocasión. De buenas maneras, diciendo que tenía otros compromisos..., pero me fui. Seguimos viéndonos en el ámbito social, vamos a llamarlo así. Bubi me invitó a su casa de Noto en alguna ocasión. Una casa preciosa, la verdad. Iba siempre sola. «Pero ¿no tienes un novio por ahí?», le preguntaba yo. «¿No lo has tenido nunca?». Ella se reía. «¿Uno?», me respondía. «¿Y de qué me sirve a mí uno solo?». Poco a poco, conseguí que me confesara que sí había un hombre en su vida, y desde hacía tiempo. Era una historia particular, una relación abierta. Cada uno hacía lo que quería y con quien quería y, de vez en cuando, él venía aquí. Todos los años pasaban juntos un par de meses. A mí me parecía una historia muy romántica. Ella le quitaba importancia, pero yo creo que estaba enamorada de ese hombre.

Aquella historia le recordó a Vanina una película de los años setenta que había visto tiempo atrás. El título original era *Avanti!*, pero en Italia se había estrenado con el título de *¿Qué ocurrió entre mi padre y tu madre?* Jack Lemmon y Juliet Mills, en el papel de un estadounidense y una inglesa, viajan a Ischia para recuperar los restos mortales de sus padres, fallecidos en un accidente de tráfico, y descubren que eran amantes desde hacía diez años. Y que todos los años pasaban un mes entero en Ischia.

—¿Podemos abreviar, señora Di Tommaso?

—Sí, sí, claro. Hace unos meses Bubi me convenció no sé cómo para que hiciera un viaje con ella. A Miami. Una noche me propuso algo que me dejó *arresombrada*: quería pagar a dos hombres..., dos prostitutos.

—Dos *gigolos* —sugirió Vanina.

—¡Eso mismo! Yo me negué categóricamente. Y entonces me dijo que disfrutaría ella sola de la velada. Había encontrado en internet a alguien, un tipo al que conocía porque había estado con él una vez ya hacía más de veinte años, en Cuba. Un semental, lo definió. Fue entonces cuando comprendí que aquello no era nada nuevo para Bubi y debo reconocer que me turbó bastante. En fin, ella disfrutó de su velada y al día siguiente la vi con ese hombre que podría haber sido su hijo. Guapísimo, sí, pero... ¡una mujer de su edad! Él se marchó enseguida, pero oí que se habían empezado a seguir en Facebook. Bubi dijo que, con los años, el chico había mejorado, que era menos «selvático». Y que tenía intenciones de volver a verlo.

—¿Y fue así?

—No, hubo un problema con un congreso importantísimo que ella debía organizar en Sicilia y tuvimos que adelantar el vuelo.

—¿Por qué me cuenta toda esa historia?

—Porque creo que, unos días antes de morir, Bubi había tenido noticias del joven. Me dijo que a veces las cosas se juntan de la forma más extraña y que el tipo de Miami se había presentado aquí justo cuando ella estaba muy disgustada por culpa de alguien que no había cumplido con su palabra. No sé, tuve la sensación de que un poco quería vengarse. No le pregunté quién era ese alguien, pero supuse que era el hombre con el que pasaba dos meses al año.

—Señora Di Tommaso, ¿por casualidad el «joven» de Miami era este?

Le enseñó la foto de Xavier y la mujer dio un respingo.

—¡El mismo!

Manfredi la esperaba en la calle, sentado en su moto, una BMW 75/5 del 69 que Spanò le envidiaba cada vez que la veía. Chaqueta de piel, pelo rubio salpicado de canas y ojos azules de palermitano de estirpe normanda. Un Burt Lancaster cincuentón con el brío de Mastroianni. Tenía dos cascos en la mano, uno para él y el otro para Vanina, que salió del portón de la Policía Judicial con media hora de retraso.

Manfredi bajó de la moto y fue a abrazarla.

—Deja aquí la moto, vamos en coche —ordenó Vanina.

Manfredi se ofendió.

—¿Por qué en coche?

—Sí, perdona, es que tenemos que ir a Taormina y con la moto llegamos mañana.

—Mi moto es perfectamente capaz de llegar a Taormina.

—Manfredi, me encanta la idea, pero hoy no. Hoy tengo prisa.

Monterreale se resignó. Por otro lado, ya había aceptado que no eran más que amigos, aunque a él le hubiera gustado ser mucho más. Pero qué remedio le quedaba, mejor amigos que nada.

—¿Me prometes al menos que vamos a comer juntos o me va a tocar esperarte delante de la comandancia de los *carabinieri*? —dijo, pues empezaba a intuir por dónde iban los tiros.

—Te juro que comemos juntos y luego yo hago una pequeña inspección de nada.

Vanina mantuvo su promesa.

Comieron en Letojanni, en otro restaurante llamado también Da Nino, célebre en la zona por sus espaguetis con erizo de mar.

Luego subieron a Taormina y pasearon desde Porta Catania hasta Porta Mesina.

Le hubiera gustado ser capaz de alejarse de verdad de Paolo, como creía haber conseguido durante cuatro años antes de comprender que en realidad no había cambiado nada. Dejarse llevar por algo menos complicado, como estar con Manfredi. Pero cada vez que miraba a aquel hombre que se conformaba con estar a su lado, sin pedirle nada, alegrándole la vida como pocos sabían hacer, un sentimiento latente de culpabilidad la devolvía a los dos tics que no se decidían a volverse azules. Y al teléfono que seguía sonando sin que nadie respondiera.

La comandancia de los *carabinieri* estaba en una plaza próxima a Porta Mesina. Allí la esperaba el subteniente Labbate, con el «fardo» en una mano. Ya se lo había anunciado dos horas antes, cuando la había llamado y la había pillado en la escalera mientras ella bajaba para encontrarse con Manfredi. De ahí la urgencia de ir a Taormina.

En todas las investigaciones siempre llegaba un momento en que las cosas había que hacerlas en persona. Aquel era el momento.

En el fardo de Labbate estaban todos los informes relativos al homicidio, incluido un testimonio de la amante de Oreste Parisi —el marido de Geraci— que lo exculpaba, y la declaración de un vecino de Oreste que afirmaba haberlo visto volver a casa a eso de medianoche.

El subteniente invitó a Vanina a acomodarse en su despacho, presidido por un gigantesco cartel de «Prohibido fumar». Vanina no tuvo más remedio que volver a guardarse en el bolsillo el cigarrillo que estaba a punto de encender.

—Bueno, subcomisaria —empezó Labbate—, el ADN que hemos encontrado en el puro se corresponde con el que milagrosamente consiguieron extraer los chicos del DIC de la muestra biológica de líquido seminal y de los restos hallados bajo las uñas de Geraci. Admito que me he quedado de piedra al leer el informe. El ADN pertenece a Esteban Torres, que han obtenido de la Científica de Catania. Confieso que no entendía nada. Torres llegó a Italia cuando Geraci ya había muerto, así que los resultados no encajaban. Luego, el colega del DIC me ha explicado que el ADN nuclear solo se correspondía en un cincuenta por ciento con el de Torres, y que podía ser de un hijo o de un hermano. O algo así. Luego me he acordado de que el Torres joven, ese al que estamos buscando, es hijo del hermano gemelo de Torres y mi colega me ha confirmado que el ADN podría ser suyo perfectamente. Así que ahora ya tenemos una prueba.

—Una prueba de que Xavier y Geraci estuvieron juntos aquella noche —puntualizó Vanina— e indicios graves de culpabilidad en cuanto al homicidio. Aunque podría tratarse de un homicidio preterintencional.

—A mí me parece evidente, subcomisaria.

—Y a mí, subteniente. Puede que al juez le baste con eso para emitir una orden de arresto.

—Sí, lástima que no sepamos dónde encontrar a Xavier Torres.

Antes de volver a Catania, Vanina hizo una parada en el hotel donde habían asesinado a Geraci.

Solicitó hablar con todos los empleados de la recepción hasta que dio con el que había registrado a Xavier Alejandro Torres. Después de mucho indagar, consiguió localizar a las tres personas, entre empleados del bar y personal de servicio, que se acordaban de él. Eran ellos quienes habían confirmado a los *carabinieri* que lo habían visto con la señora Geraci. Para estar segura del todo, Vanina les mostró la fotografía.

—¿Alguno de ustedes recuerda haber visto a este hombre, en los días posteriores, con Esteban Torres?

Dos lo negaron rotundamente. El camarero del bar, en cambio, pareció meditar la cuestión.

—Yo sí —dijo al fin.

—¿Y recuerda cuándo?

—Eso estaba intentando, pero, por desgracia, no. No recuerdo el día exacto, pero sí recuerdo que se sentaron allí —dijo, mientras señalaba la mesita exterior, en un rincón de la terraza, en la que Manfredi tomaba un café en ese momento, sentado de cara al mar—. El señor Torres estaba nervioso. Alterado —añadió.

—¿Recuerda algo del otro hombre? —preguntó Vanina.

—Recuerdo que el señor Torres pidió un cubalibre. Y recuerdo muy bien cómo lo miró el otro. Enfadado. No —se corrigió, después de pensar—, enfadado no. Asqueado. Le dijo algo en español. Algo que debió de sacar de sus casillas al señor Torres, porque se puso a gritar. Siempre en español.

—¿Fue esa la única vez que los vio?

—Sí, solo esa vez. Disculpe, subcomisaria, ¿cree que ese hombre es el asesino?

—No lo sabemos —respondió Vanina.

Se dirigió a la terraza y el camarero y el director la siguieron. Observó el rincón.

—¿Fumaban? —preguntó.

—El señor Torres no. El otro creo que sí.

—¿Qué fumaba?

—Un puro grande como un cañón.

La Mesina-Catania es una de las mayores vergüenzas que la red de autopistas de Sicilia tiene la desfachatez de exhibir. Peor todavía que la Palermo-Catania, que por lo menos es gratuita, aunque bastante más fea. Desprendimientos que nunca se han retirado, pavimento en mal estado. Túneles con filtraciones de agua que, milagrosamente, aún no se han derrumbado causando heridos y víctimas mortales.

De eso estaban hablando Vanina y Manfredi cuando la subcomisaria detuvo el Mini delante de la sede de la Policía Judicial. Eran las cinco menos diez: llegaba justo a tiempo para la cita telefónica con la mujer de Esteban, en Estados Unidos. Colombo ya debía de haber llegado.

La moto de Monterreale estaba aparcada junto al portón. Spanò, con un vasito de café en la mano, la estaba admirando por todos los lados junto al comisario Patanè que, quién sabe por qué, siempre «pasaba casualmente por allí».

Vanina lo invitó a acompañarla al despacho y dejó a Manfredi en las buenas manos del inspector, que no había dado señales de vida en todo el día.

—No sé qué le pasa a Spanò últimamente. Está distraído, cansado y no parece tener mucho interés en el caso. No es propio de él —comentó Vanina mientras subían la escalera.

Patanè no dijo nada.

Carlo Colombo estaba en el despacho de Macchia.

Marta estaba en la sala de los críos, sentada en su escritorio. Contemplaba la pantalla del ordenador balanceándose sobre las rodillas en su silla ergonómica. Tenía en la mano una taza humeante que a saber qué contenía: cualquier mejunje altamente beneficioso del cual Vanina no soportaba ni el olor.

La subcomisaria llamó a la puerta.

—¿Novedades? —preguntó.

—Ninguna. El teléfono de Torres joven sigue apagado. Me ha llamado Nuzzarello. Ayer se le olvidó decirnos que Esteban Torres había iniciado algunas gestiones para vender la casa de la cuesta de los Saponari. A un ruso, o algo así, pero no creo que nos interese mucho.

Nunnari relevó a Marta en el seguimiento del teléfono intervenido y Marta siguió a Garrasi al despacho, al cual ya habían llegado también Macchia y Colombo. Patanè estaba allí, charlando tranquilamente con ellos.

Vanina había insistido en que hicieran una videollamada. Un método inusual, al que Colombo no le veía ninguna utilidad.

—Cuando interrogo a alguien, prefiero verle la cara siempre que sea posible.

Al final se habían decidido por una videollamada de WhatsApp.

—Parece cosa de magia —comentó el anciano comisario, fascinado.

La tarde anterior había ido a una librería para comprar un ensayo sobre la historia de Cuba y se había pasado media noche leyéndolo. Entre la Interpol, las videollamadas, los estadounidenses y los cubanos, tenía la sensación de que aquella investigación formaba parte de un mundo nuevo para él. ¡Cómo se las gastaban en la Judicial de Catania!

Vanina compartía esa misma sensación. Nunca la había experimentado con tanta intensidad, ni siquiera cuando le había tocado investigar el cadáver momificado desde hacía más de medio siglo.

Allí estaba Aleja Álvarez, en la pantalla del iPad de la subcomisaria Garrasi.

—Buenas tardes, señora Álvarez, soy la subcomisaria Giovanna Garrasi, de la policía de Catania —la saludó Vanina en inglés, la lengua en la que se iba a desarrollar toda la conversación.

—Buenas tardes —respondió Álvarez.

Era una mujer sencilla, mayor, con cierto sobrepeso. Pelo gris corto, ojos negros, expresión dulce. Afligida, quizá más que las otras dos esposas de Torres, a las cuales no podía parecerse menos.

—Disculpe si la molesto, pero tengo que hacerle algunas preguntas que pueden ayudarnos en la investigación del homicidio de su exmarido, el señor Esteban Torres. Mis colegas ya le habrán explicado que se produjo aquí, en Catania.

—Dios mío, Esteban asesinado... —murmuró la mujer, sacudiendo la cabeza.

—¿Desde cuándo no lo veía? —preguntó Vanina.

—Desde 1975, el año de nuestro divorcio. No volvimos a vernos.

—¿Conocía usted a la familia de Esteban?

—Claro que la conocía. A la madre, al padre, al hermano..., a todos.

—Entonces, ¿conoce también al sobrino de Esteban?

—¿A Xavier? Lo vi una vez.

—¿Cuándo fue eso?

—Vino a visitarme después de llegar a Estados Unidos.

—Que usted sepa, ¿tenía relación con su tío Esteban?

—No. Tenía veinte años por entonces y ni idea de lo que quería hacer con su vida. Pero si de una cosa estaba seguro, es de que nunca le pediría ayuda a su tío. Se lo había jurado a Carmen, su madre. Me contó que la había decepcionado al huir de Cuba él también, pero que ya no soportaba más aquella vida. Era 1993 o 1994..., no me acuerdo. Años difíciles en Cuba. Había crisis, la gente moría de hambre. No sé cómo había llegado a Estados Unidos y él no quiso decírmelo, pero estaba claro que no le había resultado fácil. No volví a verlo, pero sé que trabajó como modelo durante un tiempo. Xavier es muy guapo.

—Entonces, ¿Esteban nunca supo nada de ese encuentro?

—No. ¿Puedo hacerle yo una pregunta?

—Claro, usted dirá.

—¿Por qué quieren saber todas esas cosas sobre Xavier? ¿Tiene algo que ver con la muerte de Esteban?

Vanina eludió la pregunta.

—Queremos tener una imagen precisa del entorno de la víctima. Y, por tanto, también de la familia. ¿Tenía otros sobrinos?

—No, Xavier era el único. Cuando murió Juan, el hermano de Esteban, el niño tenía dos años. Mi marido y yo nos acabábamos de divorciar. Juan estaba aquí en Miami, en casa de Esteban, cuando murió. Esteban me había contado que su hermano había conseguido obtener un permiso para venir a Estados Unidos a visitarlo. Sé que tenía que volver a Cuba al cabo de dos semanas, pero...

—¿Cómo murió?

—Un infarto, o puede que un derrame cerebral. Cuando lo supe, a través de un amigo, ya habían pasado varios días desde su muerte. Llamé a Esteban, y me hubiera gustado ir a verlo, pero él me despachó con unas pocas palabras.

Colombo ardía en deseos de añadir más teselas al cuadro de Torres que se estaba formando. Aunque estuviera muerto, seguir su rastro desde el principio podía ayudarlo a descubrir los vínculos con el crimen organizado.

De hecho, se adelantó a Vanina y fue él quien formuló la siguiente pregunta:

—¿Y no volvió a verlo ni a hablar con él?

—No. Nos habíamos divorciado de común acuerdo, y teníamos buena relación, pero es obvio que él quería quemar todos los puentes que lo unían al pasado. Pero yo siempre le he tenido cariño. Esteban y yo nos criamos juntos en La Habana. Éramos jovencísimos por entonces, ¿saben? Casi unos críos. Y, sin embargo, parecíamos mucho mayores. A los dieciséis años, la vida y la pobreza ya nos habían hecho madurar. Esteban y yo trabajábamos en locales de los estadounidenses.

—¿Recuerda si Esteban jugaba a las cartas con los estadounidenses?

—Sí, con ellos y con sus simpatizantes. Cuando faltaba alguien, el propietario del local lo sentaba a él en la mesa. Los hermanos Torres se las apañaban muy bien.

—¿Por qué, Juan también jugaba?

—A Juan las cartas se le daban aún mejor que a Esteban, pero Carmen no soportaba que jugase. Y menos aún con los estadounidenses. Fue ella quien lo puso en contacto con los revolucionarios. Y, en un momento determinado, Juan y Carmen desaparecieron. Cuando volvieron victoriosos a La Habana, con el ejército de Fidel, quisieron convencernos para que nos uniéramos a ellos, pero nosotros teníamos otro sueño. Huimos de Cuba cuando las mesas de juego aún ardían y el local en el que trabajábamos estaba medio en ruinas. En aquellos tiempos, si eras exiliado o, mejor aún, anticastrista, en Estados Unidos te concedían un permiso de residencia permanente.

Vanina se sintió transportada a la atmósfera de la película que había visto la noche anterior. Patanè, por su parte, estaba fascinado.

—¿Esteban Torres también jugaba a las cartas en Miami? En locales, me refiero —preguntó Colombo.

La mujer vaciló antes de responder:

—Bueno, sí... El local en el que trabajaba era de la misma persona que dirigía el de Cuba. Se jugaba a las cartas. Póquer. Esteban se sentaba a la mesa cuando les faltaba un jugador.

—¿Ganaba dinero jugando al póquer?

—A veces sí.

—¿Jugaba sucio?

—¿Cómo?

—Que si hacía trampas para ganar. Es decir, ¿eran partidas normales o amañadas?

La mujer se sobresaltó.

—No lo sé... Pero ¿por qué quiere saber eso ahora? Esteban hacía muchísimo tiempo que no tenía relación con esa gente.

—¿Cuánto tiempo?

—Desde poco después de la muerte de Juan, creo. Por lo que sé, dejó el puesto y se fue a trabajar al local de Frank Cristallo. Luego se casó con la hija. Hizo fortuna, se convirtió en un hombre muy rico. No sabía que se hubiera trasladado a Italia.

Vanina dirigió de nuevo la atención hacia Xavier.

—¿Qué hicieron Carmen y Xavier cuando murió Juan?

Aleja sonrió con amargura.

—Nada. Como es lógico, se quedaron en La Habana. Para alguien como Carmen, un *niño** nacido en Cuba pertenece a Cuba. Jamás habría venido a vivir a Estados Unidos, ni aunque hubiera encontrado la manera. Ya de antes apenas tenía relación con nosotros. Cuando Esteban decidió marcharse, Carmen dejó de hablarle. Aceptó hablar conmigo solo cuando supo que nos habíamos divorciado.

—Entonces, ¿Esteban no volvió a ver a su sobrino?

—No que yo sepa, ni siquiera en los años posteriores.

Vanina no tenía más preguntas.

—Espero no tener que volver a molestarla —se despidió.

—¿Puedo pedirle un favor? —dijo Aleja, antes de terminar la llamada.

—Claro, usted dirá.

—Quisiera ver a Esteban por última vez.

Vanina no la entendió.

—En fotografía —aclaró la mujer.

—No creo que sea buena idea. Las fotografías que tenemos lo muestran tal y como está ahora.

—Pero si encontrase una fotografía de Esteban... vivo, ¿le importaría enseñármela?

Vanina se lo prometió.

Patanè se había zampado media tableta de chocolate y en ese momento se estaba fumando un cigarrillo la mar de tranquilo, asomado al balcón. Garrasi le estaba traduciendo a grandes rasgos lo que había dicho la señora Álvarez. Los dos llegaron a la misma conclusión: el asesino de Roberta Ge-

* En español en el original. *(N. de la T.)*

raci, aunque se hubiera tratado de un accidente, solo podía ser Xavier Torres.

—Pero hay dos detalles que se me escapan en esta historia, comisario: el primero es dónde narices se habrá *arremboscado* Xavier. Y la segunda, la que más me obsesiona, es qué motivo podría haberlo impulsado a matar a su tío. Porque, comisario, puede que la muerte de Geraci fuera accidental. La causara o no, teniendo en cuenta la dinámica no pudo tratarse de una muerte premeditada. La de Esteban Torres, en cambio, fue claramente una ejecución.

Patanè reflexionó unos instantes.

—Excluimos del todo la ejecución mafiosa.

Más que una pregunta era una afirmación, pero seguramente el comisario quería saber si Vanina pensaba igual que él.

—Creo que sí. Colombo está indagando en ese sentido, pero más por profesionalidad que por otra cosa. Me apostaría algo a que Torres tenía relaciones con la mafia, pero por la idea que me he hecho de él, diría que esa clase de personajes, neutrales como dice Colombo, jamás arriesgan la vida. Era una especie de cerebro gris, alguien que manipulaba desde las altas esferas.

El comisario asintió.

—Además, subcomisaria, ¿sabe usted de algún sicario de la mafia que para cargarse a alguien use su propia pistola? Los sicarios de la mafia saben dónde encontrar todas las pistolas que quieran, y limpias.

—Exacto, comisario, es lo mismo que pienso yo.

Patanè apagó el cigarrillo en el cenicero desbordante de colillas.

—Esto habría que vaciarlo de vez en cuando, ¿no? —constató.

Vanina añadió la suya.

Spanò llegó en ese momento con una hoja en la mano.

—Subcomisaria, he comprobado las armas que tenía Esteban Torres y me he quedado de piedra.

—¿Tantas tenía? —trató de adivinar Patanè.

—No, al contrario: tenía permiso de armas y siempre iba armado, pero ¿sabe cuál era la única pistola que poseía?

—La Makarov —dijo Vanina.

—Qué cosa más rara —comentó Patanè—, un *amiricanu* con una pistola rusa.

Era lo mismo que se estaba preguntando Vanina. Un misterio que pensaba resolver.

—Pues resulta que no es tan raro —afirmó Spanò.

Patanè y Vanina se volvieron a mirarlo con curiosidad.

—He estado investigando un poco y resulta que la Makarov es un arma bastante utilizada en Cuba.

—¿En serio? —respondieron Patanè y Vanina casi al unísono, con un entusiasmo que Spanò no esperaba.

Y que lo dejó perplejo.

En realidad, solo era un problema de visión de conjunto, de la que él carecía en ese momento. Lo que había llamado la atención de la subcomisaria y de Patanè se la habría llamado también a él si hubiera estado presente durante la conversación con la primera mujer de Torres. O si se hubiera sumergido hasta las cejas en la historia de Cuba como, cada uno por su lado, pero sincronizados una vez más, habían hecho Vanina y Patanè.

Colombo ya se había acostumbrado a la presencia de Patanè. En parte porque se había dado cuenta de que Vanina le tenía un afecto desmesurado y, en parte, porque Macchia y su novia le habían hablado la noche anterior de los dos casos en los que la contribución del anciano comisario había sido decisiva. La investigación sobre la mujer encontrada momificada desde hacía más de medio siglo en el montacargas de una villa del Etna, que resultó estar estrechamente relacionada con un caso que él había seguido en sus tiempos, casi lo había devuelto —extraoficialmente, claro— al servicio. Él y Garrasi habían formado una especie de «extraña pareja», dotada de una intuición asombrosa. Y ese talento se había confirmado de nuevo en la última investigación que Garrasi había conducido antes de marcharse a Palermo: un homicidio que había destapado una caja de Pandora y había salpicado a media ciudad.

Y allí estaban ahora: Vanina, Carlo y Patanè. Sentados en uno de los locales de Santa Filomena, una callejuela estrecha que salía de la calle Umberto y se adentraba hasta la zona en que por la mañana se celebraba *a fera 'o luni*, el mercadillo municipal. La calle consistía en una larga hilera de pizzerías y restaurantes de todo tipo, desde el más modesto al más moderno, bajo una marquesina de luces.

El sitio que habían elegido era la versión sícula de un *fast food*. Tenían hamburguesas con queso, sí, pero elaboradas con carne de granjas sicilianas y queso *caciocavallo* de Ragusa. Entre las especialidades de la casa, se podían encontrar hamburguesas de carne de burro, caballo o búfala, además de *pizzas* y sándwiches elaborados con productos rigurosamente locales. Vanina había descubierto hacía poco que en Palermo había un restaurante de la misma cadena.

—*Arrefíjese*, hamburguesa vegana. Habrá que decírselo a la inspectora Bonazzoli —dijo Patanè, que se había dado la noche libre a sí mismo.

Marta y Tito se habían marchado juntos, lo cual había desencadenado en la sala de los críos una cháchara de bar a la que se había sumado media unidad de la Judicial, desde los Catturandi hasta el departamento de Delitos contra el Patrimonio, pasando por la SCO.

Vanina los había hecho callar a todos en medio minuto.

—¡Pero bueno! —había exclamado, entrando de repente en la sala. Su mirada gris acero los había dejado a todos petrificados, especialmente a quienes mejor la conocían. Hasta Spanò se había avergonzado. Fragapane se había puesto rojo como un tomate y a Lo Faro le había faltado poco para esconderse debajo del escritorio—. Joder, que sois peor que una panda de viejas chismosas. Se os tendría que caer la cara de vergüenza.

Marta había seguido su consejo y ahora le tocaba a ella ayudarla.

Con más o menos benevolencia, según el grado de amistad con la inspectora, todos habían hecho en algún momento un comentario sarcástico sobre el traslado de Bonazzoli desde Brescia a Catania. Todos menos uno: alguien de quien en realidad cabría esperar palabras más hirientes, porque era el que estaba más implicado emocionalmente. El oficial Nunnari había defendido ferozmente a Marta de los chismorreos, reafirmando así la sinceridad de sus sentimientos.

—Garrasi, tenemos que darnos prisa para encontrar al Torres joven —dijo Colombo, mientras atacaba su bocadillo, que en el menú se anunciaba como *shek burger* (o, lo que es lo mismo, hamburguesa de *sceccu*, que en siciliano significa burro).

—*Arremboscado* andará —comentó Patanè.

Carlo no lo entendió.

—Que a saber dónde se ha escondido —tradujo el comisario.

—Que fue él quien mató a Geraci resulta evidente —dijo Vanina—, mientras que sobre el homicidio de Esteban Torres el único indicio concreto que tenemos es que su teléfono se conectó a la torre de telefonía del aeropuerto justo durante aquellas horas.

Se interrumpió, pues se le acababa de ocurrir una idea. Cogió el teléfono e hizo una llamada.

Colombo y Patanè la miraron con expresión interrogante.

—Nunnari —dijo Vanina.

—Dígame, jefa.

—Haz una cosa: ve al aeropuerto mañana por la mañana y comprueba si el coche de Geraci entró en el aparcamiento la mañana en que mataron a Torres. Si resulta que sí, pide ayuda a los de Vigilancia Aduanera y registrad todo el aparcamiento hasta que lo encontréis. Llévate a Lo Faro.

—¡Sí, señora!

Los dos hombres seguían mirándola.

—Es una idea que se me acaba de ocurrir —se explicó.

—¿Que el sobrino de Torres cogiera el coche de Geraci y luego lo dejara en el aeropuerto el día que mató a su tío? —adivinó al instante Patanè.

—Más o menos.

Colombo lo observó, fascinado. Aquel abuelete razonaba mucho mejor que algunos de sus colegas, cuarenta años más jóvenes que Patanè.

Vanina le hincó los dientes a su *cis burger*, que en la jerga de aquel local era la versión con queso *caciocavallo*, lo mismo que estaba comiendo Patanè.

El comisario se limpió los labios y retomó la palabra:

—Lo que no acabo de entender es por qué el sobrino de Torres estaba en contacto con la amante de su tío, es más, que también hubiera sido su amante. Que a lo mejor solo fue un polv... —dijo, pero se interrumpió y miró a la subcomisaria. Aunque fuera poli, y no demasiado fina en el hablar, seguía siendo una fémina, así que se corrigió—: Que a lo mejor solo fue una vez, o una vez cada equis tiempo, para ser exactos... A mí la historia no me convence: ¿no les parece bastante raro que el Torres este, que a su tío no lo había visto desde hacía décadas, casualmente tuviera contacto con su amante? O es una casualidad, lo cual no me parece verosímil, o algo no cuadra.

—Y no solo eso —añadió Vanina—. Xavier Torres nunca tuvo contacto con Esteban, incluso le juró a su madre que nunca lo tendría. Se rompió los cuernos para ganarse la vida en Estados Unidos e incluso hizo de *gigolo*, cuando le habría bastado con llamar a la puerta del Tío Gilito de la familia y pedirle ayuda para conseguir un trabajo bien pagado. Entonces, un día se encuentra con él en Italia y no solo lo llama, sino que acaba matándolo. ¿Os cuadra? A mí no. Tiene que haber un eslabón en la cadena que se nos ha escapado.

—Arthur Trevis me mandará esta noche todo lo que ha averiguado sobre Xavier. A lo mejor encontramos alguna respuesta —concluyó Colombo. Se fijó en la mirada interrogante de Patanè—. Es un colega estadounidense. Del FBI —explicó.

Terminaron las hamburguesas. Comieron un postre cada uno y luego dieron un paseo. Patanè expresó de nuevo su incrédula admiración por la tecnología moderna. En su día, nadie habría podido imaginar ciertas cosas. Verle la cara a una persona que está en América... Y solo con una llamada telefónica, aunque complicada, eso sí. Lo del fax, que había descubierto en sus últimos años de servicio, vale, pero... ¿ahora resulta que bastaba con tocar una pantalla para ver a alguien que estaba al otro lado del mundo? Lástima que no hubiera entendido ni jota de toda aquella conversación en *amiricanu*.

—En realidad —objetó Colombo—, es suficiente con una llamada normal y corriente si quieres interrogar a un testigo que está en Estados Unidos, pero Garrasi siempre va un paso más allá.

Le dedicó una sonrisita entre irónica y benévola a la subcomisaria y el comisario, que era un viejo bribón, captó de inmediato el sentido. Vanina ni siquiera se dio cuenta, pues estaba mirando absorta su teléfono. El enésimo intento de localizar a Paolo, que había hecho antes de salir del despacho, no había tenido éxito.

—¿Subcomisaria? —la despabiló Patanè.

Vanina levantó la mirada.

—¿Qué estaba diciendo, comisario?

Patanè le leyó en la expresión que algo no iba bien y se preocupó.

—¿Pasa algo?

Vanina enderezó los hombros.

—No, nada, todo bien —dijo, al tiempo que se guardaba el teléfono en el bolsillo.

Patanè no se lo tragó, pero no insistió más.

Estaban a punto de dar media vuelta para dirigirse hacia la calle Umberto cuando alguien llamó a Vanina:

—¡Subcomisaria!

Lo Faro salió de un portal estrecho y los alcanzó.

—Lo Faro. ¿Vives aquí? —le preguntó Vanina.

—Sí, sí. Ahí arriba —respondió el chico, al tiempo que señalaba el último piso de un edificio cuya planta baja estaba ocupada por un bar—. Los he visto pasar y he bajado corriendo. ¿He hecho mal?

—No, Lo Faro, para nada. Has hecho muy bien. —Vanina se fijó en el portal del cual había salido el agente, y en las mesas repletas de chicos y de chicas muy arregladas—. Has elegido un buen sitio. Muy alegre —lo felicitó.

Lo Faro esquivó el comentario. Quiso invitarlos a tomar algo, pero ellos declinaron la oferta.

Vanina le comunicó que al día siguiente le había encargado un trabajito con Nunnari.

—Hazlo bien, ¿eh? Que es importante. Confío en ti —añadió, en tono magnánimo.

El agente volvió a casa aturullado y muy feliz tras aquella declaración de confianza.

Patanè, Colombo y Vanina siguieron andando hacia la calle Umberto.

Patanè y Vanina subieron al Mini y se encendieron sendos cigarrillos.

—No debería dejarle fumar, comisario —dijo Vanina—. No le conviene.

Patanè expulsó el humo por la ventanilla.

—Ya se lo dije una vez, subcomisaria. Soy yo quien no debería dejarla fumar a usted. A mí un par de cigarrillos al día no me van a cambiar nada, pero a usted sí.

—Y yo también se lo dije una vez, comisario. Que si mañana me pegaran un tiro, no me gustaría diñarla con ganas de fumar.

—¡Qué obsesión con los tiros! ¡*Arrefíjese* en mí, que ni un rasguño tenía cuando me jubilé!

No era lo mismo, pensó Vanina. Por otro lado, se preguntó si de verdad era así.

En otros tiempos, cuando trabajaba en antimafia, tal vez sí, pero ya no. Las probabilidades que tenía de morir ahora en acto de servicio eran más o menos las mismas que había tenido en su día el comisario Patanè, cuando se ocupaba de homicidios «comunes». Inexistentes no, por supuesto, pero tampoco muy altas.

Entonces, a lo mejor era ahí donde radicaba el problema. Quizá nunca hubiera salido del todo de su antigua vida. La fiebre que la había acompañado día y noche durante años, obligándola a hurgar sin descanso, incluso con las manos desnudas, para obtener cualquier rastro de las cloacas contra las que luchaba cada día, y desmontarlo y volverlo a montar hasta que la condujera directamente a alguien —todo el que procediera de esa cloaca merecía dar con sus huesos en la cárcel—, esa fiebre nunca la había abandonado del todo. Estaba ahí latente, lista para resurgir en cualquier momento, para armarle la mano y cargarla de odio. Un odio tan profundo que la habría aniquilado a ella en primer lugar.

Solo Paolo había sido capaz de ayudarla a enjaular todo el odio que albergaba y convertirlo en fuerza. Una fuerza sin límites que le había permitido ganar batalla tras batalla, vaciar las cloacas de bestias sin sentir el deseo de matarlas una a una. Hasta el día maldito en que matar había sido la única forma de salvar a Paolo. De salvarlo como no había podido hacer con su padre. Matar, con todo el odio que llevaba dentro.

—¿Se encuentra bien, subcomisaria? —preguntó Patanè, preocupado, al ver a Vanina pálida y con los ojos húmedos.

La angustia de aquellas llamadas perdidas, de aquellos puñeteros tics que no se volvían azules, la invadió de repente, le atenazó la garganta y le aceleró la respiración. Consiguió meterse por una calle desierta y detuvo el coche.

—¡Subcomisaria! —exclamó Patanè.

Vanina extendió una mano, como si quisiera tranquilizarlo, pero supo que no aguantaría. Abrió la puerta y salió del coche. Respiró lo más hondo que pudo, pero cuanto más aire cogía, más sentía que se asfixiaba.

Patanè la alcanzó y se dio cuenta de que tenía que zarandearla. La agarró por los hombros.

—¡Vanina!

La primera sacudida la ayudó a volver a respirar. La segunda desbloqueó el nudo que se le había formado en la garganta. La tercera consiguió que los ojos se le llenaran de lágrimas durante un tiempo interminable, pero finalmente le devolvió la cordura.

Se dio cuenta de que Patanè la abrazaba.

Durante los cincuenta minutos siguientes, el comisario la escuchó sin interrumpirla y se dio cuenta de lo grande que era —y lo enredado que estaba— la madeja que Vanina llevaba dentro. Le prometió que la ayudaría a desenredarla. Que estaría allí siempre que ella lo necesitara, como debe hacer siempre un verdadero amigo. Pero, por desgracia, Biagio Patanè no podía darle a Vanina lo que ella necesitaba en aquel momento.

Vanina le había prometido al comisario que volvería directamente a casa, pero no lo hizo. Se detuvo en un bar, el único que encontró abierto a aquellas horas. Tomó un café y subió de nuevo al coche. En lugar de dar la vuelta y coger la carretera de Santo Stefano, fue hacia los arcos del puerto deportivo.

Salió de Catania a las once y media de la noche. Tomó la *Asse dei Servizi* y luego un tramo de la carretera de circunvalación, hasta la intersección.

Y allí cogió la salida hacia Palermo.

12.

Entrar en Palermo a aquellas horas de la noche era fácil. No había tráfico en la calle Oreto, la zona de tráfico limitado estaba inactiva y la calle Roma estaba despejada. Las únicas personas que a la una de la madrugada aún pululaban por la ciudad se concentraban en laisla peatonal de la calle Maqueda y en Quattro Canti. Y en las callejuelas del centro, llenas de bares y juventud.

En la calle Mariano Stabile no se veía ni un alma. Ni siquiera la escolta de Paolo.

Vanina tocó el timbre del interfono, pese a que las muchas llamadas telefónicas sin respuesta daban a entender que no había nadie en casa. La ausencia de escolta era una confirmación. Positiva, desde cierto punto de vista, y negativa, desde otro. Y, cuando se trataba de Paolo, Vanina tendía más bien a lo segundo. Incluso cuando la lógica le decía que no había motivos de preocupación. Pero después de dos días de silencio absoluto...

Se alejó de la acera y echó un vistazo a las ventanas. Persianas bajadas, todo cerrado. El portón se abrió de repente y la subcomisaria, instintivamente, se llevó la mano a la Beretta. Salió un joven y la miró con curiosidad. «¿Y esta qué quiere?», parecía decir. Pero entonces se detuvo y la miró fijamente.

—¿Subcomisaria Garrasi? —dijo.

Vanina se quedó perpleja.

—¿Sí?

El chico sonrió.

—¿No se acuerda de mí?

—Pues no, lo siento, pero no me acuerdo.

—Soy Tommaso, Tommaso Gulino.

Vanina evocó la imagen de un crío que salía de la casa de sus abuelos con una mochila a la espalda. Y ahora tenía delante a un tiarrón de metro noventa.

—¡No te habría reconocido nunca! Pero ¿cuántos años tienes ya?

—Diecinueve. ¿Va a entrar?

Vanina cogió la ocasión al vuelo.

—Sí.

El chico volvió a abrir la puerta.

—Gracias, Tommaso.

—¿Vive aquí otra vez? —le preguntó ingenuamente.

—No. ¿Y tú? ¿Vienes de casa de tus abuelos?

—Sí, últimamente duermo aquí. Ya conoce a mis padres, siempre viajando por trabajo.

—Ya. Oye, ¿por casualidad has visto al fiscal Malfitano?

Tommaso meditó la respuesta.

—Pues no, la verdad es que últimamente no.

Vanina se despidió, entró y cerró la puerta.

Cogió el ascensor, porque tres tramos no los subía ni estando en plena forma, menos aún ahora que el corazón le latía desbocado. Llegó a la puerta. Mientras llamaba al timbre, se dijo que era idiota. Era obvio que no había nadie en casa.

Se apoyó en la pared, junto a la puerta, y se dejó resbalar hasta quedar sentada en el suelo. Encendió un cigarrillo; total, a esas horas nadie se iba a enterar y ella lo necesitaba con urgencia. La luz se apagó automáticamente y no volvió a encenderla. Pensó en la última vez que había estado allí. Solo habían pasado unos días, pero le parecieron meses. Era el día que había vuelto a Catania.

La conclusión había sido la misma que todas las veces que Vanina se había marchado: le había vuelto a pedir a Paolo que borrara la ilusión de aquellos días y noches que habían pasado juntos. Él le había parecido más resignado que de costumbre al hacer aquella promesa que nunca había sido capaz de cumplir más allá de un par de días. Llevaban así dos meses: las llamadas de Paolo, los mensajes. La tardanza con la que ella solía contestarle, aunque ambos sabían que tarde o temprano lo haría. Como siempre. Y él, también como siempre, contestaba sin falta al primer timbrazo.

Pero aquel silencio absoluto, no. No era normal.

Y ahora estaba allí. Encogida delante de su puerta.

¿Qué otra cosa podría haber hecho a esas horas? Ir a casa de su madre y despertar a todo el mundo en plena noche, no, desde luego. Podía cruzar la calle y alojarse en uno de los hoteles que habían abierto en el edificio de enfrente. ¿Y luego qué? ¿Dormir? No, eso estaba descartado.

Solo había una persona en la que confiara lo suficiente como para recurrir a ella en circunstancias tan anormales. Cogió el teléfono y le envío un wasap a Angelo Manzo: «Angelo, ¿estás despierto?».

Angelo lo leyó inmediatamente. «Sí, estoy de guardia», respondió.

«¿Puedo llamarte?».

Apenas había tenido tiempo de enviar el mensaje que ya le estaba sonando el teléfono.

—¿Qué ocurre, subcomisaria?

—Perdona, Angelo, pero es que tengo que averiguar una

cosa: ¿has visto a Paolo..., al fiscal Malfitano últimamente? —susurró, para no despertar a los vecinos.

Manzo titubeó antes de responder.

—La verdad es que no.

—Pero no ha pasado nada, ¿verdad?

—¿A él? Creo que no.

—Angelo, no me estarás ocultando algo, ¿verdad?

—Subcomisaria, sabe que yo jamás me atrevería a hacer algo así.

Vanina respiró hondo. Solo le faltaba otro ataque de pánico.

—Subcomisaria..., ¿dónde está? ¿Por qué habla en voz baja?

No tuvo valor para confesarle que estaba en el rellano del piso de Palo.

—Da igual, Angelo, no te preocupes. Gracias —le dijo apresuradamente.

Bajó despacio la escalera. Salió a la calle y fue a buscar el coche. Entró y se encendió otro cigarrillo.

Lo que había hecho era una estupidez.

Echó un vistazo a la pantalla del teléfono, tocó un botón lateral y apareció el salvapantallas. Addaura. Fue como un relámpago, una luz que se enciende de repente.

Arrancó el motor y salió disparada.

No habían pasado ni dos minutos cuando la llamó Manzo.

—Subcomisaria, ¿se puede saber adónde va a estas horas de la noche?

Vanina aminoró la marcha y miró por el espejo retrovisor.

Un coche de servicio se paró junto al suyo y ella bajó la ventanilla.

—¿Cómo me has encontrado? —preguntó.

—Jefa, que soy poli. Y bastante listo, porque aprendí de usted, no sé si se acuerda. Si me llama a estas horas para preguntarme por el fiscal, solo puede estar en un sitio.

—Vale. Pues ahora que me has encontrado, ya puedes volver al despacho.

—No ha contestado a mi pregunta: ¿adónde va a estas horas? —insistió el subinspector.

—Manzo, no es asunto tuyo.

—Sea donde sea, ir sola es peligroso.

—¿Qué pasa, que ya se te ha olvidado que no dejo la pistola ni cuando voy al lavabo?

—No, pero me da igual. Yo la sigo vaya a donde vaya. Y luego, si está todo en orden, me esfumo.

—Eres un coñazo, Angelo —concluyó Vanina.

Subió la ventanilla y arrancó de nuevo. Total, era inútil oponerse. Aquel chaval hacía honor a su nombre: era un ángel a todos los efectos.

Vanina tomó una calle que llevaba al mar, pasó Acquasanta, Arenella y entró en la carretera litoral. Desierta. El coche de servicio, pegado detrás de ella.

Llegó a Addaura con el corazón en un puño. Esperaba haber acertado. Una curva, luego otra; cuanto más se acercaba a su destino, más temía haberse equivocado. Llegó ante la verja de una pequeña villa que no veía desde hacía más de cuatro años. La que ella y Paolo alquilaban siempre que querían perderse y escapar del mundo entero. Escondida entre los árboles, junto al mar.

Bajó del coche y echó un vistazo a través de la verja. Las luces del camino de entrada estaban encendidas. Pero ¿cómo saber quién había dentro? Un nuevo inquilino, tal vez.

Los faros de un coche oculto quién sabe dónde se encendieron de repente y la deslumbraron. Llevó de nuevo la mano a la pistola. Angelo, mientras tanto, ya había bajado del coche y corría hacia ella.

Vanina oyó una voz que la llamaba.

—Subcomisaria Garrasi, ¿es usted?

Nello Licitra, el jefe de la escolta de Paolo, había bajado del coche y se dirigía hacia ella. Saludó a Manzo con un gesto y, este, sin decir nada, desapareció.

Vanina volvió a respirar.

—Nello, ¡casi me mata del susto!

—Perdone, pero es que no veía quién era —dijo el hombre.

Cogió el teléfono, se apartó un poco e hizo una llamada. Luego se acercó de nuevo a Vanina.

—Sígame, la acompaño.

Descendieron por el caminito de entrada y llegaron a la casa. Tan cerca del mar, la noche era húmeda y el frío se le metió en los huesos a Vanina, que no llevaba la ropa adecuada.

Un agente salió de entre las sombras de los pinos.

—Ah, eres tú —le dijo a su compañero.

Iba abrigado con un chaquetón y llevaba un gorro. Su rostro no le resultó familiar a Vanina.

La subcomisaria se dirigió a la puerta.

Paolo ya estaba allí, apoyado en el marco. Brazos cruzados, pies cruzados. Vaqueros anchos, jersey largo, zapatillas de deporte.

Entró en casa y Vanina, incrédula, se lo quedó mirando.

—Perdona —le dijo él—, es que fuera hace frío.

Vanina entró tras él y lo siguió hasta la sala de estar. Cojeaba más que de costumbre, lo cual significaba que estaba cansado. La antigua chimenea, encendida, era el único elemento que Vanina acertó a reconocer. Todo lo demás había cambiado. Tonos blancos y azules, quinqués de cerámica en lugar de las viejas lámparas, esteras blancas en el suelo. De las paredes colgaban redes de pesca decoradas con peces y estrellas marinas de cerámica. ¿Quién habría vivido allí todos esos años?

Paolo se acercó a la chimenea y atizó el fuego, tan tranquilo.

—Paolo —lo llamó ella, mientras notaba la rabia que la iba invadiendo.

Él se volvió. En silencio.

—¿Te das cuenta de que hace dos días que te llamo y no me respondes, que te envío mensajes y ni siquiera los lees?

Por toda respuesta, Paolo soltó una carcajada. Una carcajada de esas forzadas, que no reflejan lo que dice la mirada.

—¿Y qué? ¿He hecho algo malo? Necesitaba estar a solas unos días, lejos de todos y de todo, incluido el teléfono. Durante dos días, he fingido que no existías. ¿No es lo mismo que haces tú? —Fingió estar pensando—. Ah, no, perdona, que en tu caso está justificado, porque tienes la misión de alejarte de mí. Soy yo quien no te lo permite —dijo, alzando la voz.

Vanina se acercó a él.

—¡Eres un capullo, Paolo! Por tu culpa me he pasado dos días angustiada, pensando que te había ocurrido algo, o que estabas en peligro, o quién sabe dónde. ¿Se puede saber qué coño te pasa?

—¡Qué coño te pasa a ti, Vanina! ¿No te das cuenta de lo que dices? Primero que no quieres seguir viéndome, que no quieres hablar conmigo, que ya no formo parte de tu vida. Y luego, se me ocurre no cogerte el teléfono y ¿qué haces? Coges el coche, recorres ciento cincuenta kilómetros en plena noche y vienes a buscarme. ¿Quién te ha traído hasta aquí, Vanina? O, mejor dicho, ¿qué? ¿Esa mierda de salvapantallas que no quitas del teléfono ni que te maten? ¿Y por qué no lo quitas, Vani?

Vanina no respondió, pero le ardían los ojos.

—Ya te digo yo por qué —prosiguió Paolo, con el rostro a diez centímetros del de Vanina y las manos en los bolsillos para mantener las distancias—. Porque no puedes. Porque ese trozo de mar es nuestro, igual que esta casa, que me entran ganas de comprar para desmontarla entera y dejarla como estaba antes.

Vanina se arrastró hacia el sofá, blanco como las esteras del suelo, con los mismos motivos marinos en los cojines que el resto de la decoración. Se sentó en un lado y apoyó la cabeza en las manos. Ni siquiera se dio cuenta de que Paolo se había sentado a su lado hasta que él le apoyó una mano en el rostro bañado en lágrimas.

El timbre del teléfono retumbó en el silencio como si fuera un cañonazo por encima de su cabeza.

Antes de responder a Carlo Alberto Colombo, apenas tuvo tiempo de ver en la pantalla que eran las ocho y media.

—Garrasi, ¿dónde andas?

Se volvió instintivamente hacia Paolo, que dormía escondido bajo dos edredones, y buscó algo con qué taparse para no morir congelada. La estufa eléctrica no podía con el frío húmedo de aquella casa.

Encontró una chaqueta de Paolo y se la puso.

—En Palermo —respondió en voz baja.

—¿En Palermo? —repitió Colombo, asombrado—. ¿Y qué haces ahí?

¿Qué podía decirle?

—Un tema familiar. Ya sabes, mi madre...

—Entiendo —dijo Carlo, no muy convencido—. Aunque no es propio de ti, Garrasi, cuando estamos en mitad de una investigación...

—Ya, bueno, son cosas que pasan. —Se fijó casualmente en la agenda de Paolo, abierta sobre la mesa—. Aunque te recuerdo que hoy es domingo, Colombo.

El agente se asombró aún más.

—Vaya, pues sí que es verdad que has cambiado mucho. Yo que creía que para ti no existían ni los sábados ni los domingos. ¿Qué era lo que les decías a tus pobres niños? Ah, ya me acuerdo, que los asesinos el fin de semana no descansan —se burló, imitando el acento palermitano de la subcomisaria.

—No te montes películas, yo no he cambiado en absoluto. Ha sido una casualidad. Una emergencia. Esta misma tarde vuelvo a Catania.

—Vale, pues llámame en cuanto llegues. Quería enseñarte lo que me ha mandado Trevis sobre Xavier Torres. Hay algunas cosillas interesantes.

—¿No me puedes adelantar nada?

—¿Y privarte del placer de leerlo a solas?

A Vanina se le escapó una carcajada.

—Qué cabrón eres, Colombo.

Paolo se le había acercado, completamente envuelto en uno de los dos edredones que había cogido de la cama.

—¿Quién es un cabrón?

—Carlo Alberto Colombo. Está en Catania para colaborar en el caso que estoy investigando.

Paolo hizo memoria.

—Colombo..., ¿del SCIP?

—El mismo.

—Un tío que los tiene bien puestos. ¿Y tú qué estás investigando, si puede saberse, para necesitar la ayuda de alguien como él?

Vanina se había abalanzado sobre la cafetera que había visto poco antes y estaba buscando algo que se pareciera a un desayuno.

—Solo hay galletas —le anunció Paolo.

—Pues qué suerte —comentó Vanina, y le hincó el diente a una.

—¿Y bien? ¿El caso?

Vanina le contó los detalles: Torres sénior, Torres sobrino, Geraci y todos los cabos sueltos que aún no había conseguido unir. Paolo estuvo de acuerdo en todo.

Llegaron a la calle Mariano Stabile hacia las once y media. Subieron a casa, Nello en primer lugar, porque nunca se sabe, señor fiscal.

Paolo, resignado, lo dejó hacer.

Dejó la bolsa llena de documentos sobre el sillón gris que presidía la salita de estar, hermano gemelo del sofá que Vanina se llevaba a cuestas en cada mudanza.

Paolo se acercó a la ventana, subió la persiana, abrió las hojas de par en par.

—Pero cómo se le ocurre ponerse ahí, por Dios —dijo Nello, como si hablara para sí mismo, pero en voz lo bastante alta para que los demás lo oyeran.

Paolo no se movió.

Vanina se le acercó.

—Nello te recuerda que no deberías hacer tonterías.

—¿Eso ha dicho?

—El mensaje era ese, sí.

—¿Y qué tontería he hecho?

—Quedarte delante de una ventana, por ejemplo. O en un rellano.

En la ocasión anterior, Vanina se lo había encontrado esperándola delante de la puerta de casa.

—Ah, sí, claro, no vaya a ser que tengamos a un asesino apostado tras la palmera del director de instituto Vaccarella.

El vecino de Paolo era un director de instituto ya jubilado. Gran amante de las plantas, había transformado el rellano en una especie de vivero.

—Entonces, deberías reclutar también al director Vaccarella —lo provocó Vanina.

Paolo le dedicó una sonrisa amarga.

—Lo que pasa es que no sabes lo útil que resulta a veces quedarse observando a través de los cristales. A veces ves cosas en las que no te habías fijado antes, aunque las tuvieras delante mismo de las narices. O en las que no habías querido fijarte —añadió, tras una pausa.

Vanina se apoyó en el borde de la ventana, con los pies cruzados y un cigarrillo encendido.

—¿Por ejemplo?

Paolo la miró con expresión seria o, más bien, triste.

—La última vez, cuando te paraste ahí abajo, te observé. Te quedaste mirando el pasaje de enfrente como si creyeses que de un momento a otro iba a salir un fantasma de allí.

Vanina no dijo nada, pero se volvió a mirar el pasaje.

—¿Por qué, no hay fantasmas ahí dentro?

—No. Hay un par de tiendas y la entrada de un palacete reconvertido en hotel y *bed and breakfast*. Me han dicho que es muy bonito. Eso es lo único que veo yo. Y me gustaría que tú vieras lo mismo, aunque no creo que de momento sea posible.

—¿Qué es lo que pretendes decirme, Paolo?

Él la observó de nuevo, tan serio que incluso parecía arrepentido.

—Que mientras en ese puto pasaje sigas viendo los fantasmas de aquellos cabrones, tú y yo nunca tendremos paz. Ya lo he entendido, Vani. Hiciste por mí lo que no pudiste hacer por tu padre. Y revivir algo así por tercera vez es algo que no podrías soportar. Y, precisamente por eso, a pesar de lo que ha ocurrido esta noche, a pesar de lo que hay y siempre habrá entre nosotros, volverás a huir.

Vanina permaneció en silencio, con la mirada clavada en la acera poblada de fantasmas.

Paolo entendió que debía aprovechar aquel momento, porque difícilmente se le volvería a presentar en breve. Y la pregunta que debía hacerle a Vanina ya no admitía más retrasos.

—Vanina, tengo que preguntarte algo. No me respondas enseguida si no quieres, lo único que necesito es que seas sincera: ¿el problema es Palermo o soy yo? Si no viviese en esta ciudad y en esta casa, si no llevase la vida que llevo..., ¿huirías igualmente?

Vanina no supo qué responder. No dijo nada y él no repitió la pregunta. Cuando se despidieron, tuvo la sensación de que Paolo no había dicho todo lo que tenía que decir.

13.

La subcomisaria Garrasi cruzó el portón de la unidad de la Policía Judicial de Palermo. Se dirigió a la garita y se identificó ante la agente de guardia, que había salido de una puertecita lateral. Luego entró en el patio interior y subió la escalera que llevaba al departamento Catturandi.

A mitad de camino salió a su encuentro el agente Angelo Manzo.

La llevó al cuartel general del grupo, creado especialmente durante la búsqueda de Salvatore Fratta, alias Bazzuca. Un grupo blindado, formado por agentes seleccionados, que trabajaba de manera independiente. Lo que había sucedido en la ocasión anterior, cuando la operación en la que también participaba Vanina había fracasado, no podía repetirse. Había que desenmascarar al topo —fuese quien fuese y viniese de donde viniese— que había provocado aquel fracaso.

Aunque hubiera decidido rechazar el traslado a Palermo que el director de la Policía estaba dispuesto —más que dispuesto, en realidad— a firmar, y que la habría puesto al frente de la unidad, Vanina quería que todos los hombres y mujeres que formaban parte de aquel equipo supieran que deseaba ayudar en todo lo que pudiera.

La parte más importante del trabajo sobre el que estaban construyendo su estrategia se basaba en los expedientes de las investigaciones que la propia Vanina había dirigido durante sus años en Palermo. El objetivo era demostrar que Bazzuca estaba vivito y coleando.

Siempre pasa lo mismo: cuando los grandes quedan fuera de juego, hasta los mafiosos de medio pelo pueden convertirse en peces gordos. Y eso le había ocurrido a Salvatore Fratta. Había progresado. De ser un simple sicario a principios de los noventa, cuando había liderado el comando que había acabado con la vida del inspector Garrasi, a convertirse en un tipo poderoso, capaz de hacer y deshacer a su antojo.

Pero seguía siendo un mafioso de medio pelo. Si atrapar a los padrinos le había llevado a Vanina años de duro trabajo, estaba convencida de que solo necesitaría unos meses para descubrir en qué agujero se ocultaba aquella rata.

Manzo la puso al día:

—Como usted ya adelantó, la bolsa de basura encontrada en el contenedor nos dio muchas pistas. La cámara de seguridad de una farmacia cercana al escondite captó a un hombre que había ido recientemente a comprar el mismo fármaco hipoglucemiante que encontramos en la basura. Y ¿a quién da la casualidad de que se parecía este hombre? A Giuseppe Cuzzano.

Cuzzano era primo de Fratta. Un personaje ambiguo, siempre *arremboscado*, pero siempre presente en los momentos cruciales de la investigación.

—Llegados a ese punto, instalamos una cámara fija delante de la casa de Cuzzano y empezamos a seguirlo —concluyó Angelo.

—Y del pelo encontrado en la cama, ¿qué me dices? —preguntó Vanina.

—El ADN corresponde a una mujer, como era de esperar, pero no hace falta decir que no aparece en ninguna base de datos.

—Sabemos que ese cabrón también tenía fama de mujeriego, lo que para un prófugo de la justicia puede convertirse en un punto débil, no lo olvides.

Durante la media hora siguiente, la subcomisaria recuperó de entre sus viejos papeles algunos datos y nombres que ahora, a la luz de los nuevos hallazgos, podían convertirse en eslabones fundamentales.

Manzo sonrió.

—Subcomisaria, si alguna vez decide volver con nosotros, le juro que le monto una fiesta.

Vanina ni siquiera le contestó.

Acababa de salir de la Policía Judicial cuando la llamó Marta.

—¿Estás por aquí, Vanina?

Otra a quien tendría que confesarle que no estaba en Catania.

—No, estoy en Palermo, en casa de mi madre. ¿Por qué? ¿Qué pasa?

Vanina captó, a través del teléfono, la perplejidad de la inspectora.

—Me acaba de llamar Lo Faro. Hemos encontrado el coche de Geraci. Has acertado: estaba en el aeropuerto, en el mismo aparcamiento donde asesinaron a Esteban Torres.

La invadió una oleada de satisfacción. Después de todo lo ocurrido la noche anterior, ya no recordaba que había enviado a Nunnari a inspeccionar el aparcamiento del aeropuerto.

—Por fin, qué gran noticia. ¿Y ahora dónde está?

—Lo están llevando al depósito.

—Dile a Fragapane que llame a Pappalardo, así los de la Científica se pondrán a trabajar enseguida. Quiero que analicen a fondo cualquier indicio. ¿Habéis avisado a Vassalli?

—Sí, Tito ha hablado con él.

—Entonces, el fiscal de Mesina ya estará informado.

Colgó y llamó al subteniente Labbate.

Antes de regresar a Catania, Vanina pasó por casa de su madre. Dada la hora que era, se vio atrapada en una formalísima comida dominical que contaba hasta con la presencia de los futuros suegros de Costanza. Todavía faltaban más de seis meses para la boda de su hermana y, sin embargo, todo el mundo hablaba del acontecimiento como si fuera algo inminente. Y, como madrina de la novia, todo el mundo esperaba de ella que demostrara un entusiasmo que Vanina, francamente, no sentía, lo que le despertaba un vago sentimiento de culpa.

De no haber sido por la comida en sí —que, para ser sinceros y teniendo en cuenta la forma en que la señora Marianna se había superado a sí misma, ya merecía el viaje a Palermo—, esas dos horas perdidas sentada a la mesa habrían sido una tortura indescriptible para Vanina. Cuando salió a la terraza a fumar un cigarrillo, Federico la siguió.

Le echó sobre los hombros una bufanda de su madre.

—Si no, te va a dar algo —le dijo. Se sentó junto a ella—. ¿Cómo estás, tesoro? Te veo pálida.

¿Podía contarle que llevaba dando vueltas desde la mañana del día anterior? ¿Que se había subido al coche a horas intempestivas, víctima de un ataque de pánico que la había obligado a vomitar el alma? ¿Que ni siquiera había ido a casa a cambiarse? ¿Y que había pasado lo poco que quedaba de noche en una casa sin calefacción, junto a un hombre con el que juraba que jamás volvería?

—Es que no me he maquillado mucho —se justificó.

Federico fingió creerla. Sonrió y cambió de tema.

—¿Sabes qué me pasó el otro día? Vino a verme la nueva directora de zona de una empresa farmacéutica, una tal Canton, con un visitador médico siciliano que resulta que es de Catania. En cuanto vieron tu foto sobre mi escritorio y descubrieron que eres mi hi... —dijo, pero se interrumpió y Vanina captó su incomodidad.

—Puedes decirlo, Federico —lo tranquilizó.

¿Acaso podía prohibirle que la considerara su hija? Llamarla así le salía de forma natural. Vanina más bien tendría que haberle estado agradecida.

—Total —prosiguió Federico—, me contaron que fue Lella Canton quien encontró al hombre cuya muerte estás investigando. El cubanoestadounidense. Una hora me tuvieron allí, contándome la historia con todos los detalles.

Aquel par se estaban *arregodeando* —como decían en Catania— demasiado para su gusto.

Pero oír hablar de ellos le había dado una idea.

Carmelo Spanò llevaba media hora agazapado detrás de un seto, equipado con unos prismáticos.

Aquel partido de tenis no se acababa nunca.

Había ignorado alguna que otra llamada telefónica, pero a Garrasi tenía que responderle.

—Subcomisaria —dijo en voz baja.

—¿Qué pasa, Spanò? ¿Está afónico?

—No, es que estoy... en misa.

Ni él mismo sabía por qué lo había dicho. No había vuelto a pisar una iglesia desde el bautizo de su sobrina. La niña ya tenía diez años.

—Ah, entiendo. Llámeme cuando salga.

—No, no, subcomisaria, dígame usted.

Vanina le comunicó la última novedad —el hallazgo del coche de Geraci— y se sorprendió al comprobar que Spanò aún no lo sabía.

—¿La pareja que encontró el cadáver de Torres aún está en Catania? —le preguntó.

—Sí —respondió el inspector—. Él vive aquí y ella dijo que nos avisaría si se marchaba.

—De acuerdo. Entonces, haga usted una cosa: coja una foto de Xavier Torres y enséñesela a los dos. Pregúnteles si por casualidad recuerdan haberlo visto en el aparcamiento.

—Los llamo enseguida.

—No, mire, mejor dígales que vayan mañana por la mañana a mi despacho.

El inspector colgó, preguntándose a qué venía aquella petición.

La verdad era que de aquel caso se estaba ocupando más bien poco, por no decir nada. Sí, claro, se había hecho su propia idea. Había interrogado a sus fuentes, había acompañado a Garrasi cada vez que ella se lo había solicitado, pero tenía la cabeza en otro lado.

Se había emperrado en aquella otra historia, que empezaba a atormentarlo incluso en sueños. Porque si era verdad, y si tenía la oportunidad de demostrarlo, tal vez pudiera conservar una mínima esperanza de recuperar su vida anterior.

Volvió a los arbustos tras los cuales se había escondido antes y cogió de nuevo los prismáticos. Observó la pista de tenis y palideció. El partido había terminado y los dos jugadores habían desaparecido.

Vanina paró en el área de servicio habitual, aquella en la que Adriano la pillaba siempre. A lo tonto, eran las siete y media de la tarde y la había asaltado un hambre lobuna. Pidió media *baguette* con mortadela y una Coca-Cola, y se instaló en una mesa alta.

En el teléfono tenía un mensaje de Paolo, que quería saber si había llegado. Empezó a escribir, pero cambió de idea y lo llamó.

—¿Tengo que preocuparme? —le respondió él enseguida.

—¿Por qué?

—No, porque esta mañana, cuando te has ido, me ha parecido entender que no tenemos que llamarnos.

Era cierto, como también era cierto que él no había opuesto mucha resistencia. Sin embargo, Vanina había percibido algo tácito, como si Paolo no se lo hubiera contado todo. Tal vez por eso había sentido el impulso de llamarlo...

—Esta mañana no te he dado las gracias.

Captó su perplejidad a través del teléfono.

—¿Por qué?

—Por entenderlo.

Esta vez fue él quien no respondió.

Bettina la oyó llegar y apareció de inmediato en la puerta del jardín.

—Pero Vannina, ¿dónde se había metido? Me tenía preocupada.

Cuando no la veía volver por la noche, a la vecina le daba un sofoco. Y lo bueno era que Vanina a veces pasaba la noche entera de guardia, y que su vecina lo sabía perfectamente. Es más, sabía lo mucho que le gustaba hacer horas extraordinarias. Como a todas las personas, por otro lado, que temen quedarse a solas con sus propios pensamientos.

—Tiene razón, Bettina, no le dije que me iba a Palermo —se

excusó Vanina, mientras subían juntas los escalones hasta el apartamento de Vanina.

A la vecina le centellearon los ojos. Al final iba a resultar que después de poner tantas velitas, el padre Pío —cuya capacidad para hacer milagros superaba, en opinión de Bettina, a la de la mismísima Virgen— había escuchado sus súplicas y estaba acercando de nuevo a Vanina y al apuesto fiscal Malfitano. Sí, le daría un poco de pena que su policía preferida regresara a Palermo, pero también sentiría una gran satisfacción si de alguna manera había contribuido a la felicidad de la parejita.

Decidió actuar con calma. Preguntó primero por la salud de la señora Marianna, a la que solo había tenido el placer de ver una vez, luego por la del profesor Calderaro, después por la de Costanza... Y finalmente, cuando Vanina ya había abierto la puerta principal, la vecina le soltó como quien no quiere la cosa la pregunta más importante:

—Y el fiscal Malfitano, ¿cómo está?

En cualquier otro momento, Vanina habría esquivado la pregunta, pero aquella noche estaba demasiado cansada como para inventarse nada.

—Estupendamente —respondió.

La alegría de Bettina por la noticia se tradujo en una marea de comida que le había sobrado de la noche anterior. Vanina, presa del hambre más incontrolable, hizo los honores, desde el primer plato hasta el postre.

Cansancio no significaba sueño, ni siquiera después de la ajetreada noche que había pasado. Baños calientes, litros de manzanilla... Podía intentar lo que quisiera, pero el resultado no cambiaría. La única solución era elegir una película y ponerse cómoda para verla. Fue directa a la estantería de las películas sicilianas y leyó los títulos en busca de algo entretenido. Al final optó por *La ragazza con la pistola*, de Mario Monicelli. Monica Vitti / Assunta Patanè acababa de partir hacia Inglaterra en busca del hombre que la había deshonrado, para limpiar la afrenta con sangre, cuando Adriano Calí la llamó.

Vanina pulsó el botón de pausa y le contestó.

—Hola, Calí —dijo.

Se oía un ruido de fondo, como si fuera en coche.

—Vanina, sé que estoy haciendo una gilipollez, pero no me queda más remedio.

—¿Qué gilipollez estás haciendo?

—Estoy yendo a Noto. Luca me ha dicho que se iba de improviso a Roma, pero yo estoy convencido de que no es verdad, que se ha ido con alguien a nuestra casa. Y si es así, tengo que averiguarlo, porque la duda me está matando.

—Adri, perdona, piensa un poco: ¿tú crees que Luca se llevaría a alguien a vuestro refugio preferido? No me lo creo ni aunque lo vea.

—¿Y por qué no? Historias clandestinas en las casas de veraneo las hay a patadas. Anda que... ¿yo te lo tengo que explicar? Que eres poli...

—Vale, es un clásico, pero para el típico marido infiel, insensible y pasota. No para alguien como Luca.

—Ya, pero a lo mejor se ha ido allí porque sabe que es el último sitio donde lo buscaría.

—Vale, haz lo que quieras.

De hecho, ella no era quien para criticarlo, teniendo en cuenta sus escapaditas nocturnas, aunque respondieran a otra clase de angustia.

—Ten cuidado. Y si lo pillas, recuerda: pocas palabras, orgullo y la cabeza bien alta. La dignidad por encima de todo.

—A sus órdenes. No, espera, ¿qué es lo que dice ese oficial tuyo, el que se cree un veterano de los marines? ¡Sí, señora!

Tras colgar, Vanina cogió el mando a distancia para seguir viendo la película. De repente, recordó las palabras de Adriano y fue como si le hubieran dado un mazazo en la frente.

—¡Joder! ¿Cómo es que no se me ha ocurrido antes?

Se vistió a toda prisa.

Al pasar por delante del espejo, se vio pálida como un cadáver. No, no podía pasarse una segunda noche al volante, porque se arriesgaba a tener un accidente.

Cogió otra vez el teléfono y llamó a Spanò.

El inspector estaba de pie, apoyado en un murete alto, y aferrado a un poste de la luz. Sacó lentamente el teléfono que le vibraba en el bolsillo. Mierda, ¿es que Garrasi siempre tenía que llamarlo a las tantas?

—Subcomisaria —susurró.

—Inspector, no me diga que aún está en misa porque no me lo creo.

—No, no, es que... En fin, da igual. Usted dirá.

—No está de guardia, ¿verdad?

—No, le toca a Fragapane. Y creo que a Bonazzoli también. ¿Por qué, qué quiere saber?

—Necesito que alguien me lleve a un sitio. Y, si acierto, le daremos un giro importante a la investigación. Cuantos más seamos, mejor.

El inspector captó un movimiento en el lugar que llevaba dos horas vigilando. No podía dejar escapar la ocasión, pero una llamada de Garrasi era una llamada de Garrasi. Se anteponía a todo.

—Voy para su casa. Deme el tiempo de ir a buscar un coche de servicio y recoger a los demás.

Spanò, Marta y Fragapane llegaron al cabo de media hora, acompañados por Colombo. Bonazzoli iba al volante. Vanina ocupó el asiento del pasajero. Se había preparado un café, aunque no era necesario. Lo único que necesitaba era la adrenalina que su olfato de policía le había metido en el cuerpo. Y cuanta más adrenalina, más segura estaba de que iba en la dirección correcta.

Colombo estaba encantado de la vida. Llevaba mucho tiempo sin entrar en acción y lo echaba de menos. Cuando Vanina lo había llamado, estaba de paseo por Catania con un colega de la jefatura central, que lo estaba introduciendo en las maravillas de beber un *sgriccio* de mandarina en el quiosco de la plaza Spirito Santo. Una de aquellas experiencias a las que Garrasi se había referido como «catanesadas». Le había faltado tiempo para unirse a la expedición.

—¿Ahora ya podemos saber adónde vamos? —preguntó Marta.

—A Noto.

Los demás abrieron los ojos como platos y cruzaron una mirada.

—Y rapidito, si puede ser —añadió Vanina.

Marta se dirigió a la autopista.

—Pues menos mal que he cogido este coche —se limitó a decir, pero la expresión de su rostro hablaba por sí sola: «¿Cuándo vas a dejar ese vicio de no contarme lo que piensas?», decía.

Tardaron una hora escasa.

De camino, Adriano Calí había llamado a Vanina para contarle, satisfecho, que había encontrado la casa cerrada y vacía.

Incluso con la nevera desenchufada, como él y Luca la habían dejado la última vez. Ahora volvía a Catania, porque en la casa de Noto la calefacción estaba apagada y hacía un frío que pelaba. Vanina había evitado decirle que se cruzarían por el camino.

Buscaron la dirección de Geraci.

—Subcomisaria, ¿pero usted cree que vamos a encontrar aquí al Torres joven? —preguntó Spanò, que ya había intuido por dónde iban los tiros.

Vanina improvisó una breve reunión de la unidad.

—A ver, niños, vamos a analizar algunos datos: el coche de Geraci pasó varias veces por la autopista Catania-Siracusa. Estamos seguros porque lo captó un radar de la Policía de Tráfico y al día siguiente, según me dijo Labbate, también la cámara de seguridad de un túnel. Con la tarjeta de débito de la víctima, que solo podía tener el asesino, se sacó dinero en un cajero de Noto. Digamos que Xavier Torres, asustado, buscó un lugar donde esconderse. Las llaves de la casa de Noto estaban en el bolso de Geraci, junto con la cartera y el teléfono móvil. Los *carabinieri* no encontraron ningún juego de llaves. ¿Podía haber un escondite mejor que una casa situada a cien kilómetros del lugar del crimen y, además, propiedad de la mujer muerta?

—Usted disculpe, subcomisaria —intervino Fragapane—, pero a estas alturas ya habrá huido, ¿no?

—¿Y por qué? Del homicidio de Geraci aún no se ha hablado y, sobre todo, aún no se ha relacionado públicamente con el de Esteban Torres. Y no olvidemos que ahora Xavier Torres está sin coche, porque el de Geraci lo dejó en el aeropuerto.

—Entonces —dijo Colombo—, crees que Xavier Torres usó otro coche para volver a Noto.

—Más o menos.

—Podría ser.

—En el expediente que te enviaron sobre Xavier, ¿hay algún dato que pueda sernos útil esta noche?

—No, esta noche no. Pero hay unas cuantas cosas sobre él que debes saber para hacerte una idea precisa.

—De acuerdo, me las cuentas luego. Ahora, vamos.

Bajaron del coche, que habían aparcado bastante lejos. La casa de Geraci estaba en el centro histórico, en zona peatonal. Eran las once y media de un domingo por la noche y no había casi nadie por la calle. La última vez que Vanina había estado allí, a finales de septiembre, aún había bastante ambiente.

Entraron agazapados en el patio al que daba la puerta de la casa de Geraci. Un hombre y una mujer que estaban paseando al perro aparecieron tras ellos y se detuvieron de golpe, asustados. La cartuchera de Garrasi era visible, así como la pistola de Spanò.

Vanina se identificó y les preguntó en voz baja por aquella casa:

—¿Vive alguien ahora mismo?

—Sí, sí. La pobrecilla Bubi siempre la tenía activa. Si no estaba ella, la alquilaba.

Vanina dedujo que debían de ser del norte.

Se sacó del bolsillo la foto de Xavier.

—¿Es este el inquilino?

El hombre y la mujer, asustados, cruzaron una mirada.

—¡Sí, es él! Ay, Dios, ¿es un delincuente?

—¿Hay terrazas entre los tejados? —preguntó Vanina.

—Sí, en casi todas las viviendas.

Posibles vías de escape, pensó Vanina.

Los despachó rápido, diciéndoles que entraran en casa, y les dio las gracias.

La pareja desapareció tras una puertecita.

—¿Qué hacemos, Garrasi? ¿Echamos la puerta abajo? —preguntó Colombo.

—No, intentaría escapar y es un riesgo que no quiero correr.

—¿Y entonces?

Vanina miró a Marta.

—Bonazzoli, ¿te animas a hacer de avanzadilla?

—Claro, ¿cómo?

—Llama a la puerta. Dile que eres una turista con problemas, que no encuentras dónde pasar la noche. Y que has visto la casa en Airbnb. Intenta parecer lo más del norte que puedas.

Se escondieron y Bonazzoli entró en acción.

—Garrasi, sabes que como le pase algo Macchia te mata, ¿no? —le susurró Colombo.

—No le va a pasar nada.

Marta llamó al timbre una vez. Luego otra. Después a la puerta, con fuerza.

Una mujer se asomó a la ventana de la casa de al lado.

—¿Busca a alguien? —le preguntó.

Lo que faltaba.

—Señora, he encontrado esta casa en Airbnb. Debería abrirme alguien, pero no responden.

—Hay otro inquilino, pero estará en la terraza. Voy a avisarlo. Espere aquí.

Vaya, ¿Torres se había hecho amigo de los vecinos?

Vanina empezó a tener la sensación de que se había equivocado y temió que Marta despertara a alguien que de verdad estaba de paso en la casa. Pero... ¿cómo podía haber entrado la persona en cuestión si Bubi estaba muerta? Era probable que Geraci tuviera en Noto un equivalente al Nuzzarello de Trecastagni.

La ventana que estaba sobre la puerta se abrió lentamente. Vanina, Spanò y Colombo siguieron escondidos.

—Buenas noches —dijo Marta, con un aire angelical de jovencita perdida.

—Buenas noches —respondió el hombre, con acento estadounidense.

—Disculpe, pero he encontrado esta casa en Airbnb.

El hombre le respondió en inglés con un acento español inconfundible.

—Lo siento, yo solo soy un inquilino, igual que usted. No puedo abrir.

Marta adoptó una expresión desesperada.

—¡Se lo ruego! No sé qué hacer. Es tarde y en los hoteles no hay sitio...

—La casa está ocupada.

Bonazzoli se superó a sí misma:

—¿Y no le importaría compartirla conmigo? Sería usted tan amable... Le juro que mañana por la mañana me voy.

Vanina se dio cuenta de que el hombre tardaba un poco en responder. Por otro lado, ¿cuántas veces se le había presentado la oportunidad de acoger en casa a una tía buenísima como Bonazzoli? Teniendo en cuenta su ocupación, seguro que le tocaba hacérselo siempre con mujeres bastante entraditas en años.

—¿Cómo te llamas?

—Betti.

—¿De dónde eres?

—De Bassano del Grappa.

—¿Y qué haces aquí?

—Estaba de vacaciones con mi novio. Pero... se ha largado y me ha dejado tirada. Por favor, solo esta noche...

—Espera, Betti.

Cerró la ventana.

—Vamos —dijo Vanina.

Marta esperó con expresión beatífica a que la puerta se abriese.

Xavier Alejandro Torres apareció ante ella.

—Entra, *niña** —le dijo.

No tuvo tiempo ni de darse cuenta de que no era una *niña*, sino dos, ni de que una de ellas iba armada, porque el inspector jefe Spanò ya lo había empujado de cara contra la pared.

La expresión de Macchia cuando le contaron el ardid utilizado para obligar a Xavier Torres a salir era todo un poema. Lo mismo que la mirada angustiada que le había lanzado a su Marta en cuanto se habían reunido, a altas horas de la noche, en las dependencias de la Policía Judicial, adonde acababan de llevar a Torres.

Además de Torres, en la sala de interrogatorios estaban Vanina y Colombo. Spanò seguía el interrogatorio desde el otro lado, junto al comisario principal y a Bonazzoli, que parecía fresca como una rosa y en absoluto afectada. «Eres una actriz nata», se había burlado Garrasi, pero lo cierto era que había bordado su papel. Xavier Torres había sido lo bastante inocentón como para tragarse que una chica como Bonazzoli se le estuviese ofreciendo de una forma tan obvia.

Los indicios más claros en su contra estaban relacionados con el homicidio de Roberta Geraci. Por tanto, eran los *carabinieri* de Taormina, que estaban a punto de llegar, quienes técnicamente debían tomarle declaración.

Vanina había encontrado en el apartamento de Geraci todos los objetos que faltaban: portátil, teléfono y monedero de la víctima.

—¿Conocía usted a su tío Esteban Torres? —le preguntó Vanina en inglés.

* En español en el original. *(N. de la T.)*

Xavier la observó en silencio. Tenía bolsas oscuras bajo los ojos verdes. Un James Dean cuarentón en versión hispana.

—Responda, señor Torres: ¿conocía usted a su tío Esteban Torres?

—Sí.

—¿Lo conoció durante su estancia en Italia?

—Sí.

—¿Fue Roberta Geraci quien los presentó?

El hombre no respondió.

—Señor Torres, ¿asesinó usted a su tío, además de a Roberta Geraci?

Xavier apretó los labios.

—Yo no he asesinado a nadie.

Marta entró en la sala en ese momento y el hombre la miró.

—¡Hola, *niña*!* Qué lástima, te lo hubieras pasado muy bien conmigo —dijo, con una sonrisita sardónica en los labios.

La subcomisaria perdió la paciencia y dio una palmada sobre la mesa.

—Eh, Torres, cuidado con lo que dice. Ni se le ocurra dirigirse así a una inspectora de policía, porque de lo contrario me voy a convertir en su peor enemiga.

Torres mantuvo la sonrisita. Bonazzoli, por su parte, lo ignoró y se limitó a informar a Vanina de que habían llegado los *carabinieri*.

—Aún no hemos terminado. Nos veremos en la cárcel, Torres —le prometió la subcomisaria antes de entregarlo al capitán Silvani y al subteniente Labbate.

Una hora más tarde, Xavier Alejandro Torres cruzaba las puertas de la cárcel de plaza Lanza.

* En español en el original. *(N. de la T.)*

14

Vanina abrió la puerta de casa cuando ya eran las seis de la mañana. Más cansada que nunca, pero absolutamente incapaz de conciliar el sueño. Se preparó una taza de leche. La pantalla del televisor estaba congelada en la imagen de Monica Vitti. Puestos a relajarse, bien podría terminar la película que había dejado a medias.

Assunta acababa de dejar a Vincenzo en un muelle y se había embarcado en un transbordador con destino a la isla de su profesor cuando a Vanina se le ocurrió una idea.

Miró el reloj: las seis y cuarenta y cinco. Paciencia, Angelina se preocuparía un poco, pero necesitaba contrastar ideas. Y, con un poco de suerte, respondería el propio Patanè.

—Digaaaaaa.

Vanina puso los ojos en blanco. ¡Qué coñazo!

—Buenos días, señora, soy la subcomisaria Garrasi. Quisiera hablar con el comisario.

Angelina tardó un par de segundos en responder.

—Si no duerme... —dijo.

Seguramente hablaba desde un teléfono inalámbrico, porque Vanina oyó sus pasos marciales retumbar sobre las baldosas del pasillo, y también el sonido de la televisión encendida. Luego, la voz de Patanè.

—¿Quién es, Angelina?

La voz se oyó de fondo, pero clara, a pesar de los infructuosos intentos de la mujer por tapar el auricular.

—¿Y quién va a ser? Esa amiguita tuya.

Por favor, ¿cómo era posible que aquella mujer estuviera celosa de ella?

—¿Cómo está, subcomisaria?

—Mejor, comisario, gracias.

—¿Ha ido bien el viaje?

Vanina se quedó pasmada. ¿Y él cómo lo sabía?

—¿Cómo?

Patanè suspiró y soltó una risita burlona.

—Porque según usted, yo me *arretragué* que la otra noche se iba a casa, ¿no? Cuando nos despedimos, tenía el mapa de la autopista Catania-Palermo pintado en la cara.

A Vanina le entró la risa: no se le escapaba ni una, a aquel poli nato.

—Vale, me rindo. Me ha pillado. Pero hice bien, comisario.

—Luego si quiere me lo cuenta, pero ahora dígame por qué me ha llamado, porque no creo que sea para contarme eso.

—Mire, estaba viendo una película de mi colección, *La ragazza con la pistola*.

—¿A estas horas? ¿Que no se encuentra bien? —bromeó el comisario.

Vanina sonrió. Cierto, era demasiado temprano para ella. Primero le habló de la detención de Xavier y el anciano comisario la escuchó entusiasmado.

—¡Muy bien, subcomisaria! Pero, perdone, ¿la película qué tiene que ver?

—Tiene que ver que la protagonista, que curiosamente se apellida Patanè, viaja a Inglaterra con el único objetivo de matar a una persona. Y entonces se me ha ocurrido una cosa:

¿y si Xavier Torres hubiera venido a Italia con el objetivo concreto de cargarse a su tío?

—O sea, que fuera todo premeditado.

—Un ajuste de cuentas familiar.

—Podría funcionar, pero con una condición: que la ofensa cometida por su tío fuera tan grave como para desencadenar el deseo de venganza de Xavier.

Vanina había abierto los ojos a las once, pero tenía la sensación de que aún era de noche. Notaba el cuerpo entumecido, como si la hubieran molido a palos. Teniendo en cuenta que se había ido a dormir a las siete de la mañana y que en apenas un día había recorrido media Sicilia, era comprensible. Sin tener en cuenta, claro, que la noche anterior había dormido muy poco, por no decir nada, y encima en una habitación que parecía una nevera. Normal que le doliera todo, lo raro era que no hubiera pillado una pulmonía.

Se vistió a toda prisa y se fue corriendo al bar Santo Stefano, convencida de que a aquellas horas las pastas de desayuno —que no eran muchas porque las preparaban artesanalmente una a una— ya habrían dejado paso a los aperitivos salados. Pero no, por suerte aún les quedaba un solitario y huérfano *panzerotto* de chocolate. Se lo zampó en un minuto, acompañado de dos capuchinos, y luego, ya más despierta, se fue al despacho.

Por el camino llamó a Patanè y le pidió que se reuniera allí con ella.

Y allí, en el despacho de Vanina, estaban todos ahora, incluido el anciano comisario.

Macchia estaba cómodamente instalado en el sillón de la subcomisaria. En mangas de camisa, aunque la temperatura había bajado otra vez, y con el puro apagado en la boca. La furia por el papel de Marta en la detención de la noche anterior iba disminuyendo. Para no despertar las iras de su novia y no perturbar el equilibrio que se había creado desde que ella había decidido hacer oficial la relación, Tito se había cuidado mucho de demostrar lo molesto que estaba con Garrasi.

A Patanè no le había quedado más remedio que sentarse junto al Gran Jefe, aunque se sentía un poco incómodo. Una cosa era charlar con Garrasi y otra una reunión oficial de la unidad.

Vanina estaba sentada en una silla junto al director del SCIP, que enseguida procedió a hacer un informe del detenido.

—Xavier Alejandro Torres no tiene un pasado precisamente limpio. Llegó a Estados Unidos por mar, como muchos cubanos en aquella época. Y, también como muchos cubanos, se benefició de la llamada Cuban Adjustment Act. La regla del *wet foot, dry foot*, según la cual si te pillan en el mar te repatrian, pero si consigues tener literalmente los pies en suelo estadounidense, al cabo de un año puedes solicitar la ciudadanía. Una ley federal que el Congreso de Estados Unidos promulgó para ayudar a quienes querían huir de la dictadura castrista. Así entró Xavier en Estados Unidos, lo mismo que su tío Esteban treinta años antes. Residente en Miami. En 1999, el FBI lo estaba vigilando por su relación con una colombiana rica presuntamente vinculada con el narcotráfico. La investigación no dio frutos, sobre todo porque la colombiana volvió a su país en el año 2000. En 2003, un hombre lo denunció por prostitución, pero la exmujer de este consiguió exculparlo asegurando que era su asistente personal. Oficialmente, trabaja como modelo.

—A estas alturas, creo que está bastante claro que Xavier Torres es un *gigolo* —dijo Vanina—. Como también está claro que fue así como conoció a Geraci. La Policía Postal ya está analizando el teléfono y el portátil de la mujer para recuperar las conversaciones que pueda haber eliminado y que, en mi opinión, nos darán mucha información. Especialmente, sobre la relación entre ambos homicidios.

—¿Por qué crees que esas conversaciones pueden revelar algo? —le preguntó Macchia.

—Porque tengo la sensación, pero ojo, que solo es una sensación, de que si Xavier se decidió a conocer a su tío después de más de veinte años, tuvo que pasar algo importante. Y la amistad con Bubi, si podemos llamarla amistad, fue el desencadenante.

—Entonces, ¿tú crees que Geraci le habló de Esteban a Xavier?

—Es la única posibilidad. Vamos a pensar un poco, Tito: Xavier vuela a Catania justo cuando su tío está aquí. Si quería verlo, lo más lógico hubiera sido ir a Suiza o a Milán. Pero no. Él se presenta aquí justo en los días en que Bubi está esperando a que llegue Esteban. Como si el encuentro con su tío tuviera que producirse por sorpresa. Para él, pero también para Bubi. Esteban se retrasa una semana y él, que no está dispuesto a perder la ocasión, se ve obligado a hacerle compañía a Geraci. Pero algo sale mal. Discuten y, durante la riña, la mujer cae y se golpea la cabeza con la piedra, en el fondo del pozo. El resto ya lo sabemos, sobre todo porque Torres se lo ha confesado a los *carabinieri* en cuanto le han puesto delante los resultados del ADN.

Labbate se lo había contado todo poco antes de que empezase la reunión.

La versión de Xavier se limitaba a su relación con la mujer, al hecho de que se habían encontrado en Taormina y que habían pasado tiempo juntos. Luego, habían tenido una discusión tonta y él había perdido la cabeza. Necesitaba dinero y por eso había usado la tarjeta de débito de Bubi y, finalmente, había cogido su coche y había ido a esconderse a Noto.

—Tras lo cual —prosiguió Vanina—, Xavier se pone en contacto con su tío, seguramente usando el número que encuentra en el teléfono de Geraci. Pocos días más tarde, Esteban muere, asesinado con su propia pistola. Tiene que haber una relación, Tito. Y la única manera de encontrarla es leer los mensajes que se enviaron Xavier y Geraci.

—Sobre el hecho de que Xavier decidiera conocer a su tío precisamente ahora, puedo aventurar una hipótesis —intervino Colombo, que aún no había terminado de leer el expediente—. Últimamente, sus actividades debieron de tener un «bajón», porque hemos encontrado una orden de desahucio por falta de pago. Lo denunció el arrendador hace aproximadamente un mes y el desahucio se ejecutó el 15 de noviembre, cuando él ya estaba en Italia. El *sheriff* echó la puerta abajo para recuperar el piso. En Estados Unidos van de ese palo. La *eviction*, o desahucio, es rápida y despiadada. Si el inquilino no acepta, lo echan sin contemplaciones y todos sus efectos personales pasan a ser propiedad del arrendador.

—Entonces, si Xavier Torres volvía a Estados Unidos, ¿ni siquiera tenía una casa donde vivir? —intervino Marta.

Vanina la conocía lo suficiente como para saber que se estaba apiadando de Torres.

—Pues eso explicaría también otra cosa —dijo la subcomisaria—. La noche que murió, Geraci llamó a Paparone para decirle que necesitaba urgentemente un billete de avión a Miami. Dijo que era para un amigo. El amigo en cuestión no se presentó a recogerlo. Yo siempre he pensado que se trataba de Xavier, y ahora aún cuadra más: porque Xavier solo podía volver a Estados Unidos después de haber hablado con su tío, de haberle pedido ayuda y, seguramente, dinero.

—Disculpe, subcomisaria —intervino Spanò—, pero... ¿por qué Geraci iba a impedírselo? Es más, ¿por qué quitárselo de encima? Pongamos que Xavier le hubiera dicho que quería hablar con su tío: ¿a ella qué más le daba?

—Spanò, Geraci le pagaba a Xavier a cambio de sexo. Esteban era su amante desde hacía muchos años, el único amante fijo, el único con el que tenía algo parecido a una historia de amor. En su opinión, ¿una mujer como Geraci se arriesgaría a que su amante supiera que ella se lo hacía con un *gigolo*?

—Pues eso es verdad.

Patanè llevaba una hora asintiendo a todo lo que decía Vanina. No se atrevía a tomar la palabra, pero pensaba lo mismo que ella. La muerte de Geraci estaba estrechamente vinculada al parentesco entre Esteban y Xavier.

—Nunnari y Marta, quiero que hagáis lo siguiente —dijo Vanina, dando por terminada la reunión—. Recuperad las imágenes de las cámaras de seguridad del aparcamiento, las que requisamos el primer día en el aeropuerto. Ahora ya sabemos a quién buscar. Revisad las imágenes de la cámara de la barrera y averiguad si el coche de Geraci, conducido por Xavier, llegó antes que el coche de Esteban o después. Y comprobad también quién entró o salió a pie.

Nunnari se controló a tiempo para no llevarse la mano a la frente, porque no quería quedar como un idiota delante de tantas personas, y siguió a Bonazzoli como un perrito apaleado. Sin la más mínima esperanza.

Vanina volvió a tomar posesión de su sillón, que después de haber acomodado al Gran Jefe en dos ocasiones basculaba otra vez.

—Me parece a mí que habrá que darle otro *arrepretujón* al perno —le dijo a Spanò.

Cada vez que Vanina se lo pedía, el inspector se armaba con unas tenazas y apretaba el perno, que con el peso de Macchia se aflojaba siempre. «Autodefensa», se burló Patanè.

Se habían quedado los tres solos.

Vanina abrió la página de la base de datos de la policía y buscó «Esteban Torres». Le aparecieron todas las noticias que ya conocía. Se centró en el arma declarada.

«Makarov 9 mm», releyó. «Año de fabricación: 1966».

Fragapane llamó a la puerta.

—Subcomisaria, están aquí las dos personas que encontraron el cadáver de Torres.

La subcomisaria alzó la mirada hacia el techo. Se le había olvidado por completo.

—Que pasen.

Los había convocado solo para darse un capricho, no tardarían más de cinco minutos.

Entraron los dos en el despacho, un tanto atemorizados.

Las noticias que ambos habían leído sobre Garrasi coincidían en su integridad y en su gran profesionalidad, pero no decían gran cosa acerca de su carácter. Arisca, en opinión de algunos. Irascible, en opinión de otros. Sin olvidar, además, las gélidas palabras de la inspectora rubia sobre una eventual convocatoria de Garrasi: que, por su propio bien, más les valía que no se produjera.

Se presentaron. Lella Canton, Antonino Falsaperla. Él embutido en un traje azulado. Ella con el pelo perfecto, pañuelo al cuello y maquillaje a prueba de tsunamis.

Vanina les pidió que tomaran asiento.

Spanò sacó enseguida la foto de Xavier Torres que debía mostrarles.

—¿Recuerdan por casualidad haber visto a este hombre el otro día, en el aparcamiento del aeropuerto?

Los dos observaron atentamente la fotografía.

Canton dijo que no. Falsaperla, en cambio, reflexionó unos instantes.

—¿Puede ser que llevase un gorro? —preguntó.

Una pregunta a la que ni Spanò ni Garrasi podían responder.

—No lo sabemos. Haremos algunas comprobaciones, si es necesario.

—¿Una chaqueta negra de cuero? —insistió el hombre.

—Lo mismo —respondió Spanò.

—Una moto...

—Señor Falsaperla, déjese de motos —estalló Vanina—. La pregunta es fácil: ¿vio a este tipo sí o no?

—No —se resignó.

Cómo le habría gustado poder ayudar.

—Señora Canton, ¿por casualidad ha recordado algo más, aparte de lo que nos contó el primer día?

—No, subcomisaria.

—La puerta del pasajero en el coche de Torres, por ejemplo: ¿estaba abierta o cerrada?

Eso no se lo había preguntado Spanò.

—Puede que estuviera abierta. No, estoy segura de que estaba abierta. Es más, lo único que hice fue rodearla para echar un vistazo al interior y... ¡ay, Virgen santa, me da miedo solo pensarlo!

—Y hace usted bien. Detrás de este asesinato podría estar cualquiera, incluso la mafia estadounidense. Ir contando la historia a todos los médicos que han encontrado ha sido una irresponsabilidad.

Palidecieron los dos.

—Pero si nosotros...

Vanina no los dejó terminar:

—Tengo que comunicarles que, por culpa de sus chismorreos, nos hemos visto obligados a afrontar una filtración que habría podido poner en peligro la investigación. Han divulgado ustedes detalles importantes, y solo mi intervención les ha evitado tener que dar explicaciones ante el juez.

Spanò no sabía hacia dónde mirar, mientras que Patanè clavó la mirada en un punto lejano para contener la risa.

—¡Pobrecillos, subcomisaria! —comentó el comisario en cuanto Canton y Falsaperla se marcharon.

Vanina ya se había arrepentido un poco de lo que acababa de hacer, pero aquella clase de personas le despertaban siempre el instinto de venganza.

—Pero al menos hemos descubierto algo: que la puerta del pasajero estaba abierta.

Cogió el teléfono para llamar a la Científica y preguntó directamente por Pappalardo.

—Buenos días, subcomisaria.

—Buenos días, Pappalardo. ¿Se ocupó usted del coche de Geraci?

—¿El Audi A2 que encontramos ayer en el aeropuerto? Sí.

—Bien. ¿Han encontrado algo?

—Nada, solo indicios que apuntan a la propietaria. Los hemos catalogado. Si quiere, se los mando.

—Sí, gracias, les echaremos un vistazo. El coche de Esteban Torres, en cambio, ¿sigue en el depósito?

—Sí.

—Entonces le voy a pedir un favor: compruebe si entre las muchas huellas dactilares que sin duda encontrará en la puerta del pasajero, a la altura de la manija, hay alguna reconocible de

Xavier Torres, el hombre al que detuvimos anoche y a quien los *carabinieri* acusan del homicidio de Geraci.

—Me pongo enseguida.

—Escuche, Pappalardo, si Manenti le pone problemas, llámeme y me ocupo yo, ¿entendido?

—No se preocupe, subcomisaria, no creo que sea así. Ahora mismo está ocupado con otras cosas.

—¿Qué cosas?

—Hoy nos han comunicado que el martes llega el nuevo director.

Vanina evitó expresar su satisfacción.

Mientras, Colombo había vuelto.

Vanina colgó, se puso en pie y procedió a recoger sus cosas, como cuando se disponía a salir. Spanò y Patanè, un poco dudosos, se pusieron en pie, cada uno a su ritmo.

—Vamos —dijo Vanina.

—Andando pues —respondió Patanè.

—¿Puedo saber adónde? —preguntó Colombo, mientras bajaban la escalera.

—A comer algo y luego al Hotel Palace. Quiero hablar con la mujer y la exmujer de Torres.

—¡Ese hombre se casaba y se separaba en menos tiempo del que se tarda en tomar un café! —afirmó Patanè.

—Pero la única mujer con la que no mantuvo el contacto fue con Álvarez, porque con la de Estados Unidos hasta montó una empresa —comentó Spanò.

Subieron al coche de servicio.

—Bueno —le respondió Colombo a Spanò—, la estadounidense también es hija de Frank Cristallo, el hombre que le sirvió de trampolín hacia negocios que él ni siquiera había imaginado. Por no decir que, sin duda, también lo puso en contacto con la familia mafiosa de Tampa. Una de las muchas con las que Torres seguramente tuvo contacto, aunque como ya he dicho, no tenemos pruebas. Tampoco podemos olvidar que la señora en cuestión sigue siendo socia al cincuenta por ciento en algunos negocios muy importantes. Álvarez, en cambio, solo era un amor de juventud, o sea, la relación menos importante para un hombre como Torres.

Fueron al bar de la esquina, delante de los tribunales, y pidieron tres *cartocciate*. Mientras comían, sentados a una mesa en un rincón, apareció Recupero.

Vanina la invitó a sentarse.

—No, gracias, tengo prisa. Señor Colombo, iba a llamarlo. ¿Puede venir a mi despacho cuando termine?

Le dijo a Vanina que pasara a verla alguna vez, aunque solo fuera para tomar un café. Más que una simple invitación, a Vanina le pareció una forma sutil de decirle que tenía que hablar con ella, por lo que prometió que iría a verla.

Las dos señoras Torres la estaban esperando.

—Subcomisaria —empezó enseguida Visconti—, ¿cuándo cree que podremos llevarnos los restos mortales de Esteban? Se lo pregunto solo para organizarnos. Evelyn y yo tendríamos que ir a Milán, pero mañana ya estaremos de vuelta.

Vanina les dio una respuesta vaga.

—¿Han visto alguna vez a este hombre? —les preguntó, al tiempo que les mostraba la foto de Xavier.

Las dos mujeres se pusieron las gafas y observaron la foto.

Negaron con la cabeza, convencidas. Era obvio que no mentían.

—Veamos, señora Visconti, necesito información sobre la pistola de Esteban.

Prestaron atención las dos.

—¿Su marido siempre la llevaba encima?

—Sí, siempre, pero la mayor parte de las veces la dejaba en la guantera del coche.

—¿Y eso? ¿No temía que se la robasen?

—Esteban nunca tenía miedo de que le robaran. Que lo intenten, respondía, si alguien lo advertía de ese peligro. Como se atrevan se van a meter en un lío del que no saldrán nunca, decía. Él era así: un poco bravucón, un poco inconsciente.

—O, simplemente, muy seguro de sí mismo —añadió la estadounidense, que obviamente lo había entendido.

Vanina les mostró la foto de la pistola.

—¿Era esta?

—Sí, era esta —respondieron las dos.

—Esteban siempre la había tenido, antes incluso de que nos conociéramos. Luego, cuando empezó a enriquecerse, y tenía que trasladar mucho dinero de un sitio a otro, se sacó la licencia para poder llevarla a todas partes —dijo Evelyn.

—El permiso de armas —la corrigió Vanina.

—¿Por qué nos pregunta por la pistola de Esteban? —quiso saber Visconti.

—Porque su marido murió de un disparo efectuado con su propia pistola. Que, lógicamente, ha desaparecido —respondió la subcomisaria.

Estaba a punto decirles que podían marcharse cuando recordó algo.

—Ah, disculpen, señoras. Necesitaría una foto de Esteban en vida. Que se le viera bien, a ser posible.

Visconti sacó el teléfono.

—No tengo muchas. Me he cambiado de teléfono y ahora las tengo guardadas en el ordenador. ¿Le va bien esta? Estábamos en un barco, en Capri.

Esteban salía en bañador.

Vanina le dijo que le iba bien y le pidió que se la enviara.

En cuanto ambas mujeres se hubieron marchado, abrió la foto y la envió por WhatsApp al número de Aleja Álvarez.

«*I promised*», le escribió.

La mujer respondió enseguida y le dio las gracias.

Colombo había ido a los tribunales a reunirse con Recupero. Spanò se había quedado fuera, absorto en el teléfono.

Vanina se reunió con Patanè, que estaba charlando con el camarero del Hotel Palace. Al parecer, era un viejo conocido.

Faltaban poco más de dos horas para el interrogatorio en la cárcel, el cual Vassalli —que no tenía el más mínimo interés en escuchar a Torres— había delegado en la persona de la subcomisaria. Total, para el fiscal estaba claro que el asesino era Torres. Solo había que encontrar pruebas, un móvil... ¡Coser y cantar!

Vanina vio que tenía una llamada perdida de Labbate y otra de Marta.

Llamó primero al subteniente.

—Subcomisaria, tenía usted razón sobre el portátil de Geraci. ¿Ha leído la transcripción de las conversaciones que han recuperado los de la Policía Postal?

—No.

Debían de haber llegado cuando había salido ella. Es más, probablemente ese era el motivo de la llamada de Marta.

—Entonces, no le adelanto nada, pero sí puedo decirle que le van a resultar más útiles a usted que a mí.

La subcomisaria colgó y llamó a Marta, quien le confirmó que habían llegado las transcripciones.

Spanò y Patanè estaban charlando. El comisario tenía una expresión seria, como si estuviese regañando a Spanò. Guardaron silencio nada más ver a Vanina.

Vanina los miró a los dos el rato suficiente como para dejarles claro que a ella no la engañaban. Y que tarde o temprano averiguaría de qué estaban hablando.

—Tenemos que volver al despacho —les comunicó.

Por el camino se encendió un cigarrillo.

—¿Puedo saber qué estaban tramando a mis espaldas? —preguntó, en un tono alegre, pero no del todo.

—Nada, subcomisaria —respondió enseguida Spanò.

Patanè no dijo ni mu, pero había vuelto a adoptar la misma expresión seria de antes. Cruzó una mirada con Vanina a través del espejo retrovisor. La subcomisaria decidió no insistir; total, solo era cuestión de tiempo. Estaba convencida de la cosa tenía que ver con el inspector.

Nunnari la esperaba en la puerta del despacho. Eufórico.

—¡Jefa!

—¿Qué pasa, Nunnari?

—¡Lo he encontrado!

—¿A quién?

—Al Torres joven.

Fueron a la sala de los críos, donde Marta y Fragapane estaban revisando las transcripciones de los mensajes.

Nunnari se dirigió al escritorio y recuperó la primera grabación, pausada en el momento en que se veía el Audi A2 de Geraci entrando en el aparcamiento del aeropuerto. Luego abrió la segunda grabación, también pausada en el fotograma que les interesaba: Xavier Torres a pie en la zona en que había aparecido el cadáver de su tío. Apenas cinco minutos más tarde volvía a pasar, corriendo y girándose para mirar atrás.

—Jefa, yo creo que dudas no hay —dijo Spanò.

—No, Spanò, no parece que las haya —confirmó Vanina.

Una prueba tan importante como aquella lo cambiaba todo. Sí, no era irrefutable, pero podía servir. Otro interrogatorio y Xavier Torres daría con sus huesos en la cárcel durante bastante tiempo. Pero... ¿el móvil? Eso aún no lo habían averiguado.

Bonazzoli le entregó las transcripciones y la siguió a su despacho, junto a Spanò y Patanè.

Vanina se sentó a su escritorio. El comisario se acomodó a su lado, mientras que Marta y Spanò se sentaron delante.

Empezó por la primera conversación, la más alejada en el tiempo. Se remontaba al mes de mayo. Parecía el momento en que se habían encontrado en Facebook. O, mejor dicho, en que Geraci lo había encontrado a él. Una conversación alegre, en que Bubi le recordaba que ya se habían conocido en Cuba.

Fue pasando rápidamente el resto de las conversaciones, todas parecidas, hasta que apareció el nombre de Esteban Torres. A partir de ahí, leyó con mucha atención. Volvió atrás, anotó algunas fechas.

Patanè había estirado el cuello para leer mejor, con las gafas apoyadas en la nariz y una mueca de contrariedad al ver que toda la conversación estaba escrita en inglés.

Vanina iba leyendo y le pasaba las hojas a Marta, la única que no necesitaba traducción.

Tardaron una hora larga, Al final, sacaron unas cuantas conclusiones, que Vanina concretó.

—En resumen —dijo, releyendo de aquí y de allá—, Bubi y Xavier se conocen en Cuba en 1991 y tienen algún que otro encuentro, según parece con mucho baile caribeño. —Hizo una pausa—. Niños, ¡no olvidéis que él tenía dieciocho años! En mayo de este año, un poco antes de irse a Miami con su amiga, Geraci se dedica a buscar páginas web de *gigolos* locales, porque parece que organizaba las vacaciones a lo grande, y se topa con la página de un tal Alex Green Eyes. Reconoce a Xavier Alejandro Torres y contacta con él. Se siguen en Facebook y empiezan a hablar. Se deduce que Geraci debió de descubrir ya en Cuba, seguramente por casualidad, el parentesco entre Xavier y Esteban. Pero, por lo visto, él no quiere hablar de ese tema, o, si hablan, solo tiene palabras desagradables para su tío. Es evidente que Geraci no le hablará nunca a Esteban de su sobrino porque, como dice aquí, «él no entendería nuestra amistad». Traducido: él no aceptaría jamás que su amante fuera por ahí buscando *gigolos* y la cosa podría acabar mal. Además, Bubi ha dicho antes que Esteban desprecia a quienes pagan a cambio de sexo.

—Lo que hay que oír. El mundo *arregirado* —comentó Patanè—. A él ni se le ocurre ir con prostitutas y ella en cambio busca jovenzuelos imberbes cuando se va de vacaciones.

—Tras el encuentro en Miami —prosiguió Vanina—, sucedió algo. Hablan cada vez con más frecuencia. Xavier le empieza a preguntar, aunque en un tono despreocupado, por su tío. Dónde vive, a qué se dedica. Si aún recuerda Cuba, en vista de que nunca se ha borrado el tatuaje del brazo. Un tatuaje que, al parecer, Xavier también tiene. Geraci al principio bromea sobre las similitudes entre ellos, incluso le dice que su tío no es tan guapo como él. Pero al final le cuenta algunas cosas. Poco a poco, un detalle hoy y otro mañana, le ofrece una imagen completa de Esteban. Casi se diría que presume de él. En un momento dado, a mediados de octubre, Bubi le dice a Xavier que pronto verá a su tío, que viene a Taormina, etcétera. Él no hace ningún comentario, pero unos días después, sin venir a cuento, le dice que ha organizado un viaje a Italia. Precisamente a Sicilia. Y muy cerca de Catania, además. Ella se muestra categórica: no pueden verse bajo ningún concepto. Es más, ni siquiera le escribe durante dos meses. Esteban es Esteban. Bubi debe dedicarse única y exclusivamente a él. Xavier ya no contesta. Se despide y punto.

—Y llegamos al 15 de noviembre —intervino Marta, que había analizado sobre todo las conversaciones a partir de esa fecha.

—Exacto. Y él le envía un mensaje: «¿Y si quisiera saber qué cara tiene? Sin que él me vea y sin molestarte a ti, claro». Bubi le responde que Esteban llegará unos días tarde. Parece enfadada. Dice que se le ha ocurrido una idea: le propone que le haga compañía. Dos días en Taormina, pero con la máxima discreción. Por supuesto, le pagará bien. Esteban se lo merece, así aprende a no darle plantón. Xavier acepta enseguida. Le da su número de teléfono y se ponen de acuerdo. —Vanina apartó el papel—. Fin de la historia.

Patanè suspiró.

—Fin de la historia sí, sobre todo para la pobre mujer.

—Es como si Xavier buscara excusas para ver a su tío —conjeturó Spanò.

—Resulta bastante evidente, inspector. Y lo que tenemos que averiguar ahora es por qué. Si aceptamos la hipótesis de Colombo, necesitaba dinero.

—Es posible que Esteban se negara y Xavier se lo cargara —aventuró Spanò.

Vanina intercambió una mirada con Patanè, que se estaba rascando la barbilla. Ninguno de los dos estaba demasiado convencido.

—Puede ser.

Consultó el reloj.

—Dentro de poco, descubriremos qué nos cuenta el propio Xavier.

Colombo acababa de regresar, cargado de material antimafia útil para su investigación, pero que seguía sin mostrar relación alguna con el asesinato. De no haber sido porque Esteban, angustiado por la desaparición de Bubi, cometió un desliz —lo cual suele ocurrir—, Carlo no habría recuperado ni cuatro datos.

Y en cambio...

—Así es como al final se pilla siempre a esta gente: pierden el control un momento y tú tienes que estar preparado para aprovechar el fallo. Torres se acojonó y creyó que su amante había acabado muerta por algún asunto relacionado con él, así que cometió la estupidez de llamar a un número que estaba a nombre de un muerto. Y lo registró la torre de comunicaciones del barrio de San Cristóforo.

—Alta densidad mafiosa —comentó Vanina—. ¿Torres pidió ayuda a sus amigos?

Carlo hizo una mueca.

—Creo que más bien les ordenó que lo ayudaran. Esos supuestos amigos, sin embargo, se movían en un ambiente en el que dudo mucho que les hiciera falta quitarle el arma a la víctima para cargársela. Esa gente, y tú lo sabes mucho mejor que yo, tiene verdaderos arsenales.

Desde luego que lo sabía.

—¿Y cómo es que Nunnari no encontró esa llamada? —quiso saber Vanina.

—A mí no me lo preguntes.

Vanina cogió los registros telefónicos de Torres y los comparó con los que tenía Carlo. Efectivamente, había llamadas a números que correspondían a distintas personas, algunas de ellas residentes en Milán. Y, entre ellas, la llamada al muerto que había comentado Colombo.

Vanina se asomó a la sala de los «veteranos», donde Patanè charlaba con Spanò. Fragapane estaba junto a él. Nada más verla, guardaron silencio.

Ella les lanzó una mirada torva.

El comisario se puso en pie, se despidió y la siguió a la salida. Colombo ya estaba fuera, delante del portón.

Vanina se detuvo a media escalera y le puso una mano en el brazo a Patanè.

—Comisario, ¿qué me están ocultando?

—Nada, subcomisaria. Cosas de Carmelo.

—¿O sea?

Patanè titubeó.

—Déjelo correr. Tontadas que se le meten en la sesera al pobre crío.

—Comisario, Spanò no es un «crío». Tiene cincuenta y seis años. Y es un colega, no, mejor dicho, es mi brazo derecho. Y en esta investigación lo veo más perdido que a Lo Faro.

—Un poco perdido sí que está, pero hágame caso, subcomisaria, no tiene nada que ver con el trabajo. Son asuntos personales. Más no le puedo decir.

Vanina no insistió.

Estaban a punto de cruzar el portón cuando la subcomisaria recibió una llamada de Pappalardo.

—Buenas tardes, subcomisaria.

—Hola, Pappalardo, buenas tardes.

—Acabo de terminar el análisis del Mercedes. En la puerta del pasajero había muchas huellas, quizá demasiadas. Una de ellas es claramente la de Xavier Torres, pero no estaba en la manija, sino en el montante, por el lado exterior.

—Gracias, Pappalardo.

—A mandar, subcomisaria.

Vanina colgó, pensativa.

—¿Qué ha encontrado Pappalardo? —preguntó Patanè.

—Una huella dactilar de Xavier. En el montante de la puerta.

—O sea, que tenemos una huella y las imágenes de la cámara de seguridad. Además del hecho de que se largó y dejó allí el coche de Geraci. Para mí que el fiscal tiene de sobra con todo eso —concluyó el comisario.

La subcomisaria, sin embargo, no estaba convencida, y Patanè se percató enseguida.

—Veamos qué nos cuenta esta vez Xavier —dijo Vanina al fin.

El Mini estaba aparcado un poco más adelante.

—¿No cogemos un coche de servicio? —preguntó Colombo.

—No, así no me toca volver aquí cuando terminemos.

Se despidieron de Patanè y subieron al coche.

En la calle Ventimiglia ya había un atasco enorme.

Vanina volvió hacia la calle Sangiuliano, luego giró por la calle en la que estaba el restaurante de Nino y llegó al *corso* Sicilia. Se dirigió hacia la plaza Stesicoro.

La calle Etnea estaba llena de gente. Gente que paseaba, que se paraba en los bares, que entraba y salía de La Rinascente o Coin, o de alguna de las decenas de tiendas que ocupaban los dos lados de la avenida. A un lado tenían Porta Uzeda, que bajaba al mar y, al otro, Villa Bellini, donde empezaba la subida. El Etna dominaba la ciudad.

A Vanina se le ocurrió que, en el frenesí de aquel día, había respondido con un optimista «A ver si lo consigo» a una invitación de Giuli que, como siempre, había organizado un multitudinario aperitivo vespertino. Esta vez, sin embargo, la abogada había renunciado a sus habituales locales *Japan fusion* y había elegido la terraza de un hotel en la calle Etnea. Con vistas a la *muntagna*. Un sitio que le gustaría mucho a Carlo Colombo, pensó Vanina. Igual que también le gustarían los veinticinco amigos a los que sin duda Giuli ya habría convocado. Por no hablar de la propia Giuli. Tal vez fuera una buena idea llevarse a Carlo.

Se lo propuso.

Y él, no hace falta decirlo, aceptó de inmediato.

Durante todo el trayecto de la sede de la Judicial hasta su casa, el comisario Patanè no dejó de pensar en el intercambio epistolar entre Geraci y el sobrino de Torres. Epistolar, sí. Porque, aunque utilizaran un ordenador o cualquier otra de esas diabluras electrónicas, no dejaban de ser cartas. Y no siempre era fácil captar del todo el significado de las palabras escritas. Y luego estaban todas esas pruebas... Indiciarias, sí, pero también graves, precisas y concordantes. Otra vez tuvo la sensación de que algo le *arrondaba* en la cabeza, pero no conseguía saber qué era. Qué lata esto de ser viejo, se dijo. Cuando no es la cadera, es la memoria, y cuando no, la pastilla para la tensión, la pastilla anticoagulante o la pastilla para el colesterol. Pero Garrasi tenía el mismo olfato que él a su edad, así que era más que posible que ella también pensara que algo no cuadraba.

Encontró un sitio estrechísimo para el Panda en una travesía de la calle Umberto. Consiguió aparcar entre maldiciones y golpetazos a los dos coches que habían tenido la desgracia de ponérsele a tiro, uno delante y el otro detrás. Su nieto Andrea tenía razón: más le valía agenciarse un coche con dirección asistida. Además, ahora ya todos eran así. Hasta los había que se aparcaban solos pulsando una especie de botón mágico. ¡Cosas de brujería!

Volvió a casa a paso lento. Despachó a Angelina con un abrazo rápido y, bajo la mirada contrariada de esta, se refugió en el pequeño estudio, donde su aplicado nieto había hecho lo que él le había pedido: descargar e imprimir información relacionada con Cuba y su ejército. Centrándose especialmente en las armas.

Vanina y Colombo entraron en la cárcel de la plaza Lanza a las cinco y media en punto. Los funcionarios condujeron al preso Xavier Alejandro Torres a la misma sala en la que ya había estado aquella mañana, donde el juez de instrucción lo había interrogado en relación con el homicidio de Roberta Geraci.

Tenía aún más ojeras que la noche anterior.

Vanina se sentó delante de él.

—Xavier, tengo que hacerle algunas preguntas —empezó.

Maldijo las investigaciones en las que media conversación debía desarrollarse en inglés. Menos mal que se las apañaba ella sola, porque de lo contrario hubiera necesitado un intérprete y habría quedado de pena delante de Colombo, tan internacional él.

En ese momento, precisamente, Colombo separó las manos, como si quisiera decir «aquí estoy».

—Roberta Geraci descubrió que era usted pariente de Esteban Torres en Cuba, ¿verdad?

Xavier se quedó perplejo. No respondió.

—He leído todas sus conversaciones, se lo advierto.

—Sí —admitió el hombre.

—Durante mucho tiempo, usted no quiso saber nada de su tío. Ni siquiera quería oír hablar de él. Pero, de repente, empezó a preguntar por él. ¿Por qué?

—Porque cambié de idea.

—¿O a lo mejor porque necesitaba dinero?

Torres no respondió.

—Escuche, Xavier, ¿sabe usted que en cuanto yo salga de aquí, me diga usted lo que me diga, el juez firmará la segunda orden de prisión provisional para usted? ¿Y que esta vez se le acusará de homicidio voluntario?

—¿Y a quién he matado? —preguntó Xavier.

—A su tío, Esteban Torres.

El hombre palideció ligeramente.

—Yo no he matado a mi tío Esteban.

—Por desgracia, tenemos indicios graves que dicen lo contrario.

Vanina le habló de la cámara de vigilancia que lo había captado mientras huía, pero no de las huellas dactilares.

Xavier se pasó una mano por el pelo y negó con la cabeza.

—No lo maté yo.

—Xavier, le repito la pregunta: ¿por qué decidió, así de repente, que quería conocer a su tío?

—No lo sé, tenía curiosidad.

—O a lo mejor porque lo habían desahuciado de su piso y sabía que, cuando volviera a Miami, no tendría dinero para alquilar otro. ¿Esperaba que su único pariente rico lo ayudara, a pesar de que usted siempre lo había odiado?

Xavier levantó la mirada. Vanina vio en ellos una expresión indescifrable: apasionada, rencorosa.

—Yo nunca he odiado a mi tío Esteban. Él no tenía la culpa de nada.

—Entonces, ¿por qué no contactó antes con él?

—Porque se lo prometí a mi madre. Ella lo consideraba un traidor, a su patria y a su familia. Y sigue pensando lo mismo. Cuando hui de Cuba, a mí también me consideró un traidor, pero en aquel caso fue distinto: nos estábamos muriendo de hambre. Lo único que me pidió fue que no buscara a mi tío Esteban. Y yo cumplí mi promesa.

—Hasta hace unos días —objetó Vanina.

De nuevo, silencio.

—¿Se da usted cuenta de que probablemente lo van a condenar? —preguntó la subcomisaria.

Tenía la sensación de que aquella mirada extraña escondía algo. Algo que Xavier no había dicho.

—Dígame, Xavier —prosiguió—, ¿el primer encuentro entre usted y Geraci, en Cuba, fue casual?

—Casi casual.

—Explíquese mejor.

—Ella buscaba un chico para una noche. Alguien le había dicho que yo me apellidaba Torres. Había conocido a mi tío poco antes y me preguntó si éramos familia. Le dije que sí, pero que no lo conocía. Fue entonces cuando decidió pasar la noche conmigo. A Bubi le gustaban los Torres —dijo con una sonrisita sardónica.

Vanina lo silenció.

—Señor Torres, Roberta Geraci está muerta. Por su culpa. Ahórrese la ironía.

—Fue un accidente, se lo juro —se apresuró a decir él.

Por su expresión, era evidente que decía la verdad.

—¿Qué sucedió?

—Discutimos. Y ella empezó a agredirme. Yo la empujé..., pero no quería hacerle daño.

—¿Discutieron porque Bubi quería enviarlo de vuelta a Miami? —le soltó Vanina.

Aquel era el quid de la cuestión.

—Porque temía que yo contactase de verdad con Esteban y le contara que ella me pagaba a cambio de sexo.

—¿Ella se lo había dado a entender con su actitud?

—No. Yo solo quería conocerlo. El tío Esteban... —dijo, recalcando el nombre con otra sonrisita sardónica.

Vanina tuvo la extraña sensación de que aquel gesto decía más que las palabras.

—¿Por qué? —le preguntó de nuevo.

Hacer la misma pregunta en contextos diversos para que el culpable incurriera en una contradicción era un juego que podía resultar útil durante un interrogatorio, pero no funcionó con Xavier.

Se impuso de nuevo el silencio.

—Muy bien, voy a aventurar una hipótesis —intervino Colombo—. Usted quería pedirle dinero, porque sin dinero no sabía cómo se las iba a apañar en Estados Unidos. Él no quiso dárselo y usted lo mató. Sabía muy bien que usted, aparte de la esposa, era el único pariente que tenía Esteban Torres. Algo heredaría, probablemente. Algo que, teniendo en cuenta la inmensa fortuna de su tío, le permitiría vivir desahogadamente hasta el fin de sus días.

—Yo no necesito dinero, me gano bien la vida con mi trabajo —replicó el hombre.

—Ese «trabajo», Xavier, se puede hacer cuando uno es joven, pero me parece que usted ya no es tan joven. Aunque estoy seguro de que no le hubiera costado encontrar a alguna anciana adinerada a la que hacer compañía. Y, sin embargo, aquí está usted, acusado de dos homicidios.

Xavier se puso nervioso.

—¡Yo no maté a mi tío!

—Entonces, ¿qué hacía usted en el aeropuerto justo a la hora en que lo mataron? —gritó Vanina.

—Quería hablar con él antes de que se marchase.

—¿De qué?

Xavier volvió a guardar silencio.

—¿Habló con él? —insistió Vanina.

—No.

—¿Por qué?

—Porque cuando lo encontré ya estaba muerto.

15

—Garrasi, ¡esta terraza es una pasada! —exclamó Colombo.

El cielo se había despejado de nuevo y la luna casi llena lo iluminaba lo suficiente como para crear un contraste con la montaña que se recortaba a la derecha, dominando la ciudad. La cima, pintada de blanco a causa del tiempo anormalmente frío de los días anteriores, aún estaba cubierta de nieve.

A la izquierda se veía toda la calle Etnea con sus cúpulas, la basílica de la Collegiata, la plaza Università y, al fondo, la plaza del Duomo y la Porta Uzeda.

La abogada Maria Giulia De Rosa le lanzaba a Carlo Colombo miraditas que definir como curiosas hubiera sido quedarse corto. En cinco minutos ya le había presentado a todos sus amigos, los integrantes del grupo que había ocupado la terraza en la que a aquellas horas se servía el aperitivo. Alborotaban, reían, bebían una copa tras otra. Y todo sin perder en ningún momento su aire de *exmonfiano,* rollo años noventa pero ya creciditos.

La de los *monfiani* y los *mammoriani* era una de las historias más hilarantes que Vanina había apuntado en el bloc de notas de su iPhone bajo el título de «catanesadas», una lista en continua actualización de características, expresiones y costumbres sociales típicas de los cataneses. El *monfiano* —joven provisto de Vespa que se dejaba ver con frecuencia por la calle Monfalcone, la avenida que, sobre todo en la época de la que hablaba Giuli, se consideraba el escaparate de la buena sociedad catanesa— era bastante esnob, vestía de marca de los pies a la cabeza y, en general, solía ser el retoño de una buena familia. El *mammoriano*, en cambio, procedía de barrios menos encumbrados, conducía un ciclomotor trucado, vestía de modo bastante llamativo y no destacaba, desde luego, por sus buenos modales. Su nombre procedía de la expresión *mammorriri me omà* —literalmente, «por la vida de mi madre»—, utilizada en los juramentos más sagrados.

Vanina confiaba ver por allí a Adriano, que en aquellas ocasiones siempre era su salvación, aunque él ya le había dicho que no asistiría. Estaba en Noto, encerrado en su refugio barroco con Luca. Al parecer, habían recuperado la sintonía. Es más, estaban mejor que nunca, le había contado el forense.

Colombo se le acercó con un vaso en la mano mientras ella estaba fuera, fumando. Con la mano libre, Vanina iba comprobando las notificaciones del teléfono.

Tenía dos mensajes que, juntos, le producían una sensación extraña. Uno era de Paolo. El siguiente, en cambio, era de Manfredi Monterreale, que la invitaba a cenar en su casa con vistas a los farallones y le prometía un menú *gourmet*.

Les respondió a los dos y declinó, aunque a regañadientes, la invitación del segundo. Una velada con Manfredi podía resultar muy agradable. Es más, aquel hombre tenía poderes casi mágicos. Pero nunca se sabía cómo podía acabar la noche y no era cuestión de correr riesgos. Sobre todo, él.

Carlo le ofreció su vaso.

—¿Quieres probarlo?

—¿Qué es?

—Mi pequeño homenaje a la investigación: un cubalibre.

Vanina hizo una mueca.

—Solo me faltaba eso.

Aquel caso internacional empezaba a convertirse en una pesadilla: la necesidad de conducir los interrogatorios en inglés, el tener que apañárselas con noticias parciales en las cuales era difícil profundizar y que, encima, llegaban desde el otro lado del océano.

Lo que necesitaba para recuperar el equilibrio no era un cubalibre, sino un buen *pane con la meusa.** Con todos los extras.

Como si estuviera planeado, el teléfono le sonó en ese momento y en la pantalla apareció un número larguísimo.

—Inspec... Detective... Soy Aleja Álvarez —dijo la mujer, que al parecer no encontraba el equivalente estadounidense del cargo de Vanina.

—Buenas tardes, señora Álvarez.

—Perdone si la molesto, no sé qué hora es ahí, pero hay algo a lo que no dejo de dar vueltas desde que usted me envió la fotografía.

—No es ninguna molestia, dígame.

Colombo sentía tanta curiosidad que Vanina le prestó uno de los auriculares.

—Nada más ver la foto de Esteban, me di cuenta de que había algo raro, pero bueno, ya sabe cómo son estas cosas: llevaba tantos años sin verlo que es lógico que me pareciese cambiado. Luego, sin embargo, lo observé con más atención. Hasta cogí una lupa. Y entonces entendí qué era lo que no me cuadraba. Y me asusté.

Vanina empezó a tener la sensación de que el ovillo se estaba enredando de golpe.

* *Pane con la meusa*: plato típico de Palermo consistente en un panecillo que se rellena con trozos de bazo y pulmón de ternera hervidos y luego salteados en manteca. *(N. de la T.)*

—¿Por qué? ¿Qué vio?

—El tatuaje, subcomisaria. Esteban no lo tenía.

—¿Y no pudo hacérselo después?

—Lo descarto. Aquella estrella era una especie de símbolo de la revolución que algunos chicos se hicieron tatuar en el brazo. Esteban no quiso hacérselo ni cuando estaba en Cuba.

La mujer parecía muy inquieta.

—¿Y por qué se asustó, Aleja? —preguntó Vanina, aunque ya intuía la respuesta.

—Porque Juan sí tenía ese tatuaje.

Marta Bonazzoli vivía de alquiler en una casita antigua del barrio de San Giovanni Li Cuti, una zona de casas junto al mar, con puerto deportivo y playa —lógicamente negra— delimitada por rocas volcánicas. Un lugar que en verano resultaba poco agradable para vivir por la cantidad de pizzerías, restaurantes y locales varios que, con los años, habían ido ocupando aquellas casas, pero que en invierno poseía un encanto especial.

Vanina acababa de dejar a Colombo en la sede de la Judicial, entre las santas manos de Fragapane, que aquella noche estaba de guardia y, para esa clase de trabajo, era la persona ideal. El agente del SCIP debía pegarse al teléfono y enviar correos electrónicos. Había que desenterrar todas las noticias sobre la muerte de Juan Torres y había que hacerlo enseguida por la diferencia horaria. Juan era cubano y había muerto en Estados Unidos, por lo que Carlo estaba seguro de que tenía que haber un expediente en alguna parte.

Vanina llamó a la puertecita marrón y le abrió Macchia.

—Hola, Garrasi.

Lo había llamado apenas media hora antes para contarle las novedades y él le había pedido que fuera a casa de Marta.

Bonazzoli había salido a correr y aún no había vuelto.

—Esta mañana no ha podido ir y, bueno, ya sabes cómo es, ¿no? Tiene que recuperar —le explicó Tito, con su habitual ironía afable.

Abrió un pequeño minibar del salón y le ofreció algo de beber.

—¿Mi lado o el de Marta? —preguntó.

Vanina se echó a reír. Nunca había visto un minibar más estrambótico que aquel. En un lado, cerveza, vino blanco y bebidas con gas. En el otro, zumos biológicos, té verde y bebidas isotónicas.

—Si quieres, también podemos ofrecerte algo caliente: infusiones, tisanas y té *bancha* —dijo, con una expresión que daba a entender que ni él mismo se creía lo que estaba diciendo.

—Cerveza, gracias,

Tito abrió dos botellas y se sentó junto a ella, ocupando tres cuartas partes del sofá. Por respeto a la señora de la casa, que además podía llegar en cualquier momento y pillarlos in fraganti, no encendieron ningún puro ni cigarrillo.

Vanina le contó con pelos y señales lo que le había dicho Álvarez. Que, por otro lado, no se había limitado al asunto del tatuaje. Después de eso, había pasado a otros detalles extraños que le habían llamado la atención tras el divorcio y que en ese momento había recordado.

—Resumiendo, que estás convencida de que el cadáver del aeropuerto no era el de Esteban, sino el de su hermano gemelo Juan. Es decir, ¿que Esteban en realidad no está muerto?

—Sí y no.

—¿Cómo que sí y no? O está muerto o no lo está.

—Uno de los dos hermanos es el muerto del aparcamiento, eso seguro. Pero tenemos que averiguar cuál de los dos.

Macchia asintió, pues empezaba a entenderlo.

—Piensa un momento: en su día, Aleja se preguntó por qué, de repente, Esteban ya no quiso verla más. Se habían separado «bien», no hubiera sido tan raro que se vieran. Pero él, en cambio, cortó todo el contacto tras la muerte de Juan. Y no solo con ella. Ya no veía a ninguno de sus amigos de antes y había empezado a jugar al póquer en serio. Arrasaba, se forraba. Un buen cambio, teniendo en cuenta que, según Aleja, Esteban era bastante moderado en el juego mientras estuvieron casados. Ella atribuyó ese cambio a sus nuevas amistades. Que Frank Cristallo era un referente en los juegos de azar no era un secreto para nadie. Pero hoy las cosas le empiezan a no cuadrar: Esteban nunca fue un fenómeno jugando a las cartas. Sí, no jugaba mal, pero era incapaz de organizar auténticas timbas para desplumar a incautos, como aquellas de las que había oído hablar Aleja en la época. El verdadero as del póquer siempre había sido Juan. Cuando aún vivía en Cuba, Esteban era el primero que consideraba una lástima que Carmen, la esposa de Juan y madre de Xavier, le hubiese prohibido jugar. Por aquel entonces eran muy jóvenes. Entre los dos habrían podido reunir los dólares suficientes para marcharse a Estados Unidos, pero Juan vivía para Carmen y para los compañeros volcados en la revolución.

—Y por eso Juan, arrepentido de sus decisiones, ¿le robó la identidad al hermano muerto?

Marta, que estaba en el umbral, había escuchado perpleja aquellas últimas palabras. Llevaba chándal, anorak ligero, zapatillas de *running* y cinta para el pelo.

—¿Qué me he perdido?

Tito se volvió hacia ella.

—Si te hubieras quedado aquí, en lugar de irte a correr por todo el paseo marítimo, lo sabrías. Ahora te esperas.

Vanina hizo un esfuerzo para no echarse a reír. No existían dos personas más diferentes que aquel par.

Y mira tú por dónde...

Marta se fue a su habitación.

—¡Parece que tengas quince años, en lugar de cincuenta! —protestó.

Macchia se echó a reír.

—Volvamos a lo nuestro, Garrasi: dime qué crees que ocurrió. Total, estoy convencido de que a estas alturas ya tienes escrito el guion de toda la película.

—Yo solo formulo hipótesis, Tito. Formulo hipótesis y ya está —empezó a decir Vanina. Marta había regresado—. Es posible que la cosa fuera así: en 1975, Juan Torres fue a visitar a su hermano en Miami. De repente, justo mientras él está allí, Esteban muere. Están los dos solos en casa, nadie sabe nada. Juan se da cuenta de que se le acaba de presentar la oportunidad de huir de una vida de la cual seguramente se arrepiente desde hace años y de apropiarse de la de su hermano. Solo tiene que llamar al 911 y declararse muerto. Y decide hacerlo. A tomar por el saco Carmen y la revolución. Desde ese momento, partirá de cero o, mejor dicho, del punto hasta el que ha llegado su hermano. Ni siquiera tiene el problema de Aleja, la única que podría reconocerlo, porque Esteban ya está divorciado de ella. Es suficiente con no volver a verla ni hablar nunca más con ella. Los demás, todos los demás, no los han visto nunca juntos y, por tanto, no pueden sospechar nada. Ni siquiera vuelve a Cuba para llevar los restos: incinera a su hermano para evitarse problemas. Empieza a jugar al póquer, arrasa en las partidas, se introduce en ambientes que su hermano jamás había frecuentado y conoce a Frank Cristallo. Se casa con Evelyn, entra en el negocio de su suegro. Y, a partir de ahí, inicia su ascenso.

—Y Xavier se queda huérfano —interviene Marta.

En el fondo, el pobre hombre le daba pena.

—Y aquí es donde entramos nosotros. Xavier se cría en Cuba con su madre. A cierta edad, y con la intención de ganar algo de dinero para no ir tan apurados, empieza a hacer de *gigolo*, pero solo con mujeres extranjeras y ricas. Conoce por casualidad a Bubi Geraci, que lo elige precisamente por su apellido: Torres. El mismo que el del hombre estadounidense al que acaba de conocer en Italia. A Xavier no le interesa Esteban para nada; es más, su madre le ha inculcado la idea de que es un traidor, alguien que se largó en vez de luchar por su patria. Alguien que, por no volver a Cuba, obligó a su hermano a ingeniárselas para obtener un permiso especial. Aleja dice que Carmen tenía amigos en el Estado Mayor de Fidel y que, gracias a eso, Juan obtuvo el permiso. Y así fue como Juan, por ir a reunirse con Esteban, murió lejos. Pero volvamos a Xavier: por complacer a su clienta, el pobre chaval tiene que soportar oírla hablar de su tío. Y lo sigue soportando años más tarde, cuando vuelven a encontrarse en Miami en una situación parecida. Él *gigolo*, aunque ahora de lujo, y ella clienta. Solo que esta vez a Bubi se le escapa un detalle que lo cambia todo y desencadena en Xavier una obsesión incontrolable por contactar con Esteban. O, mejor dicho, con el hombre que ella y su madre siempre han creído que era Esteban, pero que casi con toda seguridad no lo es. Y la confirmación es, precisamente, un pequeño detalle.

—El tatuaje —adivinó Tito.

—El tatuaje —confirmó Vanina.

—Por tanto, puede que el móvil no sea económico. ¿Podría tratarse de un asunto privado, de una especie de ajuste de cuentas familiar? ¿Una venganza hacia el padre que lo abandonó en la pobreza?

—Podría ser. La idea de que Xavier hubiese emprendido el viaje con el único objetivo de matar a su tío se me ocurrió hace un par de días. —*La ragazza con la pistola*, la llamada temprana a Patanè—. Pero algo así implicaba un odio visceral, profundamente arraigado. El descubrimiento de que Esteban era en realidad Juan, el padre que lo había abandonado con un ardid para llevar una vida de pachá en Estados Unidos, pudo desencadenar un deseo de venganza. Es probable que Xavier quisiera utilizar a Bubi para encontrar a su padre, pero luego las cosas no salieron como él esperaba: Esteban no llega, Geraci le pide que le haga compañía en Taormina, y él no puede decirle que no, sea porque está sin blanca o porque si se niega, salta por los aires el plan que lo ha llevado hasta Sicilia. El segundo día, Xavier comete un error: le cuenta a Bubi la verdad. Y ella no puede aceptar que algo, o alguien, altere la relación que tiene con Esteban. Si Xavier decidiese contarle a su padre la historia que tiene con ella, lo estropearía todo. Con Torres no se juega, tiene amigos poderosos. Si quiere, en tres minutos acaba con ella y con su agencia. Así que le dice que le dará dinero y le pagará el vuelo de vuelta a Miami. Llama a Paparone. Xavier no se deja convencer y, durante la discusión, ella termina estrellándose de cabeza contra la piedra. En ese momento, Xavier la despoja de todo y, durante los días siguientes, vive literalmente a sus expensas, a la espera de que llegue Esteban.

—¿Y cómo sabe dónde encontrarlo?

—Solo tiene que leer las notas del teléfono de Bubi. Allí está escrito.

Una vez encendido el teléfono de Bubi, lo habían examinado a fondo. Nunnari había comprobado la agenda nombre a nombre. Había leído enseguida las notas y se las había enviado a Vanina. En aquel momento no le decían gran cosa, pero ahora...

Macchia se convenció finalmente.

—Muy bien, mañana por la mañana informa de todo a Vassalli, así tendrá otro móvil que añadir al caso. Pero para él, te aviso, ya está resuelto.

Vanina se dirigió a la puerta y se detuvo en el umbral.

—Tito, yo he tirado de instinto. He hecho mi reflexión y he tratado de intuir un posible vínculo. Pero eso no quiere decir...

—Garrasi, eso es lo que dices siempre, pero aún no he visto yo que hayas adivinado algo por casualidad.

Salió de casa de Marta hacia las diez y media. Las aceitunas y los dos trocitos de parmesano que había conseguido zamparse en el bufé del aperitivo, antes de que la llamada de Aleja lo pusiera todo patas arriba, no eran más que un recuerdo lejano para su estómago. Y la cerveza le había dado el golpe de gracia.

Tenía tanta hambre que se hubiese comido medio kilo de pasta.

Fue a buscar el coche y se dirigió hacia Santo Stefano.

Casi no tuvo tiempo de abrir la verja de hierro cuando Bettina se asomó al ventanal.

—¿Ya ha cenado? —le preguntó enseguida.

Vanina estaba a punto de negar con la cabeza, pero la vecina se le adelantó.

—Pues pase, pase, y hágame un poco de compañía, que ver la tele yo sola me pone triste.

El habitual bote salvavidas, gentilmente disfrazado de solicitud de compañía. Como si fuera Vanina quien le hacía un favor, y no al contrario.

Vanina tuvo que admitir que en el fondo lo esperaba, porque en su casa no habría podido comer nada, aparte de un par de huevos fritos no muy bien hechos y algún que otro trozo de queso.

La mesa de la cocina aún estaba puesta, aunque resultaba obvio que ya hacía bastante que Bettina había terminado de cenar.

Mantel con detalles bordados en punto de cruz por ella misma, la vajilla «buena» —«Mejor usarla porque, total, una no puede llevarse las cosas a la tumba»— y lo mismo los vasos. En menos de un minuto, el sitio de «Vannina» ya estaba listo.

La televisión encendida y las labores de la buena mujer a un lado, junto a un ejemplar de *La Settimana Enigmistica*. El mueble enorme que ocupaba una pared entera estaba repleto de libros de cocina, montañas de revistas y fotografías de los nietos.

Aquella habitación le transmitía a Vanina un calor humano y una sensación de bienestar que raramente había encontrado en otros sitios. Puede que de niña, cuando iba a casa de los abuelos paternos en Castelbuono. La casa que su madre, la señora Marianna, había vendido apenas dos meses después de la muerte de su esposo.

Bettina sacó un trozo de pan hecho en casa y dos ristras de salchicha seca, para matar el gusanillo.

—¿Le caliento un poco de *parmigiana*? La he hecho para... mis amigas.

Vanina aguzó el oído ante aquel ligero titubeo, pero decidió no hacer preguntas. Sin embargo, raramente le fallaba su instinto policíaco.

Le dio las gracias.

La *parmigiana* solo fue el principio de una cena opípara.

Llevaba unos diez minutos sentada en el porche, arropada en la manta que normalmente tenía en el sofá. Acababa de encender el último cigarrillo y se estaba tomando un licor de naranja para digerir la espectacular cena de Bettina.

Soplaba una brisa ligera que cruzaba el jardín y le traía el olor de los cítricos. En combinación con el aire cortante de la montaña, creaba un extraño contraste. Montaña y cítricos. Nieve y mar. Y todo muy cerca. Así era la Sicilia etnea. Una isla dentro de la isla, como un alma doble.

Leyó de nuevo los dos mensajes que había recibido aquella tarde. ¿Qué habría contestado a la invitación para cenar de Manfredi Monterreale si antes no hubiese leído el mensaje de Paolo? Y, sobre todo, ¿qué relación tendría ahora con aquel médico, en cuya compañía se sentía tan a gusto, si Paolo no siguiera estando tan presente en su vida? No hacía falta ser muy lista para adivinar la respuesta.

Al día siguiente, Vanina se despertó temprano. Tan temprano que tuvo que esperar por lo menos media hora a que abriese el bar Santo Stefano y a que Alfio empezase a sacar del horno las pastas para el desayuno. Su espera se vio enseguida recompensada con una *raviola* recién hecha, capaz de alegrar hasta el día más negro. La disfrutó sin prisas, sentada a una mesita en una sala lateral, junto con dos capuchinos preparados como es debido. También es cierto que cuando una se acostumbraba a los desayunos de Alfio, resultaba difícil conformarse con menos.

Era tan inusual para ella salir de casa a esas horas que casi se sentía fuera de lugar. Los clientes del bar eran distintos de los que solía encontrar a su hora habitual. Algunos la miraban con curiosidad.

Hojeó *La Gazzetta Siciliana*. La detención de Xavier Torres, como era de esperar, aparecía en portada. Operación conjunta de *carabinieri* y policía, investigación internacional, a saber qué más decían. Esta vez, junto a su fotografía —la de siempre, esa en la que ella salía con un cigarrillo entre los labios y que, al parecer, gustaba mucho a los periodistas— estaba la del capitán Rodolfo Silvani, con el uniforme completo.

Por una vez, consiguió subir al coche antes de que un ejército de escolares invadiese las calles. En menos de diez minutos ya estaba en Catania.

Incluso aparcar delante de la sede de la Judicial era más fácil a aquellas horas. En la plaza había varios sitios libres que parecían estar esperando al Mini de Garrasi. Eligió uno y subió a su despacho.

Se sentó a su mesa y encendió un cigarrillo.

Spanò llamó a la puerta y asomó la cabeza, con un vasito de café en la mano.

—¿Qué hace aquí, jefa?

Eran las ocho menos cuarto.

—Pues qué quiere que haga, me he despertado muy temprano —dijo, al tiempo que extendía los brazos en un gesto que, más que de resignación, parecía de contrariedad.

—Buena señal —dijo el inspector, que se había acomodado en una silla.

—¿Por qué?

—Porque cuando se *arrespierta* tan temprano, significa que el caso está casi resuelto.

—¡Esa sí que es buena!

Y, sin embargo, tenía razón.

El caso, de hecho, estaba casi resuelto. Casi.

—Bueno, inspector, ¿y usted qué me cuenta? —le preguntó a bocajarro.

Spanò se quedó perplejo un segundo, pero enseguida se recobró.

—¿De la investigación?

—No, me refería a usted.

—Y qué quiere que le cuente, subcomisaria. Nada nuevo —respondió, bajando la mirada.

—¿Seguro, Spanò?

El inspector la miró. ¿Qué podía contestar? «¿No, subcomisaria, para nada estoy seguro?». Si Garrasi hubiera tenido la menor idea de lo que se traía entre manos, sus gritos se habrían oído hasta en la jefatura de Policía, así que se limitó a asentir.

Vanina cambió de tema y le contó las últimas novedades sobre Xavier Torres.

Spanò apenas se lo podía creer.

—¡Ahora entiendo por qué Fragapane, cuando me lo he cruzado esta mañana que ya se iba a casa, me ha dicho que había grandes novedades!

—Lógicamente, tenemos que volver a la cárcel a hablar otra vez con Torres. En cuanto sea una hora decente, llamo a Vassalli.

—¿Y el comisario lo sabe?

Vanina consultó el reloj. Seguro que Patanè ya estaba despierto.

—Subcomisaria, ¿sabe que estaba a punto de llamarla? ¿Qué pasa, se ha caído de la cama? —bromeó el comisario.

—A veces ocurre, comisario. ¿Para qué me iba a llamar? ¿Tiene que decirme algo?

—Sí, pero antes dígame usted por qué me ha llamado.

—Los ancianos primero —insistió Vanina.

—¡Será posible! ¡Anciano, dice! —protestó Patanè, riendo—. Bueno, en resumen: ayer leí unas cuantas cosas sobre Cuba. ¿Se acuerda usted de cuando Carmelo dijo que la Makarov era una pistola que usaban los militares cubanos? Pues razón no le faltaba. En aquel momento, a usted y a mí nos llamó la atención, pero anoche pensé en ello y me di cuenta de que había algo que no encajaba. El arma de Torres se fabricó en Rusia en 1966. Torres vivía en Estados Unidos desde 1960 y ya no tenía nada que ver con Cuba. Así que me pregunto: ¿es posible que un *amiricanu*, como se consideraba Torres a todos los efectos, se comprara precisamente un arma rusa en 1966, en plena Guerra Fría? ¿Cómo encontró Torres esta pistola? Tengo una hipótesis: yo creo que se la robó a su hermano, cuando este murió en casa. Y es posible que la razón de su asesinato tenga que ver precisamente con eso. Tal vez Xavier descubriera que su padre no había muerto de muerte natural, sino que su tío lo había asesinado, y para vengarse le disparó con esa misma pistola.

Vanina sonrió. En fin, no había nada que hacer. Patanè era capaz de llegar él solito mucho más lejos que ella, Colombo y Macchia juntos. En este caso, se había acercado mucho a una verdad que ella solo había intuido después de que el testimonio de Aleja le abriese los ojos.

—¿Tiene algo que hacer, comisario?

—Más aburrido que una ostra estoy.

—¿Le apetece venir a mi despacho?

Vanina apenas pudo terminar la frase.

Veinte minutos más tarde, el comisario llamaba a su puerta. Americana marrón de *tweed*, corbata verde militar sobre un verde oscuro, abrigo de color cámel. Y una estela de loción para después del afeitado que se olía a tres metros de distancia.

Escuchó la historia y luego dijo lo que pensaba:

—Bueno, aquí la cosa se está *arrembrollando*. Podría ser que el Torres joven quisiera vengarse de su padre porque lo abandonó cuando era pequeño. Y, para rizar el rizo, le disparó con su propia pistola, la famosa Makarov. El Juan ese, o como se llame, sí que podía tener un arma así, teniendo en cuenta que se relacionaba con el ejército revolucionario.

—Qué cosas más raras —comentó Spanò.

—¿A qué te refieres, Carmelo?

—Que hemos terminado hablando del ejército revolucionario, de Cuba, de personas que han muerto en Estados Unidos... como si fuera lo más normal del mundo.

Vanina no podía culparlo. Pero eso era lo que decían las pruebas. La única vía factible para resolver el caso parecía ser también la más complicada.

—*Con la muerte en los talones* —comentó.

En esa película no había cubanos, pero el título era perfecto. Patanè se echó a reír.

—Subcomisaria, es usted bastante arcaica cuando se trata de gustos cinematográficos. ¡Estaba a punto de decir *Con la muerte en los talones*!

Bonazzoli llamó a la puerta y se quedó pasmada al verlos a todos allí.

—Sí, sí, me he caído de la cama —se adelantó Vanina—. Dime.

Marta se acercó.

—Me acaba de llamar Nuzzarello, para decirme dos cosas. La primera, que los daneses han dejado la casa de Trecastagni y le han pagado la estancia. Me ha preguntado a quién tiene que darle el dinero y le he dicho que de momento se lo quede él.

—Bien hecho. Sobre todo, porque no sabemos si en el testamento de Torres hay instrucciones al respecto.

—También ha dicho que las dos señoras Torres pasaron anteayer a hacerles una visita, para ver cómo trabajan. Hasta han ido a ver la casa. Se lo pidieron al guarda, Filadelfo Lavía, y él les organizó una visita turística.

—No pierden el tiempo —comentó Patanè.

—¿Y qué es lo otro que te ha dicho Nuzzarello? —preguntó Vanina.

—Ah, sí, esto es importante: la madre de su socio, la señora que tiene la agencia de viajes, ha recordado un detalle de la última vez que Torres fue a comprar un billete de avión para Milán. Parece que Esteban no se aclaraba mucho con las reservas por internet. Mientras ella organizaba el viaje, él hablaba por teléfono en español, y parecía bastante nervioso. La señora recuerda que la persona con la que hablaba se llamaba Carmen.

—Podría ser Carmen Gutiérrez. La madre de Xavier.

—Es lo mismo que he pensado yo.

Spanò y Patanè cruzaron una mirada.

Vanina salió del despacho, cogió un coche de servicio y se encaminó a la fiscalía.

Patanè se acababa de marchar, pero le había dado la sensación de que estaba más confuso que convencido. Tenía un aire meditabundo, se rascaba la barbilla. Verlo tan dubitativo solo servía para ponerla nerviosa.

Necesitaba otro indicio grave. Y algo que la convenciera al cien por cien de uno de los dos posibles móviles porque, de lo contrario, sabía perfectamente que seguiría dándole vueltas al caso durante toda la eternidad.

Se pasó los habituales tres cuartos de hora buscando aparcamiento, hasta que dejó el coche en plaza Verga, en un sitio que no quedaba claro si era zona azul o zona blanca. Ante la duda, fue en busca de un parquímetro para sacar el tique. El primero que encontró estaba fuera de servicio. El segundo era de los nuevos, y tenía que introducir la matrícula. Volvió al coche maldiciendo entre dientes, le hizo una foto a la matrícula para que no se le olvidara y se dirigió de nuevo al parquímetro. Introdujo todos los datos, luego metió las monedas y, finalmente, consiguió el ansiado tique.

Entró en la fiscalía y se fue directa al despacho de Vassalli.

Justo delante de la puerta se cruzó con el fiscal Terrasini.

—¡Subcomisaria Garrasi! ¿Cómo va el caso del cubano? No sabe lo mucho que lamento habérmelo perdido. En mi opinión, es una investigación de lo más interesante.

—No sabe lo mucho que lo lamento yo, fiscal.

—Pero, por lo que sé, ya está casi resuelto.

Vanina titubeó un momento antes de responder.

—Casi resuelto, sí —respondió al fin.

Se despidieron mientras ella llamaba a la puerta de Vassalli.

El fiscal estaba sentado a su escritorio. A la derecha tenía un brebaje a base de zumo de naranja natural y, delante de las piernas, una estufa eléctrica. Se puso en pie y la recibió cordialmente.

En la sala hacía un calor asfixiante.

Deseando terminar lo antes posible, Vanina le contó con pelos y señales las novedades y las hipótesis de la noche anterior.

—Pues dadas las circunstancias, subcomisaria, me parece que el caso está resuelto —dijo el fiscal.

—Casi, fiscal Vassalli. Es cierto que tenemos imágenes que nos proporcionan un indicio grave de culpabilidad. También tenemos un vínculo con el asesinato de Geraci, pero sabemos que fue un homicidio preterintencional. Tenemos un posible móvil, de naturaleza económica, más la hipótesis de una motivación personal. Pero, en esencia, se trata de teorías. Y son prácticamente imposibles de demostrar, sobre todo las últimas. Si a usted no le parece mal, quisiera someter a Xavier Alejandro Torres a un segundo interrogatorio en la cárcel.

Vassalli suspiró.

—Subcomisaria Garrasi, ¿puede usted decirme qué es lo que quiere preguntarle?

—Muchas cosas. Por ejemplo, que confirme nuestras hipótesis sobre su familia. Quién sabe, a lo mejor con estos nuevos indicios le arrancamos una confesión.

—No confesará, hágame caso. Confesó el homicidio de Geraci porque era preterintencional, y porque las pruebas eran prácticamente irrefutables. Pero ahora estamos hablando de un homicidio doloso.

—De todas formas, quisiera intentarlo —insistió Vanina.

Era obvio que cerrar el caso le habría servido a Vassalli para protegerse de ulteriores complicaciones, sobre todo después de haber visto a Carlo Alberto Colombo con Eliana Recupero. Si no se daba prisa, la desgraciada de su colega era más que capaz de poner sobre el tapete un posible nexo con alguna familia mafiosa y, entonces, adiós a la tranquilidad.

—Escuche, subcomisaria, le doy una última posibilidad. Vaya a la cárcel y hable con Torres, pero si mañana no ha conseguido nada, yo firmo la orden de prisión provisional también por el homicidio de Esteban Torres.

A Vanina le pareció estupendo.

Tenía que mirar a Xavier Torres a los ojos mientras le contaba la historia de su padre y de su tío. Tenía que averiguar hasta qué punto lo sabía y analizar su reacción. Era fundamental.

Salió del despacho de Vassalli con el permiso para el interrogatorio en la cárcel.

Aprovechó la ocasión para ir a ver a Eliana Recupero. La última vez que habían hablado, la propuesta de Recupero de tomar un café juntas le había parecido algo más que una invitación. Y quería averiguar si se había tratado tan solo de una sensación.

Eliana Recupero estaba en su despacho, como siempre enterrada bajo una pila de expedientes.

—Subcomisaria Garrasi —la recibió.

A saber por qué seguían tratándose de usted. La fiscal la invitó a sentarse.

—¿Qué tal le va con el homicidio del cubano? —le preguntó enseguida.

—Estamos en un momento crucial: según el fiscal Vassalli, tenemos todo lo que necesitamos, pero yo no estoy tan convencida.

—Algo me ha contado Colombo. La verdad es que le ha tocado un caso complicado. Sobre todo, porque tiene repercusiones internacionales, que siempre nos hacen ir más lentos. Menos mal que ya desde el principio excluimos la posibilidad de un vínculo con la mafia, porque de lo contrario ahora se enfrentaría usted a una maraña de hipótesis.

—¿Más complicado de lo que es ya, entre interrogatorios en inglés y llamadas intercontinentales? —dijo la subcomisaria.

—Si no, no sería usted la gran Garrasi.

Era un cumplido disfrazado de broma.

—Bueno, cuénteme —prosiguió Recupero, pasando de un tema a otro con una facilidad pasmosa—, ¿cómo está mi colega Malfitano?

Y dos, pensó Vanina. Era la segunda vez que la fiscal le sacaba el tema. Más le valía llegar hasta el fondo del asunto para entender lo que la fiscal quería decirle.

—Bien.

—Perdóneme usted si mi pregunta le parece indiscreta, pero... ¿vuelven ustedes a estar juntos?

Vanina no quería responder. O, mejor dicho, no sabía qué responder.

—Es difícil de explicar, fiscal —se limitó a decir.

Recupero la miró como si estuviese tratando de interpretar sus palabras. Finalmente, se decidió a decir lo que quería decir.

Y dejó a Vanina de piedra.

La subcomisaria Garrasi salió de los tribunales a toda velocidad. Dejó atrás la plaza, cruzó el *corso* Italia y se fue directamente al coche de servicio. Se sentó al volante, encendió un cigarrillo y cogió el teléfono. No podía esperar, tenía que saber si era cierto.

Recordó las últimas palabras que se habían dirigido en Palermo. Pensó en las preguntas sobre Catania y en las frases, un tanto sibilinas, que Paolo había dejado caer en las últimas semanas.

Ahora todo encajaba.

El teléfono sonó mucho rato antes de que él respondiese.

Habló en voz baja:

—Vanina, estoy en el despacho. Perdona, te llamo más tarde.

—Me da igual que estés trabajando —le soltó ella, casi sin aliento—. Solo quiero que me respondas a una pregunta: ¿te has presentado a las oposiciones para fiscal adjunto en Catania?

Paolo guardó silencio un instante.

—Sí, en Catania también.

—Es todo lo que quería saber. Sigue trabajando.

Y colgó.

16.

Colombo, acompañado de Spanò, se reunió con ella en la cárcel de plaza Lanza cuando ya era más del mediodía. No traía grandes novedades. Según había averiguado, Juan Torres constaba como fallecido el 9 de junio de 1975 en Miami. Causa de la muerte: derrame cerebral.

Xavier Alejandro Torres se sentó ante ellos y, por su expresión, no parecía sorprendido de verlos.

Vanina lo saludó. Estaba más pálido y demacrado que la última vez que lo habían visto. Bajo los ojos verdes, de mirada siempre misteriosa, las ojeras parecían aún más marcadas. El pelo, negro y liso, le caía sobre la frente.

—Buenos días, Xavier.

—Buenos días.

—¿Todo bien? —le preguntó.

Torres se quedó perplejo al escuchar la pregunta.

—¿Por qué? ¿Acaso le interesa?

Colombo empezaba a ponerse nervioso, pero Vanina le dio una patadita bajo la mesa.

—¿Te acuerdas de Aleja Álvarez, Xavier? —le preguntó la subcomisaria.

Torres entornó los ojos, como si estuviera tratando de recordar.

—Te ayudo: fue la primera esposa de Esteban.

—Ah, es verdad. Claro que me acuerdo. Es cubana. Una buena mujer —dijo.

Dio la sensación de que estaba a punto de añadir algo, pero se contuvo.

—Por desgracia, ya no estaba casada con tu tío cuando tu padre murió, pero dice que lo lamentó muchísimo.

Xavier se puso tenso de golpe, pero no dijo nada.

—¿Sabes una cosa? —prosiguió Vanina—. Aleja me pidió que le enviase una foto de Esteban. Quería ver qué aspecto tenía. Pero en lugar de alegrarse, se asustó cuando la vio. ¿Y quieres saber por qué? Porque vio en él algo que su marido jamás había tenido. Pero que tú sí tienes.

El hombre permaneció impasible y apretó casi imperceptiblemente la mandíbula.

Vanina prosiguió:

—Algo de lo que Bubi Geraci te habló aquella vez en Miami, ¿te acuerdas?

—No —respondió Xavier.

—Pues te lo recuerdo yo: Esteban o, mejor dicho, el Esteban al que conoció Bubi, tenía un tatuaje en el brazo. Idéntico al que tienes tú. Una estrella. Un símbolo de la revolución. Lástima que Esteban, el verdadero Esteban, no se hubiese hecho nunca ese tatuaje.

Xavier no abrió la boca. Estaba cada vez más pálido.

—¿Tengo que decirte yo quien tenía ese tatuaje o quieres seguir tú?

—¿Qué quiere de mí?

—Quiero que me cuentes qué pasó exactamente.

—¿Lo que pasó exactamente o lo que usted quiere escuchar?

—Quiero la verdad, Xavier. Y te aseguro que te conviene contármela.

—¿La verdad? ¿Qué verdad? ¿Sabe cómo me crie? En la miseria. En un *solar** con diez chabolas y un único baño compartido, en el que no siempre había agua. Con una madre fanática, que me quería, pero no era capaz de alimentarme. Que me crio en el mito del Che, de Fidel y de mi padre, exactamente por ese orden. Ese padre del cual ni siquiera me acordaba, muerto en un país extranjero al cual yo tenía prohibido ir. Mi tío Esteban, el *gusano*,** había traicionado a la revolución y había abandonado a su familia, así que solo merecía desprecio. Pero él había hecho lo mismo que yo esperaba hacer tarde o temprano: juntar unos cuantos dólares y huir. Y, entonces, un día llega una mujer, una de las muchas con las que me veía, y me dice que conoce a alguien que tiene el mismo tatuaje que yo. Y yo ese tatuaje me lo había hecho por un único motivo: porque mi padre también lo tenía. Era una especie de marca de fábrica entre los Torres que se habían quedado en Cuba. ¿Se imagina lo que supuso para mí descubrir que mi padre estaba vivo? Él viviendo rodeado de lujos y su hijo ganándose la vida como *gigolo*.

—¿Y por eso lo mataste? ¿Para vengarte?

—Yo no lo maté, ¿cómo tengo que decírselo? —se alteró Xavier—. Me hubiera gustado hacerlo, eso es cierto. Era un cabrón de mierda. Y se comportó como un cabrón de mierda hasta el final.

—Explícate mejor —le ordenó Vanina.

—Me trató como si fuera un peligro al que había que neutralizar. Ni una muestra de afecto, ni una señal de arrepentimiento, ni la menor consideración hacia mi madre. La insultó por teléfono, la trató como si fuera ella la responsable de mis males. Como si ella lo hubiera obligado a huir.

* En español en el original. *(N. de la T.)*
** En español en el original. *(N. de la T.)*

—Entonces, supiste por lo que te dijo Bubi que Esteban era en realidad tu padre.

—Lo intuí, pero solo lo supe con seguridad cuando lo vi. Mi madre me había dicho que la mejor forma de estar seguro era fijarme en la muñeca derecha. En Cuba se la había fracturado y tenía una desviación.

—O sea, que te enfrentaste a él e intentaste hablar, pero reaccionó mal. El día del homicidio, qué casualidad, fuiste al aparcamiento del aeropuerto y lo encontraste muerto —resumió la subcomisaria.

—Eso es.

—¿Y por qué fuiste a buscarlo precisamente allí? Esteban tenía previsto volver al día siguiente.

—Pero yo eso no lo sabía. Solo sabía que se iba a Suiza y temía que no volviera. El teléfono no lo cogía nunca. Quería decirle que no me interesaba su limosna.

—¿Qué limosna?

—Pretendía deshacerse de mí con la casa del Etna. Dijo que la vendería y que me daría el dinero —explicó con una sonrisa torcida—. Una casucha.

—¿Y entonces? ¿Qué querías decirle exactamente aquella mañana?

—Que se podía quedar la casa del volcán. Pero no pude porque cuando lo encontré ya estaba muerto.

Vanina meditó.

—Escucha, Xavier, ¿la puerta del pasajero estaba abierta o cerrada?

El hombre la miró, sorprendido.

—¿La puerta del pasajero? Abierta.

—¿Y luego qué hiciste?

—Largarme.

—¿Por qué dejaste allí el coche de Geraci?

—Había provocado la muerte de Bubi, le había robado el coche, había entrado en un aparcamiento y había encontrado a mi... padre muerto. Me arriesgaba a que me acusaran también de ese homicidio, como de hecho están haciendo ustedes. Así que cogí el primer autobús y volví a Noto. La casa de Bubi me parecía un lugar seguro.

Colombo lo miraba, no muy convencido.

—Hasta que te dejaste engañar por las falsas zalamerías de la inspectora Bonazzoli —le dijo—. Es increíble lo tontos que nos volvemos los tíos cuando se nos pone una mujer a tiro, ¿eh?

Vanina observó fijamente a Xavier. Ahora era ella quien mostraba una expresión indescifrable.

—¿Sabes cuál es tu problema, Xavier? Que tu versión de los hechos es tan poco verosímil que no convencerá nunca al juez.

—¿Y a usted la he convencido?

El coche de servicio estaba aparcado bajo los árboles, cerca de un quiosco. Vanina, Colombo y Spanò llegaron hasta allí en silencio.

—Dígame una cosa, jefa: ¿usted cree que Torres es culpable o no? —preguntó el inspector.

—No lo sé, Spanò.

Subieron al coche.

—No, más que nada, y perdone que se lo diga, porque no termino de entender hacia dónde tenemos que ir ahora.

—¿Hacia dónde tenemos que ir? Pues hacia la *trattoria* de Nino, está claro. Ya son más de las dos.

A Colombo le pareció un buen plan.

Spanò sonrió y puso el coche en marcha.

—Subcomisaria, no se haga la loca. ¿Qué tenemos que buscar? ¿Una prueba que lo inculpe o algo que lo exculpe?

Si a Garrasi se le metía entre ceja y ceja que alguien no era culpable, era capaz de no cambiar de idea ni aunque le pusieran delante diez indicios de manual.

Colombo prestó atención.

—¿Qué quieres decir con una prueba que lo exculpe? —preguntó, receloso.

Vanina era un peligro ambulante desde ese punto de vista, no lo había olvidado. La subcomisaria se giró en su asiento, para poder mirar a Spanò, que conducía, y a Colombo.

—Niños, aquí hay algo que no cuadra.

Los dos la escucharon.

—Xavier no llevaba guantes, eso queda claro en las imágenes de las cámaras. Si el asesino fuera él, para matar a Torres con su propia arma tendría que haber abierto la puerta del coche y, en ese caso, habría dejado alguna huella en la manija. Pero la única huella que hemos encontrado está en el montante, como era de esperar teniendo en cuenta que Xavier asegura haber encontrado la puerta abierta. Que es como también la encontró Canton.

—Entonces, ¿en tu opinión volvemos a estar en el punto de partida? —preguntó Colombo, aterrorizado ante la idea de tener que empezar otra vez de cero para después llegar, quizá, a la misma conclusión.

—Carlo, no estoy segura de nada. Lo único que sé es que, si no estoy convencida, no cierro el caso.

El inspector no dijo nada, pero por su expresión era obvio que estaba de acuerdo con Garrasi.

Vanina llamó a Pappalardo y le pidió que volviera a comprobar las huellas dactilares halladas en el coche de Torres. Dentro y fuera. Que lo examinara de nuevo en busca de pelos o cualquier otro rastro. Y que, si era necesario, volviera a catalogarlo todo.

Tenía que descubrir qué era lo que no encajaba.

Al salir de la sede de la Judicial, el comisario Patanè no volvió a casa. Se subió a su Panda y corrió todo lo que le permitía la edad. No la suya, sino la del cacharro que conducía.

Había tenido que hacer un esfuerzo para no mostrar su euforia delante de Garrasi, porque no le parecía correcto confundirla con ideas que aún eran demasiado vagas. Con algo que ni siquiera él sabía si podía tener alguna relevancia en el caso o no. Finalmente, el detalle que desde hacía días le daba vueltas en la cabeza sin que consiguiera aferrarlo se había manifestado y, ahora, el comisario estaba más que ansioso. Tenía que averiguar si lo que había recordado solo era fruto de su fantasía o si el «banco de datos» de su cerebro aún funcionaba bien.

Un nombre, por Dios. Eso era. Un nombre que en los días anteriores, por el motivo que fuera, se le había escapado.

Y en ese momento estaba en el archivo de la jefatura de Policía, escoltado por el oficial Pippo Turillo, que había trabajado durante muchos años en su unidad y que ahora, ya a punto de jubilarse, prestaba servicio allí. Turillo lo estaba ayudando a revisar todos los expedientes relativos a los hechos que Patanè había desenterrado. En busca de algo que el anciano comisario estaba convencido de que iba a encontrar.

Mientras esperaban los platos que habían pedido, Vanina asaltó el mostrador de los entrantes. Calabacines gratinados, berenjenas, pimientos asados... Verduras, habría dicho Bettina. Cosas «dietéticas».

Estaba picoteando, perdida en sus pensamientos, mientras Colombo entretenía a Spanò con historias de «intrigas internacionales» al estilo de *Con la muerte en los talones*. La llamada a Paolo había apartado de su mente, al menos por un rato, el interrogatorio a Xavier.

—¡Vanina!

Se volvió. Y allí estaba Manfredi Monterreale, casco en mano.

El médico se acercó a la mesa. Dijo que no le apetecía comer en casa, que en el policlínico se habría tenido que conformar con un triste bocadillo y que, bueno, su consulta privada no quedaba lejos de la *trattoria* de Nino. Un montón de excusas que Vanina fingió tragarse para no avergonzarlo. Manfredi sabía muy bien que aquel restaurante era un destino prácticamente diario de Vanina y que, por tanto, no había mejor lugar que aquel para encontrársela «por casualidad».

Vanina lo invitó a sentarse con ellos porque, total, ya no había nada más que decir sobre el caso. Manfredi no se lo hizo repetir dos veces. Spanò y él ya se tenían cierta confianza y, a juzgar por el carácter de Manfredi, Vanina estaba segura de que le encantaría conocer a alguien como Colombo.

Nino llegó enseguida, lo saludó y tomó nota. Pidió exactamente lo mismo que Vanina: espaguetis a la tinta de sepia.

Apenas diez minutos más tarde, Nino sirvió los cuatro platos.

Vanina se dio cuenta de que Colombo no hablaba mucho. Más bien se dedicaba a observar a Monterreale, como si quisiera estudiarlo. De vez en cuando la miraba discretamente a ella, sobre todo en los momentos en que resultaba más obvia su amistad con el médico.

¿Será posible, se dijo, que el tonto este de Colombo se haya puesto celoso? La idea le pareció divertida.

Igual de divertida, era inútil negarlo, que la compañía de Manfredi.

Se despidieron en la acera, delante de la entrada de la *trattoria*. Mientras la subcomisaria encendía un cigarrillo y Spanò le mostraba a Colombo la moto del médico, aparcada justo enfrente, Manfredi aprovechó para reiterar la invitación de la noche anterior.

Y, esta vez, Vanina aceptó.

—Garrasi, hablemos claro: tú no estás en absoluto convencida de que Xavier Torres haya matado a su tío —resumió Macchia, mientras se ponía la chaqueta y el abrigo.

Se dirigió a la escalera y Vanina lo siguió.

—Yo solo pienso que a lo mejor nos hemos precipitado al dar por hecho que la muerte de Geraci y la de Torres fuesen obra de la misma persona. Sobre todo porque una fue prácticamente accidental, mientras que la otra parece más bien algo premeditado. Ahora bien, es cierto que al principio pensé que Xavier tal vez hubiera planeado el homicidio, pero después de hablar con él me he dado cuenta de que el objeto de su viaje a Italia no era castigar a Esteban, sino más bien pedirle explicaciones. Como mucho, sacarle algo.

—Y aquí es donde podría entrar el móvil económico. El padre se niega a darle dinero y él se lo carga. No es premeditado, pero sí posible. No olvidemos que Xavier está con el agua al cuello y que lo han echado de su casa —objetó Tito cuando estaban llegando al portón. Observó la garita, ya en desuso, que obstaculizaba la entrada—. Un día de estos voy a pedir que desmonten ese trasto —refunfuñó.

Llevaba meses diciéndolo. Se concentró de nuevo en Vanina.

—Pero —dijo la subcomisaria— el caso es que Xavier afirma que aquella mañana fue a buscar a su padre para decirle que no quería su limosna. Que, según nos contó, consistía en la oferta de vender la casa de Trecastagni y darle el dinero.

Tito la observó atentamente.

—Vamos al grano, Garrasi: ¿qué quieres hacer?

—Quiero seguir investigando, pero si Vassalli se empeña en cerrar el caso con lo que tenemos...

—Entendido. Si no consigues convencerlo tú, hablaré yo con él.

Vanina volvió a su despacho, donde mientras tanto Colombo se había instalado en el escritorio y estaba usando el ordenador.

—Tú tranquilo, Carlo, como si estuvieses en tu casa —le dijo.

—Garrasi, te recuerdo que soy tu superior. —Se puso en pie y le cedió el sillón—. Aunque si te soy sincero, no entiendo por qué.

—¿Por qué qué?

—Por qué tú y yo no tenemos el mismo grado.

—¿Quizá porque es un poco difícil llegar a director a los treinta y nueve? —dijo Vanina, mientras abría el cajón del escritorio.

Las reservas de chocolate al setenta por ciento que le había regalado Patanè se estaban acabando. Le iba a tocar reponerlas. Cogió una tableta y se la ofreció a Colombo.

—Esperemos que el caso se resuelva rápido —dijo el comisario.

—Si tanto te aburres de estar aquí, siempre puedes volver a Roma. Total, lo único que parece cierto es que el homicidio de Torres no tiene ninguna relación con la mafia.

—Garrasi, ni te imaginas la de cosas que estoy descubriendo gracias a tu amiga Recupero sobre los vínculos que tenía Torres con la mafia. Y, como es lógico, también estoy descubriendo muchas cosas de la gente de su entorno, tanto en Italia como en Nueva York. Cuando termine la investigación por el homicidio, la señora Evelyn Cristallo, ex de Torres, nos va a tener que explicar muchas cosas. Y probablemente también la señora Luisa Visconti, viuda de Torres. Pero de momento vamos a dejar que se vayan cociendo a fuego lento.

Vanina recordó en ese momento que se había prometido hablar otra vez con las dos mujeres en cuanto volvieran de Milán, adonde habían viajado el día anterior durante unas horas para la lectura del testamento de Esteban Torres.

Podía llamar a Visconti y preguntarle por teléfono todo lo que le tenía que preguntar, pero no sabía estarse de brazos cruzados. Solo le habría servido para zamparse las reservas de chocolate, con las repercusiones obvias que eso suponía, y fumarse medio paquete de cigarrillos.

Vanina y Marta se reunieron con las dos mujeres, a estas alturas ya inseparables, en la calle Etnea. Acababan de terminar una ruta cultural que las había llevado por la calle Crociferi, el monasterio benedictino, el Duomo y el castillo Ursino. Parecían Cicco y Cola.

—Y tan frescas las dos, como si estuvieran de vacaciones —comentó Vanina en voz baja.

Marta contuvo una sonrisa.

Se sentaron en un bar que tenía mesitas en la calle.

—Señoras, quería hacerles una pregunta —empezó Vanina—. ¿Han estado ustedes en la casa de Trecastagni?

Respondió Visconti:

—Sí, estuvimos antes de volver a Milán. No tenía ni idea de que Esteban hubiese comprado una casa aquí, me lo dijo la inspectora Bonazzoli cuando llegué. Supongo que la compró sin decirme nada. Es una casa muy bonita, la verdad, y el señor Lavía la cuida muy bien. Y, por lo que sé, también da beneficios, ya que había inquilinos.

Ya estaba catalogando los bienes, la mujer.

—Sé que ya se ha leído el testamento de su marido —dijo Vanina.

—Sí, ayer. Ante un notario de Milán.

—¿Alguna sorpresa?

—En absoluto. Era justo lo que esperábamos. Todo el patrimonio italiano, más un porcentaje del estadounidense, me lo deja a mí y a mi sobrino, que trabajó a menudo con él en los negocios con Estados Unidos. Le tenía cariño. El resto del patrimonio estadounidense pasa a Evelyn y a su sobrina, que trabaja en la producción de los cosméticos. Ella también le tenía mucho cariño a Esteban.

Ninguna referencia a sobrinos propios, ni a la familia de origen. Ni una pizca de piedad, ni siquiera en el momento de la muerte. Eso explicaba por qué había querido deshacerse de Esteban vendiendo la casa de Trecastagni: porque era la única cuya existencia ignoraba su esposa y, por tanto, no tenía que dar explicaciones a nadie si la vendía. El sedicente Esteban no podía arriesgarse a ser desenmascarado.

—¿Puede decirme cómo se llama el notario?

La mujer respondió con un segundo de retraso y la expresión irritada de quien no tolera intrusiones, pero tiene que poner buena cara.

—Por supuesto.

Se lo dijo y Marta lo anotó.

—¿Qué piensa hacer usted con la casa de Trecastagni? —le preguntó Vanina a Visconti.

—Nada especial. Los dos chicos que la gestionan dicen que está muy solicitada. Y el guarda ha confirmado que mi marido no tenía intención de venderla. Hubo una negociación con un particular, un tipo de Treviso que al parecer había alquilado la casa tiempo atrás y quería convertirla en un hotelito o no sé qué. Pero la cosa no prosperó.

—Entonces, ¿se la queda?

—¡Claro! Una casa en Sicilia siempre vale la pena.

—*Wonderful Sicily* —añadió Evelyn, por si acaso no había quedado claro lo bien que se lo estaban pasando en Catania a expensas del marido, o exmarido en su caso, aún de cuerpo presente.

Vanina y Marta las dejaron allí y volvieron al despacho. A patita, no hace falta decirlo. Que si así no tenemos que aparcar, que si no te vas a morir por caminar un poco, que si nos pasamos el día sentadas... Los mismos motivos que esgrimía habitualmente la inspectora, que al final siempre se salía con la suya.

—Dos minutos más y las envío a cagar a las dos —comentó Vanina.

—Qué cariño le tenían al difunto Esteban, ¿verdad? —Marta guardó silencio un momento—. ¿Puedo preguntarte por qué no les has hablado de Xavier?

—Porque quiero que lo sepan cuando llegue el momento adecuado. Ya sabes: un sobrino o, mejor dicho, un hijo, puede cargarse medio testamento si demuestra su parentesco. Por no hablar de lo que pasaría si se pusiera en cuestión la identidad de Esteban. Juan ya estaba casado en Cuba. No sé cómo acabaría la cosa.

—¿Tú crees que se puede demostrar de algún modo que el muerto no es Esteban, sino Juan?

—No creo que sea fácil. Puede que con algún indicio, como el tatuaje o la fractura de la muñeca.

—Pero... ¿qué temes que hagan, en el caso de que tuvieras que contarles la verdad?

—Cualquier cosa. Por ejemplo, venirnos con alguna gilipollez, rápidamente sugerida por un abogado carísimo, para hundir del todo a Xavier y asegurarse de que dé con sus huesos en la cárcel.

Marta no dijo nada.

Entraron en el edificio justo a tiempo de cruzarse con Tito, quien —superado el momento de tontería que le entraba cada vez que se encontraba con su amada en algún pasillo— le comunicó que había visto a Vassalli.

Les concedía otras veinticuatro horas de tiempo. Ni una más.

17.

Maria Giulia De Rosa la esperaba frente al portón.

La había llamado media hora antes, tenían que verse. Necesitaba hablar con alguien y, si bien Vanina era su amiga más reciente, también era la más sincera. La única a la que se atrevía a confiar sus penas.

Las dos tenían poco tiempo. Vanina porque finalmente había aceptado la invitación de Manfredi y la abogada porque tenía una cena, qué raro, ¿verdad? Pero esta vez era familiar.

Giuli rechazó la propuesta de Vanina de sentarse en el bar de la plaza Cutelli y optó por su coche.

—Bueno, ¿te decides a contarme qué te pasa o no? —atacó Vanina.

Su amiga aferró el volante con ambas manos, miró a Vanina y, luego, miró de nuevo al frente. Cogió aire y soltó la bomba:

—Estoy embarazada.

Lo primero que pensó Vanina fue que Giuli tenía ganas de tomarle el pelo. Estaba a punto de echarse a reír, pero la expresión seria, casi angustiada, de su amiga la convenció de que no se trataba de una broma.

—Joder —se le escapó.

Giuli asintió y siguió aferrando el volante, como si quisiera colgarse de él.

—Pero... ¿cuánto hace que lo sabes? —preguntó Vanina.

—Poco, una semana.

Giuli procedió entonces a ofrecerle un detallado relato de dónde, cómo y por qué había ocurrido la cosa. En Roma, por pura casualidad. O, mejor dicho, porque era el destino. ¿Acaso podía definirse de otro modo un encuentro como aquel? Dos personas que se conocen de toda la vida se cruzan por casualidad en una calle de Roma. Toman una copa, luego otra, luego se pasan un poco y terminan en un hotelito de plaza Navona. Una sola vez. Una historia que empieza y termina ahí, que ambos olvidan al día siguiente. Si no fuera porque...

—Giuli —la interrumpió Vanina—, ¿quién es?

La abogada vaciló y luego, tras cerrar los ojos, soltó la segunda bomba:

—Luca.

Vanina se quedó sin habla. Tardó dos minutos largos en recuperar el aliento.

—Pero Luca... ¿Luca?

—Luca Zammataro, amigo de toda la vida y compañero de uno de mis mejores amigos. Gay —puntualizó, como si fuese necesario.

Vanina lo entendió todo. La crisis de Luca, la preocupación de Adriano, convencido de que tenía un amante. Lo que Vanina no habría podido imaginar nunca era que todo tuviese que ver con una mujer. Y menos aún que esa mujer fuese Giuli.

—¿Lo sabe?

—¡No! ¡Y no puede saberlo! —estalló De Rosa.

Eso explicaba el regreso al redil de Luca, que una vez superada la crisis de la traición estaba la mar de tranquilo entre los brazos de su Adriano. Ajenos los dos al palo que estaba a punto de llegarles.

Giuli se dio cuenta de que Vanina la estaba mirando mal y protestó. No la hacía tan mojigata. Pero la contrariedad de la subcomisaria no tenía nada que ver con el puritanismo, y la abogada lo sabía perfectamente.

Era cuestión de tiempo que estallara la tormenta: Adriano traicionado por Luca y en guerra con Giuli la mantis, capaz de pervertir a un hombre fiel. Y a ella la iba a pillar en medio.

No le apetecía en absoluto.

Vanina llegó a Aci Castello antes de tiempo. Aparcó delante de la casa de Manfredi Monterreale, en el paseo marítimo Scardamiano —más conocido entre los cataneses como «los muretes»— y decidió dar un paseo hasta el pueblo. Por increíble que pareciera, le apetecía caminar. Pero a su manera, claro: despacito y con un cigarrillo encendido. Subió hasta la plaza Castello, donde a las siete de la tarde de un día de principios de diciembre no había casi ni un alma. El bar estaba medio vacío y el restaurante de al lado acababa de abrir.

Se asomó al mar. Bajo el castillo normando, los escollos parecían aún más negros que de día y la roca, más imponente. Casi siniestra.

Las confidencias de Giuli le habían dejado una sensación amarga. Por su amiga, que con tal de tener a Luca se había conformado con un rollo de una noche y encima había tenido la desgracia de quedarse preñada. Y por Luca, porque no era fácil encontrar una relación tan bonita como la que tenía con Adriano.

Decidió no darle más vueltas al tema y se dedicó a contemplar el mar. Un poco agitado, más negro que la pez.

El paseo marítimo en el que vivía Manfredi y los escollos de Aci Castello habían sido el escenario de uno de los casos más complicados que Vanina había resuelto en Catania. El último antes de irse a Palermo durante dos semanas. El que le había permitido conocer al doctor Manfredi Monterreale.

Llegó hasta el final del pueblo, donde si no recordaba mal había un bar en el que preparaban unas *crispelle* de arroz casi tan deliciosas como las de Bettina. Compró una bandejita y se dirigió lentamente a la casa del médico.

Mientras bajaba de nuevo hacia el paseo marítimo, llamó a Patanè. Hablar con él siempre le resultaba útil, a veces incluso esclarecedor.

Angelina respondió al primer tono. Vanina se excusó, como siempre —aunque a esas alturas ya le parecía una farsa—, y preguntó por el comisario.

—¿Por qué? ¿No está con usted?

—No, yo no lo he visto desde esta mañana.

—Me ha dicho que no venía a comer porque tenía cosas que hacer en la jefatura. ¡Ay, Virgen santísima! ¡Le ha pasado algo!

Vanina también empezó a preocuparse. ¿Cómo que en la jefatura? Pero si al despedirse le había dicho que... No, ahora que lo pensaba bien, no le había dicho que se iba a casa. ¿Para qué había ido a la jefatura?

—No se preocupe, ahora llamo allí —dijo Vanina.

—¡Dígame algo, por favor!

Se lo prometió.

Marcó el número de la jefatura de Policía. Sudó la gota gorda para encontrar a alguien que conociese al comisario. La mayor parte de los agentes que se pusieron al teléfono eran tan jóvenes que ni siquiera habían oído hablar de él. Finalmente dio con un inspector que aquella mañana lo había visto con el oficial Turillo. Pero no sabía más.

¿Qué estaría tramando Patanè?

Volvió a llamar a Angelina para saber si mientras ella hablaba por teléfono el comisario había vuelto a casa, pero por el tono angustiado de la buena mujer dedujo que no. Decidió que lo mejor que podía hacer era tranquilizarla y le dijo que había hablado con un compañero de la jefatura y le había manifestado que el comisario estaba allí. La oyó refunfuñar y decir entre dientes que Gino tenía que quitarse la mala costumbre de no llevar el móvil cuando salía de casa.

Angelina se calmó, pero Vanina seguía inquieta.

Estaba justo debajo de la casa de Manfredi cuando recibió un mensaje de Paolo.

«¿Podemos hablar cuando tengas un momento?».

Decidió no marcarlo como leído para no crear expectativas inmediatas.

En el segundo piso del edificio, mientras tanto, Monterreale se había asomado a su terraza con vistas a los farallones y estaba siguiendo sus movimientos. Copa de vino en una mano, la otra en el bolsillo de los vaqueros. Aún llevaba puesto el delantal de cocinero.

Nada más verla abrió la verja.

De la cocina del médico salía un aroma tan delicioso que a Vanina le entraron ganas de levantar una tras otra las tapas de las cazuelas, perfectamente colocadas sobre los fogones. Una de ellas estaba llena de agua a punto de hervir, lista para echar los *linguine* que después Manfredi condimentaría con una salsa de bogavante. En otra, una *caponata* de atún que la vez anterior casi había hecho perder la cabeza a Vanina. Y en el horno, bajo una capa de sal, un dentón que el pediatra había comprado a un pescador de Riposto que conocía.

Entre la confesión de Giuli, las travesuras de Patanè y la llamada de Paolo, Vanina tuvo que hacer un esfuerzo para disfrutar plenamente no solo de aquella cena espectacular, sino también de la compañía de Manfredi. Al parecer, se habían puesto todos de acuerdo para fastidiarle la noche. Sin embargo, la atmósfera relajante de aquel salón repleto de reliquias de los años ochenta, con la música de De André de fondo, el vino blanco helado y la serenidad que le transmitía aquel hombre, era tan agradable que no hizo falta mucho para que terminaran los dos rodando sobre la alfombra del suelo.

El salto siguiente no habría tardado más de cinco minutos, de no ser porque el teléfono de Vanina empezó a sonar y se cargó de golpe la atmósfera.

La convicción de que se trataba de Paolo le produjo tal sensación de culpa que le costó disimularla mientras se abalanzaba hacia el bolsillo de la chaqueta. Pero ¿se le estaba yendo la cabeza o qué? Primero amigos y nada más que amigos y, luego, a la primera de cambio, perdía los papeles.

En la pantalla aparecía un número desconocido.

Respondió un tanto nerviosa.

—¡Subcomisaria! —Era la voz de Patanè.

—¡Comisario! Pero ¿dónde se había metido? He tenido que tranquilizar a Angelina, he hablado con media jefatura...

—Bueno, bueno, luego se lo explico. La estoy llamando con el teléfono de Pippo Turillo, un oficial mío. ¡Menudo día llevamos, pero al final lo hemos resuelto! —exclamó, eufórico.

—¿El qué? ¿Qué han resuelto?

—¿Se acuerda de la casa de Trecastagni, en la cuesta de los Saponari?

—Claro.

—¿Sabe cómo la consiguió Torres? La ganó a las cartas. En un garito de juego.

—Clandestino, entiendo.

—Exacto. A principios de los noventa, en Catania había muchos garitos de esos, la mayoría regentados por la *Cosa Nostra*. La Judicial, por ejemplo, clausuró al menos tres. A Torres, obviamente, no lo pillaron nunca, pero al hombre al que le birló la casa sí. Más de una vez y en más de un garito. Por eso me sonaba el nombre.

Vanina se había sentado y escuchaba atentamente al comisario.

—¿Está usted seguro?

—Como de que el sol sale cada mañana, subcomisaria, Me lo ha dicho, por cierto, un antiguo confidente mío vinculado con ese ambiente, que aún se *arrecuerda* de esas cosas. Dice que la persona en cuestión tuvo que entregar la casa de un día para otro a un *amiricanu* medio cubano, que mandaba incluso sobre los Zinna, y que se la ganó a las cartas.

—¿Cuándo fue eso?

—La cuestión no es cuándo fue, subcomisaria, sino quién era el hombre que perdió la casa.

En la Judicial estaba de guardia Spanò. Estaba sentado al escritorio, observando fijamente la pantalla del ordenador.

Vanina lo sacó de un estado de catalepsia.

—Subcomisaria —dijo, poniéndose en pie de un salto.

—Acompáñeme, Spanò, que tenemos novedades importantes.

Se sentó en el sillón de su despacho y encendió el ordenador.

—A ver, ¿sabe a quién le compró Torres la casa de la cuesta de los Saponari?

—No, pero supongo que ese dato estará en las comprobaciones que hicimos.

—¿Quién las hizo?

—Lo Faro.

Vanina dirigió la mirada al techo mientras se encendía un cigarrillo.

—O sea, que nos va tocar volver a hacerlas.

—Espere, que voy a buscarlas.

—Déjelo, las puedo ver desde aquí. Si es el nombre que creo yo, vamos a tener trabajo.

Se pusieron a trastear con el sistema, entraron en la información relativa a los inmuebles y, al final, encontraron lo que buscaban.

Spanò se quedó boquiabierto.

—¡La hostia! —se le escapó.

Vanina se dejó caer contra el respaldo.

—Inspector, disponemos de poco tiempo. Tenemos que averiguar cuál es la situación.

18.

Vanina y Spanò pasaron la noche en vela.

El inspector se dedicó a examinar todos los expedientes que el comisario Patanè había encontrado en el archivo y que el oficial Turillo, un verdadero santo, les había llevado hasta la Judicial.

A las once de la noche, Vanina había sacado de la cama a Nuzzarello y lo había acribillado a preguntas. El chico le había contado unos cuantos rumores que corrían por el pueblo, relacionados con el tema que le interesaba a la subcomisaria. Le había confirmado que, efectivamente, Torres había tenido en algún momento la intención de vender la casa, pero la cosa no había prosperado. El comprador potencial, cuyo nombre también le había proporcionado, era un ingeniero de Treviso que había alquilado la casa y se había enamorado de ella.

Fue la primera persona a la que Vanina llamó por la mañana. Le pidió detalles sobre la fallida operación de compraventa.

—Hasta hace un mes, el señor Torres decía que se lo estaba pensando —le contó el ingeniero—. Y luego, más o menos una semana antes de morir, me llamó de repente para decirme que se había decidido. Quedamos en Trecastagni, teníamos que vernos hace cuatro días. Yo fui de todos modos, para averiguar si la venta se iba a hacer igualmente. Era un proyecto que me interesaba mucho, ¿sabe? Un hotelito con encanto, pocas habitaciones, una piscina en el patio interior... Qué lástima.

Vanina le hizo la última pregunta, la más importante de todas:

—¿Quién le dijo que el señor Torres había cambiado de idea poco antes de morir?

La respuesta sonó a confirmación.

Poco después, Vanina llamó a Adriano Calí y le formuló dos preguntas muy concretas: por la posición del cadáver, ¿diría que a Torres lo habían cogido por sorpresa o el asesino había tenido tiempo de quitarle de algún modo la pistola y dispararle? La segunda pregunta tenía que ver con la distancia del disparo. Adriano excluía que el homicida hubiese tenido tiempo de quitarle el arma a Torres delante de sus propios ojos, porque en ese caso hubiera intentado impedirlo. La posición del cadáver indicaba más bien que la víctima se había visto sorprendida. Calí ratificó, además, que el disparo se había efectuado desde la derecha y a una distancia sin duda superior a cincuenta centímetros, dada la ausencia de residuos combustibles sólidos alrededor del orificio de entrada y en la camisa.

Lo cual, para Vanina, solo podía significar una cosa: que el arma debía de estar ya en manos del asesino cuando este había ido a buscar a Torres al aparcamiento del aeropuerto con la intención de matarlo.

La mujer de Torres había contado que su marido era lo bastante temerario como para llevar la pistola en la guantera del coche. Siempre. Incluso cuando lo aparcaba, si estaba en un lugar seguro y custodiado.

Solo había un sitio en el que el asesino pudiera haber robado de noche la pistola de Torres y, si a Vanina no le fallaba el olfato, les bastaba con comprobarlo para resolver el caso.

El subteniente Labbate había sido más rápido que el rayo. No habían pasado ni cinco minutos desde que Garrasi lo había llamado, más que nada por cortesía entre compañeros, que Labbate ya había corrido al hotel donde se había encontrado el cadáver de Geraci y había requisado todas las grabaciones de las cámaras de seguridad del garaje en el que Torres, elegido entre los elegidos, «siempre tenía una plaza reservada». Las había dejado en manos de Bonazzoli y Nunnari, que mientras tanto habían corrido a Taormina para formalizar la solicitud.

Y Vanina, rodeada de su equipo, estaba ahora frente al monitor en el que Nunnari seleccionaba las imágenes que podían resultarles útiles. Spanò y Marta estaban apoyados en la pared, detrás de su sillón.

Patanè estaba de pie junto a ella, en el lugar de honor. Si las imágenes mostraban lo que Garrasi imaginaba, la intuición del anciano comisario habría resultado decisiva.

Buscaron la hora a la que Torres había aparcado, que el vigilante había marcado en una nota. Por la posición de la cámara, pudieron ver que antes de salir del coche el hombre se había entretenido. La imagen era nítida. Se había inclinado hacia el asiento del pasajero. Según los hábitos que había referido su esposa, probablemente había comprobado la guantera.

—¡Será posible que ese mentecato dejara la pistola en el coche! —exclamó Patanè.

Macchia estuvo de acuerdo.

—Se llama delirio de omnipotencia, comisario. Es inútil, tarde o temprano los pierde siempre. De un modo u otro —dijo Vanina.

Nunnari pasó las imágenes con más rapidez.

—En mi opinión, no creo que encontremos nada hasta que el vigilante se aleje —comentó la subcomisaria.

Identificaron el momento en que el vigilante salía de la garita y se dirigía a una puertecita de servicio. Nunnari pasó la grabación más despacio.

—Ahora o nunca —dijo Vanina.

Primero se vio un movimiento y luego apareció una figura masculina que se acercaba al coche de Torres, abría con una llave la puerta del pasajero, se inclinaba hacia el interior del vehículo y cogía algo. Luego volvía a cerrar el coche y echaba a correr hacia la salida del garaje. El vigilante aún no había vuelto.

Vanina reconoció al hombre al instante, pero necesitaba una confirmación.

Le pidió a Nunnari que volviera atrás y que parara la grabación en el fotograma en el que al hombre se le veía la cara. Luego le dijo que lo ampliara.

—¡Bingo! —exclamó Patanè.

Estaban todos allí, en el número 183 de la cuesta de los Saponari. La unidad al completo, más Patanè.

Fragapane y Lo Faro vigilaban la entrada secundaria, para evitar posibles fugas.

Filadelfo Lavía, vestido de jardinero, le abrió la puerta a la subcomisaria Garrasi.

—Disculpen, estaba ocupado con las plantas que hay que podar en esta época, porque si no no florecen bien —les explicó.

Vanina fingió que lo seguía al jardín, mientras Spanò y Marta se escabullían hacia un lado, invisibles, y entraban en las dos habitaciones que constituían la vivienda del hombre. Patanè siguió a la subcomisaria.

—Le gusta la jardinería, ¿verdad, señor Lavía?

—Mucho.

—Imagino que este jardín debe de ser un orgullo para usted.

—Modestamente, el mérito de que se haya conservado así de bien tantos años es mío —dijo, mientras se agachaba para recolocar una maceta.

—Por otro lado, ¿quién iba a saberlo mejor que usted? —comentó Vanina—. Esta casa primero fue de su abuelo, luego de su padre.

Lavía se levantó despacio y se volvió hacia ella. Tenía una mirada líquida, los ojos casi empañados.

—Ha tenido que ser difícil para usted vivir como guarda en su propia casa. La única casa que ha tenido jamás.

El hombre dejó las tijeras de podar y la paleta en el suelo. Dirigió la mirada hacia la entrada de su vivienda y vio que la puerta estaba abierta. Le temblaban las manos.

—¿Quiere escuchar una historia, señor Lavía? —preguntó Vanina.

El hombre asintió.

—Digamos que, hace unos treinta años, un hombre se juega al póquer poco a poco todo el patrimonio que heredó de su difunto padre. Que no es mucho, pero que no deja de ser el fruto de toda una vida de sacrificios. Lo último que le queda es la casa en la que su familia ha vivido siempre. Un día, este hombre acaba en un antro de juego especialmente peligroso, regentado además por la familia Zinna. Se sienta a la mesa equivocada y pierde hasta la última posesión que le queda. Así que, de la noche a la mañana, se ve obligado a dejar la casa en manos de alguien que luego hará de intermediario con el hombre que se va a convertir en el nuevo propietario, el tipo al que ha conocido en la mesa de juego. Vamos a llamarlo Esteban. Registran un falso contrato de compraventa. El hombre no tiene dónde vivir y le suplica a Esteban que le permita quedarse allí, aunque sea en un trastero, y Esteban se lo concede, con la condición de que él se ocupe del mantenimiento de la casa. Lo relega a dos habitaciones e instala en las otras cámaras de vigilancia para asegurarse de que no las utilice. Un día aparece en el horizonte un comprador. Quiere adquirir la casa y convertirla en un hotel. Hasta planea levantar el patio para construir una piscina. Esteban no está convencido al principio, pero entonces ocurre algo que le hace acelerar las negociaciones. Antes de partir para Milán, Esteban le dice al hombre que tendrá que desalojar sus dos habitaciones porque la venta de la casa se va a formalizar pronto y ya no habrá sitio para él —concluyó Vanina, antes de hacer una breve pausa.

Filadelfo temblaba. Había empezado incluso a sudar, por lo que se había sentado en un banco de piedra.

—¿Quiere continuar usted, señor Lavía? —propuso Vanina.

El hombre la observó con la resignación de quien sabe que ha fracasado en todo en esta vida.

—Esta casa la construyó mi abuelo —empezó a decir— piedra a piedra, pared a pared. Fue una conquista, ¿sabe, subcomisaria? De niño venía mucho a Trecastagni con su padre, a intercambiar trozos de jabón por objetos que luego *arrevendían* para ganar unas monedas. Este sitio, esta cuesta, les gustaba mucho. Tanto que, en cuanto pudo, se compró un terreno y construyó esta casa. Aquí nació mi padre. Y aquí nací yo, el más desgraciado de la familia, un tonto que solo sabía jugar. De crío al juego de las tres cartas, luego a la escoba, hasta que me topé con alguien que me enseñó a jugar al póquer. Fue mi perdición.

—¿Esteban Torres lo embaucó? —preguntó Vanina.

—Y yo qué sé, subcomisaria. Aquella noche no entendí nada. Al principio ganaba. Luego, en un momento determinado, se sentó el *amiricanu*. Se notaba que jugar sabía, por la forma de manejar las cartas y mirar a los contrincantes. Un animal de sangre fría. La mirada de hielo, la cara inexpresiva. Dos rondas y lo perdí todo. Hasta los calzoncillos. Le supliqué de todas las formas posibles, le *arrejuré* que pagaría poco a poco la deuda. Pero no me respondió. Al final se presentó uno de los Zinna y me acompañó aquí. Me dijo que tenía que estarles agradecido por no echarme aquella misma noche, que lo mejor que podía hacer era recoger todo lo que pudiera porque al día siguiente vendría el *amiricanu* a tomar posesión de la casa. Y así fue. Fuimos a un notario y firmamos como si fuera una venta. Le supliqué a Torres que me dejara vivir aquí. Que sería su sirviente, haría lo que me pidiera, solo necesitaba una habitación. Me tuvo dos días sufriendo; decía que tenía que pensárselo, que yo no valía ni para sirviente. Al final me dijo que como él vivía en Milán, tenía que contratar por fuerza a alguien, un guarda. Y que como él en el fondo era buena persona, me hacía el favor de dejar que me quedara aquí. Pero tenía que vivir en el trastero y ocuparme de todo. Si cuando volviera encontraba algo que no le gustaba, me echaría en dos minutos, dijo. No me lo podía creer. Hubiera hecho cualquier cosa con tal de que me dejara quedarme en mi casa. Han pasado más de veinte años y sigo aquí. Porque la verdad es que nadie podría cuidar esta casa, y este jardín, como los cuido yo.

Patanè lo observaba casi entristecido. Aquel pobre hombre le daba pena.

Spanò y Marta salieron de las dos habitaciones o, para ser más precisos, del trastero. El inspector hizo un gesto afirmativo con la cabeza y levantó la mano enguantada con la que sujetaba una funda de cuero. En la otra mano llevaba un manojo de llaves.

—Estaban debajo del colchón —dijo.

—Señor Lavía, creo que tiene que hacer una declaración —dijo Vanina.

El hombre miró a Spanò.

—¿Ve como no soy capaz de hacer nada? Ni de *arremboscar* bien la pistola con la que maté al hombre que más he odiado en toda mi vida.

Filadelfo Lavía salió esposado de la casa que había construido su abuelo piedra a piedra. Además de la pistola y las llaves del coche de Torres, bajo el colchón habían encontrado también los documentos del cubano, incluidos los de la casa, y su portátil. Spanò lo hizo subir a uno de los coches, con Lo Faro y Nunnari. Lo llevaron a la sede de la Policía, donde en presencia de la subcomisaria adjunta Giovanna Garrasi y del comisario Tito Macchia, contó todo lo que Vanina había intuido tras encajar varias piezas.

Confesó que había concebido la idea de matar a Torres en el momento en que le dijo que al cabo de un mes tendría que abandonar para siempre la casa que tanto amaba. Estaba a punto de vendérsela a alguien que quería echarla abajo y convertirla en un hotel. Delfo se había sentido perdido. En la calle a su edad, sin trabajo, sin techo... Rogar y suplicar no le había servido de nada esta vez. Torres se marchaba a Milán y, a la vuelta, firmaría el contrato de compraventa. La única posibilidad de salvación para él era que Torres muriera y la única manera de matarlo que se le ocurrió a Delfo fue pegarle un tiro. Eso sí sabía hacerlo, porque de niño solía ir a cazar. Pero no tenía pistola y si hubiera intentado conseguir una habría llamado demasiado la atención, así que había decidido matar a Torres con su propia arma.

¿Cuántas veces lo había visto meterla en la guantera del coche y dejarla allí, como si creyera que nadie se atrevería a robársela? Como si fuera intocable, igual que él. La copia de las llaves del coche se guardaba en la casa, en el escritorio que tenía una bandera detrás.

Delfo sabía que Torres estaba en Taormina. Lo había seguido, había visto dónde aparcaba el coche por las noches. La mañana en la que debía partir hacia Milán le pareció el mejor momento para poner en marcha su plan. Sabía a qué hora salía el avión, porque Torres había comprado el billete en una agencia de viajes de Trecastagni que luego le había enviado el comprobante a casa.

La noche antes, Delfo se pegó a él. Lo siguió hasta Taormina, lo vio entrar en el garaje del hotel. Dejó su destartalado Ritmo a un lado de la verja y, sin que nadie lo viera, se coló en el garaje justo antes de que se cerrara la puerta. Y una vez allí, se escondió. Esperó con paciencia a que el hombre de la garita se alejase y entonces hizo lo que había planeado: abrió el coche, abrió la guantera y cogió la pistola. Y luego huyó.

Al día siguiente llegó temprano al aeropuerto y esperó a que el coche de Torres entrara en el aparcamiento. Sabía que tenía la costumbre de buscar sitio en las zonas más aisladas. Solo disponía de unos minutos antes de que Torres se diera cuenta de que la pistola no estaba en la guantera.

Lo alcanzó cuando aún estaba aparcando. Abrió la puerta del pasajero, apuntó al corazón y disparó.

19.

Desde el momento en que el comisario Patanè descubrió que Torres le había birlado la casa a Filadelfo Lavía en una partida de póquer, Vanina había tenido la sensación de que las piezas encajaban solas. Un hecho así no podía ser una coincidencia.

Le había bastado con escuchar el relato de Nuzzarello, que había descrito a Filadelfo Lavía como un viejo chocho obsesionado con aquella casa de la que no dejaba de presumir, como si fuera suya. El resto de la historia lo había deducido, y coincidía más o menos con lo que Lavía les había contado.

Caso cerrado, culpable encontrado.

Pero, esta vez, Vanina no conseguía alegrarse. Por mucho que hubiera cometido un asesinato, por mucho que mereciera la pena máxima, Filadelfo Lavía había sido una víctima, probablemente de un juego que de póquer solo tenía la apariencia. Torres había conseguido desplumar a otro pollo.

Bonazzoli le contó lo que ella y Spanò habían encontrado en las habitaciones de Lavía.

—Un museo parecía. Muebles antiguos, cuadros. Una cama alta de hierro, con unas cuantas muñecas antiguas encima, que ocupaba una habitación entera. Una cómoda llena de fotografías en blanco y negro enmarcadas.

Todos los recuerdos que el pobre hombre había conseguido conservar en el trastero.

Una tristeza infinita.

Vanina se desperezó en el sillón. Un último cigarrillo y volvería a Santo Stefano. El teléfono parecía a punto de explotar entre llamadas y mensajes. Dejó para luego los de su familia. Le respondió a Giuli, solo para que no se sintiera abandonada, pero se negó a acompañarla a la inauguración de no sabía qué local. A pesar del embarazo, la vida mundana de la abogada no había experimentado cambio alguno. Casi como si se hubieran puesto de acuerdo, justo después del de Giuli encontró un mensaje de Adriano, que se había enterado de la detención.

Y luego estaba el mensaje en el que Paolo le pedía que lo llamara. Pero de momento, no le apetecía hablar con él. Ni siquiera sabía por qué. O a lo mejor es que prefería no saberlo.

Entre las llamadas perdidas tenía por lo menos cuatro de Angelo Manzo.

¿Tan importante era lo que tenía que decirle como para llamarla cuatro veces?

Lo llamó.

—Jefa, perdone que la haya llamado tantas veces.

—¿Qué pasa, Angelo?

—¿No ha leído el periódico?

—No.

—Ayer pillamos a un esbirro de Bazzuca. Un tipo que antes era un pez pequeño, pero al que ahora, por lo que parece, le han salido las aletas. En el artículo de esta mañana hablan del comisario Ortès y del fiscal Malfitano, pero también de usted, porque fue la primera en indagar en ese círculo cuando aún nadie lo había descubierto.

Angelo lo dijo casi como si le estuviera pidiendo perdón, pues sabía lo mucho que detestaba Garrasi salir en los periódicos.

Naturalmente, Manzo no mencionó la operación para detener a Bazzuca, que el jefe de la Judicial, de acuerdo con el director de la Policía, había blindado. Había fracasado por culpa

330

de un topo y no permitirían que eso volviese a ocurrir. De todo lo que tenía que ver con la caza de aquel prófugo de la justicia solo se hablaba entre las cuatro paredes de la sala dedicada precisamente a esa operación, en el seno de la unidad Catturandi.

Cuando Vanina salió de su despacho, Marta estaba en el de Macchia.

El resto de la unidad se había desperdigado. Colombo había vuelto a su hotel para hacer la maleta, pues se marchaba en el vuelo que salía al día siguiente por la mañana. Era la última noche y tenían que despedirse bien, así que se había arriesgado a invitar a Vanina a cenar. Ella, sin embargo, había declinado la invitación y le había dado las gracias por toda su ayuda en aquel caso tan internacional.

—Garrasi, ¡pero si yo no he hecho casi nada! Como siempre, has resuelto el caso tú solita. Bueno, no, con tu colaborador preferido, ese comisario un poco entradito en años...

Se despidieron con un abrazo.

Vanina vio a Bonazzoli salir con el Gran Jefe.

—Vamos progresando —los provocó.

Marta no dijo nada y Tito se limitó a sonreír. Sabía el papel que había desempeñado Vanina en aquel inesperado giro de los acontecimientos y le estaba agradecido.

—Entonces, a Xavier solo lo condenarán por homicidio preterintencional —comentó Marta mientras bajaban la escalera.

Tito le lanzó una mirada torva.

—Me tienes que explicar a qué viene tanta empatía con ese *gigolo* cubano.

Marta le respondió con una carcajada.

Antes de llegar al portón, Vanina se dio cuenta de que faltaba algo. La garita estaba desmontada. Macchia, satisfecho, se volvió hacia el muro ahora desnudo.

—Ya te dije que un día de estos iba a pedir que la quitaran.

Vanina fue a buscar su Mini y tuvo que hacer un esfuerzo para recordar dónde lo había aparcado. Subió al coche y puso un poco de música. Clásica, claro. Y posiblemente violín.

Pocos minutos después, le empezó a sonar el teléfono.

—¿Subcomisaria Garrasi?

—Sí.

Vanina reconoció el sonido que se oía de fondo: el típico ruido de la radio en los coches patrulla. El corazón le dio un vuelco: ¿le había ocurrido algo a Paolo?

—Soy el oficial Trovato, de la comisaría de Acireale.

Se tranquilizó.

—Usted dirá.

—Tenemos un problema con un compañero de la Judicial que, creo, está en su departamento: el inspector jefe Carmelo Spanò.

Vanina, preocupada, se incorporó de golpe en el asiento.

—¿Qué quiere decir con un problema? ¿Le ha pasado algo?

—No exactamente. En realidad..., hemos recibido una denuncia por acoso y allanamiento de morada.

—¿Han denunciado a Spanò? ¿Me toma el pelo?

—Me temo que no, subcomisaria.

Pidió la dirección.

Llamó a Patanè, que seguramente sabía algo más que ella de aquella historia. El comisario empezó a decir cosas sin sentido:

—¡Ya sabía yo que esto acabaría mal!

Vanina pasó a recogerlo y, por el camino, el comisario le contó lo que estaba haciendo Spanò.

—Se le ha metido en la sesera que tiene que demostrarle a su mujer, o mejor dicho exmujer, que el abogado ese por el que lo dejó a él le está poniendo los cuernos. Y se ha dedicado a seguirlo, a vigilarlo. ¡Está obsesionado, subcomisaria! Ya se lo dije yo, que el abogado ese no es tonto. Es más, digo yo que será un experto en estas cosas. Y encima, por lo que sé, es un abogado serio y una persona honrada.

Llegaron a la colina que separaba Aci Trezza de Acireale. Se pararon delante de una casa, junto a un coche patrulla.

Spanò estaba de lado, hablando con un colega uniformado.

Y delante de la verja, en posición casi marcial, estaba el abogado catanés Enzo Greco. Conocido especialista en derecho civil, culpable de ser el hombre por el que Maria Rosario Urso, la ex de Spanò, había dejado a su marido. A su lado había una mujer desconocida.

Vanina y Patanè se acercaron al inspector.

—Subcomisaria, le ruego que me perdone, estoy... muerto de vergüenza.

El oficial Trovato se presentó.

El abogado Greco había llamado a la policía para informar de que alguien lo seguía desde hacía días y que en aquel momento estaba espiando dentro de su casa. Cuando llegaron, los agentes sorprendieron a Spanò encaramado a una barandilla, con los prismáticos en la mano.

Vanina tardó media hora en convencer a Greco para que retirase la denuncia. La mujer con la que Spanò lo veía tan a menudo se llamaba Caterina Greco y era su hermana. Hacía un mes que había regresado de Francia.

Los colegas de Acireale se marcharon, y el abogado y su hermana entraron en casa.

Spanò se quedó a solas con Garrasi y Patanè.

Y por la cara que tenían, no sabía cuál de los dos estaba más enfadado.

Vanina nunca había invitado al comisario Patanè a su casa. En parte porque no solía volver a un horario decente y, en parte, por miedo a que Angelina viniera a pedirle explicaciones.

Esta vez, sin embargo, le había salido de manera espontánea. Estaban juntos, muy cerca de Santo Stefano, y además le apetecía. Se había apresurado a advertirlo sobre la calidad de lo que podían ofrecerle sus escasas dotes culinarias pero siempre quedaba la esperanza de que Bettina acudiera al rescate.

Patanè había aceptado de buen grado, desafiando el peligro de terminar comiendo unos espaguetis con mantequilla. Lo importante era la compañía; por lo demás, como si comían pan con salchichón.

Vanina abrió la verja de hierro y precedió al comisario. Bettina se asomó casi al instante a la puerta de cristal, pero frenó en seco antes de salir, perpleja. Sí, que Vanina no tenía problema alguno en llevar hombres a su casa ya lo sabía, pero aquel señor... ¡Si por lo menos tenía su edad!

—Biagio Patanè —se presentó el comisario, inclinándose para besarle la mano.

A la mujer se le iluminó el rostro. Así que aquel era el famoso comisario Patanè del que tanto hablaba Vanina.

—¡Es un placer! —exclamó.

Los invitó a entrar. Estaba cenando, pero si esperaban un momentito, ponía dos platos más en la mesa, que no costaba nada. Como de costumbre, Bettina había cocinado para un regimiento. Aquella noche, además, le ahorraría al comisario el lamentable intento de cena que sin duda le habría ofrecido la subcomisaria. Vanina hacía muy bien su trabajo, era muy maja y muy simpática, pero cocinar no era lo suyo.

Vanina, sin embargo, insistió en que al comisario lo había invitado a cenar ella y, por tanto, le correspondía recibirlo en su casa. Es más, extendió la misma invitación a Bettina.

Con la intención de nadar y guardar la ropa, Bettina envolvió en tres paños todas las maravillas que había cocinado y en un santiamén las tuvo listas para llevarlas a casa de Vanina.

Con un plato en la mano cada uno, se dirigieron al apartamento de la subcomisaria.

Vanina abrió la puerta y encendió la luz.

Se quedó inmóvil, aterrada por lo que estaba viendo.

—¡Ay, Virgen santísima! ¡Ladrones! —exclamó Bettina, pálida como un fantasma.

La casa estaba patas arriba, como si alguien hubiera pasado por allí con una excavadora. La colección de DVD estaba tirada en el suelo del salón, junto al contenido de los cajones vaciados. Y lo mismo en el dormitorio.

Patanè recorrió la casa con cara de comisario en acción, que era justo lo que le faltaba a Vanina en ese momento. Daba vueltas y más vueltas sobre sí misma, confusa.

—¿Falta algo? —le preguntó el comisario.

A simple vista, no lo parecía. Televisor, portátil..., nada estaba en su sitio, pero todo seguía allí. En realidad, Vanina no poseía muchos objetos de valor, pero los pocos que tenía estaban allí.

La única estancia de la casa que quedaba por revisar era la cocina e instintivamente se dirigieron hacia allí.

Vanina encendió la luz y enseguida se le revolvió el estómago.

La foto enmarcada de su padre estaba sobre la mesa.

Justo delante había una hoja de papel tamaño A4.

Y pegada a la hoja, una bala.

Esta primera edición de *La cuesta de los Saponari*, de
Cristina Cassar Scalia, se terminó de imprimir en Grafica
Veneta S.p.A. di Trebaseleghe en Italia en junio de 2024.
Para la composición del texto se ha utilizado la tipografía
FF Celeste diseñada por Chris Burke en 1994
para la fundición FontFont.

Duomo ediciones es una empresa comprometida con el medio
ambiente. El papel utilizado para la impresión de este libro
procede de bosques gestionados sosteniblemente.

PEFC

PEFC/18-31-226

Este libro está impreso con el sol. La energía que ha hecho
posible su impresión procede exclusivamente de paneles
solares. Grafica Veneta es la primera imprenta
en el mundo que no utiliza carbón.